Kanae Minato

SCHULDIG

Kanae Minato

SCHULDIG

Roman

Aus dem Japanischen von Sabine Mangold

C. Bertelsmann

Die Originalausgabe erschien 2017 unter dem Titel »Reverse«
im Verlag Kodansha Ltd., Tokyo.

FSC www.fsc.org MIX Papier aus verantwortungsvollen Quellen FSC® C014889

Verlagsgruppe Random House FSC® N001967

1. Auflage

First published in 2017 in Japan by Kodansha Ltd., Tokyo
Publication rights for this German edition arranged through
Kodansha Ltd., Tokyo

Satz: Uhl + Massopust, Aalen
Druck und Bindung: Friedrich Pustet, Regensburg
Printed in Germany
ISBN 978-3-570-10367-8

www.cbertelsmann.de

1

KAZUHISA FUKASE IST EIN MÖRDER!

Vielleicht konnte ich diese schockierende Anschuldigung überhaupt nur aushalten, weil sich zuvor in einem entlegenen Winkel meines Bewusstseins bereits eine dunkle Ahnung geregt hatte, dass sich irgendwann alles zuspitzen würde.

* * *

Einzelne Regentropfen klatschten gegen die Windschutzscheibe. Kazuhisa Fukase bemerkte, wie sich einige münzgroße hellbraune Flecken bildeten, was darauf schließen ließ, dass die scheinbar klare Scheibe in Wirklichkeit mit einer Staubschicht überzogen war. Weitere Tropfen zeichneten ähnliche Muster, aber er hielt es für verfrüht, den Scheibenwischer einzuschalten. Wahrscheinlich komme ich auch so noch bis ans Ziel, überlegte er.

Als er an der Kreuzung der von Herrenkonfektionsläden und Restaurantketten gesäumten Hauptstraße auf die Landstraße abbog, kam nach einigen Hundert Metern das Schultor der Narasaki Highschool der Präfektur Kanagawa in Sicht. Die Schule war ein Stammkunde der Nishida Bürobedarf GmbH und gehörte zu Fukases Zuständigkeitsbereich. Er parkte den weißen Lieferwagen mit der blauen Firmenaufschrift auf dem Besucherparkplatz neben dem Hauptgebäude. Die Regentropfen bildeten nach wie vor lediglich Flecken auf der Frontscheibe. Fukase nahm seinen Firmenausweis von der Ablage, hängte ihn sich um den Hals, griff sich die flache Schachtel vom Beifahrersitz und lief damit zum Eingang.

Seit seiner Einstellung vor zweieinviertel Jahren besuchte er die Narasaki Highschool wöchentlich einmal, sodass er inzwischen mit einem knappen Nicken das Sekretariat passieren konnte. Er ging direkt zum Lehrerzimmer, das sich im selben Gebäude im Erdgeschoss befand. Vormittags um elf, während der dritten Unterrichtsstunde, kamen ihm weder Lehrer noch Schüler auf dem Korridor entgegen. Da im Juli die Klimaanlagen in Betrieb waren, hielt man sämtliche Türen geschlossen. An der Tür zum Lehrerzimmer klebte ein Zettel:

Während der Semesterabschlussprüfungen ist den Schülern der Zutritt untersagt.

Obwohl es einen berechtigten Grund für seinen Besuch gab, betätigte er verstohlen wie ein Eindringling den Knauf und hob die Tür leicht an, um sie sachte aufgleiten zu lassen. Er schlüpfte durch den schmalen Spalt und schloss geräuschlos die Tür. Auf dem hintersten Platz unter dem Schild *Klasse 12* entdeckte er Kōsuke

Asami, der auf der Tastatur seines Notebooks tippte, immer ein Auge auf ein Lehrbuch gerichtet. Asami war Sozialkundelehrer. Als Fukase hinter ihn trat und den Buchtitel »Weltgeschichte – die Zeit der Kreuzzüge« entzifferte, drehte sich Asami mit einem Ruck zu ihm um.

»Ach, Fukase! Sag doch was!«

»Ich wollte dich nicht stören.«

»Du bist echt ein geborener Leisetreter. Bringst du mir etwa schon die Mappen?«

Es war erst eine Stunde her, dass Fukase von ihm ein Fax erhalten hatte, in dem er zehn A4-Papphefter bestellt hatte.

»So eine geringe Menge hat die Firma immer auf Lager parat. Alle in Pink, ich hoffe, so wolltest du es haben.«

Fukase überreichte ihm den Karton, Asami öffnete ihn auf seinem Schoß.

»Die Farbe ist mir egal, sie sind für den Nachhilfeunterricht in den Sommerferien gedacht und müssen bloß von den anderen unterscheidbar sein. Vielen Dank, dass du wegen dieses Kleinkrams extra hergekommen bist.«

»Falls es nicht reichen sollte, melde dich einfach. Uns sind auch Bestellungen kleiner Mengen recht.«

Asami nahm die Rechnung aus dem Karton. Eine einzelne Mappe kostete 70 Yen, der Gesamtbetrag inklusive Steuern betrug 756 Yen. Wäre die Bestellung nicht eigens bei der Firma aufgegeben worden, was bei Lieferung eine dreiviertel Stunde Anfahrt erforderte, so hätte von hier aus ein zehnminütiger Fußmarsch zum nächsten Supermarkt ausgereicht, wo es die Dinger in der Schnäppchenecke gab – 3 Stück für 100 Yen. Oder falls der persönliche Einkauf zu umständlich wäre, hätte man die Mappen auch beim Billiganbieter für Bürobedarf online ordern können, und sie wären am Folgetag geliefert worden. Die Schule unternahm jedoch keine Anstrengungen, kostengünstiger einzukaufen.

Asami hatte ihm gegenüber einmal erwähnt, dass einige Eltern prinzipiell die Klüngelwirtschaft mit einem Einzelhändler oder einem Geschäft kritisiert hätten. Damals hatte Fukase nichts darauf zu erwidern gewusst. Er lieferte ganz einfach die bestellten Waren, obwohl er sich schon hin und wieder verwundert fragte, weshalb Asami immer noch bei ihm bestellte. Asami hatte dann weiter argumentiert: »Schnäppchenecken oder Ketten wie Uniqlo sind doch auf private Kunden ausgerichtet. Was soll dabei Klüngelei sein? Wenn jemand die angebliche Klüngelei mit Einzelhändlern kritisiert, dann zieht er nicht in Betracht, dass öffentliche Einrichtungen wie Verwaltungen und Schulen eine wichtige Rolle spielen, um ortsansässige Firmen und Läden zu unterstützen. Geben und Nehmen, Punktum!«

Ach, so läuft der Hase, ging es Fukase durch den Kopf. Beamte werden mit Steuergeldern gefüttert, aber mir wird als Angestellter einer kleinen Firma ebenso mit stillschweigendem Einverständnis der Gesellschaft der Lebensunterhalt finanziert.

»Also dann, bis bald wieder. Falls was anliegt, melde dich jederzeit!«

Just in diesem Moment schaltete sich der Bildschirmschoner auf dem Notebook ein.

»M-hm.«

Die Hand zum Gruß erhoben, stellte Asami den Karton am Boden ab und drehte sich wieder zum Schreibtisch.

»Ach ja«, rief er Fukase hinterher, der an der Tür zu ihm zurückblickte. »Hast du demnächst einmal Zeit? Murai will endlich mal wieder einen Umtrunk mit allen veranstalten. Dich würde er ebenfalls gern wiedersehen.«

»Ja«, versuchte Fukase lächelnd zu erwidern, aber er war sich nicht sicher, ob er einen Laut von sich gegeben hatte und tatsächlich lächelte.

Es war immer Murai, der den Vorschlag für ein Treffen machte. Aber der würde ihn doch garantiert nicht mit einbeziehen. Das letzte Treffen hatte vor einem Jahr stattgefunden. Es war kein erfreulicher Anlass für eine Begegnung gewesen. Wahrscheinlich hat Asami mich ins Gespräch gebracht, da er mir ab und zu an seinem Arbeitsplatz begegnet, und selbst er würde eine Einladung nicht aus vollem Herzen aussprechen, dachte er sich.

Fukase vertrug ohnehin keinen Tropfen Alkohol.

Als er auf den Korridor trat, bemerkte er, dass es inzwischen heftig regnete.

»Herr Nishida, Sie kommen gerade recht!«

Eine der Lehrerinnen steckte den Kopf aus dem Druckerraum neben dem Lehrerzimmer. Es war Mizuki Kida, die erst im April an dieser Schule ihre Stelle als neue Japanisch-Lehrerin angetreten hatte. Er hatte ihr schon mehrfach Mappen und Kalligrafie-Utensilien geliefert, aber sie redete Fukase nach wie vor mit dem Firmennamen an. Er hatte jedoch keine Lust mehr, sie zu korrigieren.

»Was gibt es?«

»Das Druckerdisplay zeigt so ein komisches Symbol.«

Fukase betrat den Raum mit dem Drucker und warf einen Blick auf die Anzeige, auf die Kida deutete. Das ist doch nichts Besonderes, dachte er und verkniff sich ein Stöhnen. Was soll daran komisch sein!

»Das ist die Anzeige für den Masteraustausch.«

»*Master?*«

»Die Masterrolle für den Druck.«

»Ach so! Muss ich die denn selbst auswechseln?«

»Schauen Sie mir zu, wie ich das mache. Es ist ganz einfach, es sich zu merken.«

Fukase holte aus dem kleinen Pappkarton neben dem Drucker eine neue Masterrolle. Er öffnete die Abdeckung des Druckers.

»Tut mir leid, dass ich Ihnen solche Umstände mache.« Kida stand mit schuldbewusster Miene neben ihm und schaute zu, wie er am Gerät hantierte.

»Schon gut«, beschwichtigte Fukase sie mit einem Lächeln.

Heute hatte sie ihn jedoch nicht deshalb zu sich gerufen. Es kam gelegentlich vor, dass er auf ihren dringenden Anruf hin, er möge sofort kommen, weil der Drucker kaputt sei, herbeieilte, um die Masterrolle oder den Toner auszutauschen oder bloß einen Papierstau zu entfernen.

»Übrigens …«

Kida beugte sich zu ihm vor und warf Fukase, der noch am Drucker hantierte, einen vielsagenden Blick zu. Er brauchte sich keine Hoffnungen zu machen, dass sie ihm etwas zu gestehen beabsichtigte. Derart optimistischen Illusionen gab er sich schon seit den Anfängen seiner Teenagerzeit nicht mehr hin.

»Herr Nishida, sind Sie mit Herrn Asami befreundet?«

War ja klar! Den Blick auf die Hände gesenkt, erwiderte er: »Wir sind ehemalige Kommilitonen. Wir haben dasselbe Seminar besucht.«

»Aha …«

Den unausgesprochenen Rest versuchte er sich vorzustellen: Trotz Abschluss an einer angesehenen Universität arbeiten Sie für eine so popelige Firma? Doch Kida setzte nur ein selbstgefälliges Lächeln auf und rückte ihm noch einen Schritt näher auf die Pelle.

»Glauben Sie, dass Herr Asami eine Freundin hat?«

Als er zu ihr aufblickte, sah er, dass sie rot anlief.

»Na ja … wissen Sie«, fuhr sie fort, »unter den Schülern wird nämlich gemunkelt, dass man ihn zusammen mit einer Frau gesehen hätte. Einer der Schüler hat ihn direkt danach gefragt und wohl zur Antwort bekommen, es sei nur eine Bekannte. Aber … äh … hm … ob das stimmt?«

Den Blick von Kida abgewandt, klappte Fukase demonstrativ die Abdeckung des Druckers zu. Das wär's, wollte er damit sagen. Dann leerte er das Fach für verbrauchte Masterrollen und prüfte den Füllstand des Toners. Der Vorrat reichte noch.

»Genaues weiß ich auch nicht. Von ihm habe ich jedenfalls nichts in der Richtung gehört. Er denkt nur an seine Arbeit. Er wollte immer schon Lehrer werden und hat sich mit Leib und Seele seinem Beruf verschrieben.«

»Das merkt man. Er hat nämlich eine ganz andere Einstellung zur Arbeit als seine Kollegen. Ach herrje, da habe ich wohl Blödsinn geredet. Aber Sie können das beurteilen, weil Sie Freunde sind.«

Wir sind keine Freunde!, hätte er am liebsten erwidert. Als Studenten im gleichen Semester haben wir im letzten Studienjahr lediglich ein paar Seminare gemeinsam besucht. Trotz des gleichen Studienfachs hatten wir bis dahin so gut wie nie miteinander gesprochen. Er hat wahrscheinlich nicht einmal meinen Namen gekannt.

»Also dann bis zum nächsten Mal. Falls was sein sollte, melden Sie sich!«

Er drehte Kida, die offenbar noch etwas sagen wollte, den Rücken zu und verließ eiligen Schritts den Druckerraum. In dem Augenblick trat Asami aus dem Lehrerzimmer. Er hielt einen Stoß leere A4-Blätter in der Hand, vermutlich Testbögen oder Unterrichtsmaterial, das er vorbereitet hatte.

»He, du bist ja noch da!«

»Der Drucker. Bin aber gerade am Gehen.«

Er brauchte zwar kein schlechtes Gewissen zu haben, trotzdem fühlte er sich peinlich berührt, weil er in Asamis Abwesenheit über ihre Studienzeit gesprochen hatte. Sein Blick ging zum Fenster hinaus. Es goss in Strömen. Auch Asami schaute nach draußen.

»Pass auf dich auf!«

Ihre Blicke trafen sich. Asami, der einen Papierstoß in einer Hand hielt, ließ die andere auf dem Türknauf ruhen.

»Der Taifun kommt näher.«

»Danke. Ach ja, und grüße Murai von mir. Am Wochenende habe ich immer Zeit«, erwiderte Fukase.

Diesmal brachte er eine vernünftige Erwiderung zustande. Falls Asami beim Anblick des Regens das Gleiche dachte wie er, dann waren sie Freunde – oder besser gesagt: Kameraden. Und ebenso Murai, der das Treffen der ehemaligen Kommilitonen vorgeschlagen hatte.

Die dunkle Wolkenfront rückte immer näher und tauchte die Stadt in düsteres Grau. Im Autoradio wurde aber noch nichts über ein Unwetter gemeldet. Und selbst bei einer Sturmwarnung würde er seine Arbeit nicht unterbrechen. Zur Sondersendung zum Thema Sommerferien lief beschwingte Hintergrundmusik, ganz im Kontrast zum Anblick des Schauspiels draußen. Die Scheibenwischer arbeiteten zwar auf Hochtouren, schafften aber keine klare Sicht. Fukase hielt das Steuer krampfhaft umfasst, was ihn jedoch nicht davon abhielt, sich auszumalen, wie überrascht Kida wohl gewesen sein mochte, als Asami gleich nach ihm den Druckerraum betrat.

Hat Asami womöglich doch eine Freundin?, fragte er sich.

Er hatte Asamis Handynummer und seine E-Mail-Adresse, machte jedoch davon keinen Gebrauch. Manchmal, wenn er bestellte Waren bei ihm ablieferte und Asami zufällig gerade Pause hatte, lud dieser ihn auf einen Kaffee ein, worauf sie sich im Besuchersprechzimmer kurz austauschten, aber eine Freundin hatte er bisher nie erwähnt.

Asami ließ sich meistens nur über berufliche Dinge aus, was vielleicht daran lag, dass die Begegnungen während der Arbeitszeit stattfanden. Schon der Start als Junglehrer an der Narasaki Highschool war schwierig gewesen, als er eine zehnte Klasse übernehmen musste. Daran hatte sich inzwischen, wo Asami für die zwölfte Klasse zuständig war, kaum etwas geändert. Er bot sogar freiwillig Nachhilfeunterricht in den Sommerferien an.

Es waren keine Gespräche im herkömmlichen Sinn. Asami ordnete praktisch beim Reden seine Gedanken. Auf diese Weise lieferte er auch gleich die passenden Antworten auf mögliche Fragen, die sich aus dem Gesagten ergaben. Fukases Rolle als Gesprächspartner war also in gewissem Sinne austauschbar. Vermutlich unterhielt sich Asami nur mit ihm, weil er sonst niemanden hatte, dem er seine beruflichen Sorgen anvertrauen konnte.

Demnach hatte er wohl eher keine Freundin. Aber offenbar auch keinen Kumpel.

Was bilde ich mir da nur ein?, wies er sich selbst zurecht. Meiner Meinung nach braucht man nur einen einzigen Vertrauten, der einem zuhört. Fukase schüttelte leicht den Kopf. Ich kann doch nicht im Ernst annehmen, dass er mich dafür auserkoren hat. Ein Mensch wie Asami, der, ohne groß auf andere zuzugehen, immer von irgendwelchen Leuten umringt ist, kann bestimmt jederzeit einem x-beliebigen Gegenüber ohne Vorbehalte einen Teil seines Innenlebens offenbaren, wenn ihm danach ist.

So war es damals auch an der Uni gewesen, als Fukase, der lediglich dasselbe Seminar wie Asami besucht hatte, von dessen leidenschaftlicher Begeisterung für den Lehrerberuf erfahren hatte. An der Meikyō-Universität, Fakultät Wirtschaftswissenschaften, waren sie im Fach Betriebswirtschaft zu fünft im Seminar von Professor Yamamoto gewesen. Anders als in den Naturwissenschaften brauchte man hier nicht täglich anwesend zu sein. Auch auf das Forschungsthema bereitete man sich individuell vor. Mal hatte man nebenbei einen Job, mal standen Bewerbungsgespräche an, vom Semesterbeginn an gab es also kaum einen Tag, wo alle gemeinsam zusammentrafen. Am Anfang der Goldenen Woche im Mai fanden sich zufällig nur Fukase und Asami zu zweit im Seminarraum ein. Jeder saß an seinem Platz ins Notebook vertieft, und es war Asami gewesen, der das Gespräch begann.

»Du bist offenbar sehr diszipliniert, Fukase, wenn du dich sogar an den Tagen hier blicken lässt, wo der Professor nicht anwesend ist.«

»Gleichfalls, Asami!«

»Ja, aber nur weil nächste Woche mein Schulpraktikum beginnt.«

Als sie alle mal zusammensaßen, hatten sie bereits von ihm erfahren, dass er zwei Wochen lang ein Praktikum in seiner ehemaligen Oberschule absolvieren würde.

»Ach ja, stimmt! Das heißt, du bewirbst dich also bei keiner Firma, Asami?«

Fukase konnte sich diese Frage vor dem Hintergrund erlauben, dass er den ersten Prüfungsdurchlauf bei allen drei Stadtbanken bestanden hatte. Rückblickend war es eine ganz neue Erfahrung in seinem Leben gewesen, so von Selbstvertrauen erfüllt zu sein.

»Ich konzentriere mich ganz auf das Lehramt«, gab Asami ohne Umschweife zurück.

Für Fukase bestand die Fünfer-Seminargruppe aus drei extrovertierten und zwei zurückhaltenden Persönlichkeiten. Er rechnete Asami zwar zu der ersteren Gruppe, aber von den dreien war er noch der Ruhigste. Er wirkte eher wie ein verlässlicher älterer Kumpel, fand aber durchaus seinen Spaß daran, dass die beiden anderen immer zu Klamauk aufgelegt waren. Doch diesmal vertraute er dem zurückhaltenden Fukase unaufgefordert an, weshalb er unbedingt Lehrer werden wollte.

Asamis Vater war Oberschullehrer von Beruf gewesen, und als Kind hatte er keinerlei Lust verspürt, ihm nachzueifern. Ganz im Gegenteil, er wollte alles andere als Lehrer werden. Nicht nur, dass sein Vater jeden Abend erst spät vom Unterricht nach Hause kam, er verbrachte seine gesamte Freizeit im Koshien-Stadion, wo er mit Feuereifer die Schulmannschaft im Baseball trainierte, auch wenn die noch lange nicht zur Spitze gehörte. Selbst wenn er an raren Feiertagen wie zum Ahnenfest oder zu Neujahr eine Reise mit der Familie unternahm, kam es nicht selten vor, dass er plötzlich seine Angehörigen im Stich ließ. Oft erhielt er einen Anruf und kehrte frühzeitig heim, nur um Schülern aus der Patsche zu helfen, wenn beispielsweise einer von ihnen beim Ladendiebstahl erwischt wurde.

Es gab mitunter Zeiten, wo er seinen Vater dafür hasste, weil er seine eigene Familie vernachlässigte und fremde Kinder vorzog, mit denen er allenfalls eine kurze Zeitspanne in seinem Leben zu tun hatte.

»Ich habe meinen Vater zeit seines Lebens kein einziges Mal bewundert. Und dennoch …«

Sein Vater war im Herbst des Jahres, als Asami sein Studium begann, gestorben. Obwohl die Bestattung an einem gewöhnlichen Werktag stattgefunden hatte, sollen die Kondolierenden so zahlreich gewesen sein, dass nicht einmal annähernd alle in der Trauerhalle Platz fanden, fast ausnahmslos ehemalige Schüler von Asamis Vater. Jeder hatte Asami und seiner Mutter gegenüber warme Worte über seinen verehrten Lehrer gefunden.

»Obwohl ich von all dem gar nichts wusste, konnte ich ihn mir in all den Erzählungen lebhaft vorstellen. Ich glaube, dass man erst nach dem Tod eines Menschen beurteilen kann, ob derjenige ein gutes oder ein schlechtes Leben geführt hat. Ich frage mich, ob der Sinn und der Wert, auf die Welt zu kommen, nicht gerade darin liegt, wie viele Menschen sich an denjenigen erinnern und sich glücklich schätzen, ihn gekannt zu haben. Deshalb möchte ich viele Menschen um mich haben. Wie mein Vater möchte ich ein echter Pädagoge sein und anderen jederzeit nach Kräften beistehen, als Beweis, rechtschaffen gelebt zu haben.«

Fukase erinnerte sich, dass ihm daraufhin keine passende Antwort eingefallen war, er hatte lediglich ein fades »M-hm« als Zeichen seiner Zustimmung hervorgebracht. Asamis Worte hatten ihn tief bewegt.

»Ach, was soll's…«, sagte Asami und lächelte verlegen. »Ich fülle gerade die Rubrik ›Motivation‹ in meinem Protokollheft fürs Referendariat aus. Deshalb schwinge ich hier so pathetische Reden«, erklärte er mit einem Achselzucken.

Da es Fukase peinlich war, keine feinsinnige Erwiderung parat zu haben, und Asami selbst seine Worte abtat, stand er auf und sagte: »Ich mache uns noch etwas Kaffee.«

In der Teeküche des Seminarraums standen ein Wasserkocher und eine Kaffeemaschine sowie eine Reihe von Trinkbechern, die die Studenten und Mitarbeiter dort deponiert hatten.

»Es sind zwar die gleichen Kaffeebohnen und die gleiche Maschine, aber wenn du ihn zubereitest, schmeckt er besonders gut.«

Fukase brachten Komplimente grundsätzlich in Verlegenheit, außer wenn das Lob seine Art des Kaffeezubereitens betraf. Vor sich hin summend brühte er Kaffee, und anschließend plauderten die beiden noch ein wenig, ohne erneut auf das Thema ihrer beruflichen Zukunft zurückzukommen.

Damals … Fukase verstärkte den Griff um das Lenkrad.

Er fühlte sich beklommen und merkte, dass er noch den Firmenausweis um den Hals baumeln hatte. Bei den Wartungsarbeiten im Druckerraum hatte sich die Schnur komplett verheddert. Aber ihm war durchaus bewusst, dass das beengende Gefühl nicht allein daher rührte. Was mache ich eigentlich hier?, fragte er sich. Mit einem unverhältnismäßigen Aufwand zehn Hefter liefern und die Masterrolle auswechseln … Eine Arbeit, die jeder andere auch übernehmen könnte … Für eine Firma, die nur noch durch das Mitleid der Kunden existiert.

Hätte er doch damals mit Asami auch über seine eigene Zukunft gesprochen! Zwar hegte er für den Beruf des Bankers keine vergleichbar brennende Leidenschaft wie Asami mit seinem Traum vom Lehrersein, aber vielleicht hätte ihm das gemeinsame Gespräch geholfen, seinen eher verschwommenen Lebensentwurf zu konkretisieren. Es wäre sicher hilfreich gewesen, das anstehende Vorstellungsgespräch vorher zu proben. Dann hätte er eventuell zumindest eine inoffizielle Stellenzusage erhalten.

Hätte … hätte … hätte …

Obwohl er in seinem eher ziellosen Leben wenigstens diesen einen Entschluss gefasst hatte, keine unnötige Energie auf derart vergebliche Tagträume zu verschwenden, schwirrten ihm die Worte unablässig im Kopf herum.

Mist, verdammter! Als er an der roten Ampel zum Stehen kam, nahm er die Schachtel mit den Pfefferminzdrops von der Ablage, klappte sie auf und schüttete sich kurzerhand den gesamten Inhalt in den Mund. Er zerkaute die Dragees zu einem dicken Kloß.

Es lag bestimmt am Regen, dass er in dieses negative Grübeln verfiel. Reiß dich zusammen!, schalt er sich.

Mir geht es doch eigentlich gar nicht so schlecht. Oder bin ich ein Pechvogel und schlechter dran als andere?

Er drehte das Radio lauter, um den prasselnden Regen zu übertönen. Es lief gerade Yuzus »Die Farbe des Sommers«. Gute-Laune-Musik, und ich blase hier Trübsal! Er zermalmte den Bonbonklumpen im Rhythmus des Songs, und dann sah er plötzlich Mihokos Gesicht vor sich aufscheinen – wie die Sonne, die durch die Wolkendecke hervorbricht. Soll ich für die Ferientage um das Ahnenfest eine gemeinsame Reise vorschlagen? Wir sind seit drei Monaten zusammen, da wäre es doch an der Zeit, sich näherzukommen. Wo könnte man hinfahren? Nach Okinawa? Oder nach Hokkaido? Hawaii wäre wohl zu kostspielig …

»Und nun ein Popsong, der absolute Sommer-Hit!«

Es erklang ein oft gespieltes Stück, aber ihm fiel weder der Name der Band noch der Titel ein. Er war generell nicht so bewandert in internationalem Pop, aber den Song hatte er schon häufiger gehört. Immer im Auto.

»An jenem Tag« … So lautete der erste Titel auf der Minidisc, die Tanihara mitgebracht und deren Playlist er wie immer selbst zusammengestellt hatte. Es folgte ein internationaler Popsong.

»Taniharas Special. Der Sommerhit!«

»Hör auf!«, beschwerte sich Asami, der am Steuer saß, bei Tanihara auf dem Beifahrersitz.

»Was denn! Ich sorg hier für Stimmung, damit du nicht einschläfst. Na los, alle Mann mitsingen!«

Tanihara drehte sich zur Rückbank um.

»Echt nervig, oder?«, wandte sich Fukase grummelnd an Hirosawa.

»Wieso, ist doch klasse!«, entgegnete Hirosawa wider Erwarten und verriet ihm den Interpreten und den Titel. Er habe den Song mal im Englischunterricht gehört.

Es waren die Beach Boys mit »Surfin' U.S.A.«.

Die Nishida GmbH, Fukases Arbeitgeber, vertrieb hauptsächlich Büromaschinen und -möbel, bot als Service deren Verleih und Wartung an und handelte außerdem mit Büroartikeln. Als er in die Firma zurückkehrte, schaute der Abteilungschef Koyama von seiner Buchhaltung auf und empfing ihn mit den Worten: »Endlich sind Sie da!«

Fukase sah es Koyama oder seinen Kollegen sofort an, wenn sie ihn in einer speziellen Angelegenheit ansprachen. Von der achtzehnköpfigen Belegschaft hatte nur der Abteilungschef ein eigenes Zimmer, alle anderen saßen an Tischreihen im Großraumbüro. Auch nach fast drei Jahren in der Firma war Fukase immer noch der Grünschnabel, und es gab eigentlich nur eins, was die anderen Kollegen von ihm erwarteten: ihnen Kaffee zu kochen.

Dazu brauchte er keine besondere Vorrichtung. Fukase hatte im Jahr seines Firmeneintritts für weniger als 5000 Yen eine preiswerte Kaffeemaschine bei einem Elektrohändler erstanden, die nun in der Teeküche thronte. Die Kaffeebohnen brachte er allerdings immer selbst mit. Die gerösteten Bohnen mahlte er direkt vor der Zubereitung mit seiner eigenen Kaffeemühle per Hand. Zuerst hatte er immer nur für sich eine Tasse gebrüht, aber da die Füllmenge der Maschine für maximal zehn Tassen gedacht war und eine größere Menge Kaffee aromatischer schmeckte als nur eine einzige Tasse, hatte er schließlich den anderen auch davon angeboten, sodass sie nun alle sehnsüchtig auf sein Gebräu warteten. Inzwischen herrschte ein stillschweigendes Einverständnis, dass Fukase einmal am Tag für seine Kollegen eine Kanne Kaffee kochte.

Hochgerechnet kostete eine Tasse 100 Yen. Da er von dem Erlös die Bohnen kaufte, bot er den Kollegen außerdem an, sich gern auch selbst davon einen Kaffee zu kochen, aber die Art des Mahlens änderte sich je nach Bohnensorte und Röstgrad, sodass die meisten auf der Meinung beharrten, es sei eine Verschwendung der kostspieligen Bohnen, wenn ein Laie damit herumpfusche. Somit hatte man sich darauf geeinigt, irgendeine Billigmarke Kaffee aus dem Supermarkt zu verwenden, wenn Fukase nicht da war.

Deshalb wurde er stets nach seinem morgendlichen

Außendienst bei seiner Rückkehr in die Firma aufs Wärmste empfangen.

Er ging unverzüglich zu seinem Schreibtisch, wo er die Kaffeetüte und die Mühle aus dem Schubfach nahm und die Bohnen mahlte. Im Nu duftete es auf der gesamten Etage nach frisch gemahlenem Kaffee.

»Ich trinke diese Woche zum ersten Mal davon. Was sind das für Bohnen?«, rief ihm Koyama von seinem Raum aus zu.

»Die erste Runde steht bereit!«, verkündete Fukase und fügte erklärend hinzu: »Aus Kenia, mit einem Aroma von Orange und Bitterschokolade. Die Bohnen sind dunkler geröstet als sonst und schmecken dementsprechend bitterer.«

»Oh, das schmeckt mir.«

»Ich fand den vorigen gut. Was war das für eine Sorte?«, sprach ihn seine Kollegin von gegenüber an.

»Aus Guatemala«, verkündete prompt die andere Kollegin neben ihm, bevor er den Mund aufmachen konnte.

»Das intensive Pfirsicharoma duftet herrlich, nicht wahr, Herr Fukase?«

Diese Momente waren die einzigen in seinem Leben, wo sich alles um ihn drehte.

Neben der Maschine stand ein Kästchen für die Kaffeekasse, in die jeder seinen Unkostenbeitrag gab. Fukase machte damit weder Gewinn, noch variierte er den Preis je nach Kaffeesorte.

Im Schnitt deckte es seine Ausgaben, obwohl die verschiedenen Mischungen zwar nicht die höchste Qualität ausmachten, aber immer noch edler waren als die Kaffeesorten im Supermarkt. So kaufte er jede Woche eine andere Mischung, womit er, und sei es auch nur für ein paar Minuten, in den Mittelpunkt der Aufmerksamkeit rückte. Obwohl er den älteren Kollegen den Vortritt anbot, freute es ihn, wenn sich alle in einer Reihe anstellten, um sich erst nach ihm die eigenen Tassen zu füllen.

Zwar war es kein aufsehenerregendes Talent, aber immerhin verschaffte es ihm ein gewisses Ansehen in der Firma. So hatte er in seinem jetzigen Umfeld wenigstens etwas, was ihm Anerkennung einbrachte.

Auch vor seinem Berufsleben hatte es zumindest eine Handvoll Leute gegeben, denen er damit eine Freude gemacht hatte. Der Professor und die Studenten im Seminar priesen seine Kunst, und einer seiner Kommilitonen bedachte Fukase sogar mit einem besonderen Kompliment: Er habe noch nie in seinem ganzen Leben einen derart köstlichen Kaffee getrunken.

Welche Erleichterung wäre es doch, wenn ich das alles komplett vergessen könnte! Die Erinnerung an das schreckliche Ereignis, die Fukase in zahllosen Nächten im Kopf herumspukte, suchte ihn immer wieder ganz unvermittelt heim, nur das Kaffeetrinken verschaffte ihm einen kleinen Trost. Zugleich aber überfiel ihn auch ein Gefühl von Ohnmacht: Mehr hatte er damals nicht ausrichten können.

Hätte ich ihm doch wenigstens einen Kaffee aus edleren Bohnen zubereiten können!

In die Apartmentanlage Pearl Heights war Fukase zeitgleich mit seinem Arbeitsbeginn bei der Nishida GmbH gezogen. Für das Ein-Zimmer-Apartment mit Bad zahlte er monatlich 60 000 Yen. Die Studentenbude, in der er zuvor gewohnt hatte, war eigentlich günstiger – von ähnlicher Art wie die jetzige Wohnung, bei einer Miete von nur 40 000 Yen. Außerdem hätte er von dort seine Arbeitsstelle direkt mit der U-Bahn erreichen können, ohne umsteigen zu müssen. Aber er wollte mit dem Umzug einen deutlich sichtbaren Schlussstrich unter seine Uni-Zeit ziehen, auch wenn er weiterhin das Mobiliar sowie den Kühlschrank und die anderen Haushaltsgeräte aus der alten Wohnung benutzte. Dennoch versuchte er sich einzureden, dass er mit jener Phase seines Lebens abgeschlossen hatte.

Er konnte nun zwar die Privatbahn nehmen, die ebenfalls direkt bis zur Firma fuhr, aber bis zur Station war es ein zwanzigminütiger Fußweg. Zumindest an Tagen, wo es regnete, musste er laufen, während er sonst die Strecke mit dem Fahrrad, einem Vehikel aus seiner Schulzeit, zurücklegte.

Das Café Clover hatte er etwa ein Vierteljahr später entdeckt. An jenem Tag regnete es unaufhörlich. Obwohl der Wetterbericht vorausgesagt hatte, dass es zum frühen Abend hin aufhören sollte, schüttete es nach wie vor, als er aus dem Bahnhofsgebäude trat.

Nachdem er in der Imbisskette Yoshinoya am Bahnhofsvorplatz zu Abend gegessen hatte, ließ der Regen endlich nach. Fukase lief ohne Schirm durch die Einkaufspassage weiter zum Wohnviertel mit der Sackgasse, in der sein Apartment lag. Kurz vor seinem Ziel spürte er erneut Regentropfen im Gesicht.

Er überlegte, ob er seinen Schirm noch einmal aufspannen sollte, und blieb kurz stehen. Da entdeckte er zufällig das kleine Holzschild am Ende der kurzen Seitenstraße, auf dem mit Katakana-Silben der Name *Café Clover* stand. Darunter konnte er trotz schummriger Außenbeleuchtung in kleinerer Schrift den Zusatz *Spezialshop für Kaffeebohnen* erkennen.

Dass es so einen Laden gab! Fukase steuerte wie magisch davon angezogen darauf zu. Obwohl er sich etwas auf seine Kunst der Kaffeezubereitung einbildete und nur edle Bohnen dafür verwenden wollte, kaufte er diese mit Rücksicht auf seinen Geldbeutel doch größtenteils in Supermärkten. Aber nun schien er zum ersten Mal ein Spezialgeschäft für Kaffeebohnen entdeckt zu haben …

Der Laden hatte eine Glasfront und befand sich im Erdgeschoss eines gewöhnlichen Wohnhauses. Wäre das Schild nicht gewesen, hätte man ihn für eine normale Privatwohnung mit gepflegtem Vorgarten halten können.

War das hier wirklich das Café? Fukase schaute sich zweifelnd um, ob es sich nicht eher in einem der anderen Häuser in der Nähe befand. Als Student hätte er sich vermutlich nicht hineingetraut, aber nun, wo er im Außendienst zu tun hatte, kostete es ihn keine große Überwindung mehr.

Es bimmelte, als er die Holztür öffnete, und eine heiter beschwingte Stimme begrüßte ihn: »Willkommen!«

Eine Frau im Alter etwa zwischen ihm und seinen Eltern stand hinter der Theke im Eingangsbereich.

Das Interieur war im Gegensatz zu dem lockeren Willkommensgruß sehr gediegen im Landhausstil gehalten. In einem offenbar selbst gezimmerten Regal standen mächtige Glasbehälter, insgesamt zwölf, jeweils drei pro Brett, allesamt mit gerösteten Kaffeebohnen gefüllt. Dazwischen entdeckte er kleine Figuren, Männer in Ponchos und Esel – Andenken, die an Zentral- und Südamerika erinnerten, was dem Laden das Flair eines Kolonialwarenladens verlieh.

Neben den Glasbehältern standen handgeschriebene Schilder, einige priesen Spezialmischungen wie *Clover Blend*, *Italian Blend*, *Ice Coffee Blend* an. Aus dem Supermarkt kannte er Sorten wie Kilimandscharo, Mokka, Blue Mountain, aber hier entdeckte er keine einzige gängige Sorte. Stattdessen las er Namen zentral- und südamerikanischer Herkunftsgebiete wie Guatemala, Nicaragua, Costa Rica, El Salvador, Brasilien, Honduras, Peru. Vertreten waren auch Mischungen aus anderen Regionen wie Kenia und Indonesien. Mit Erstaunen bemerkte er auf den Etiketten mit den verschiedenen Provenienzen die jeweilige Geschmacksnote, die als Beschreibung hinzugefügt war: *Aroma von tropischen Blüten & Pfirsich … Melone & Mango … dunklen Kirschen & Himbeer.*

Was haben denn Blumen- und Fruchtaromen in Kaffeesorten zu bedeuten?, hätte er die Inhaberin fragen können, aber das brachte er nicht so einfach über sich. Sein Leben würde gewiss bequemer verlaufen, wenn er sich schlichtweg danach erkundigen würde, was er nicht wusste, oder ablehnen würde, Dinge zu tun, die ihm nicht lagen. So weit reichte seine Selbsteinschätzung immerhin.

Er überlegte, ob er sich eine solche Mischung kaufen sollte.

»Ah, Sie sind wohl zum ersten Mal hier bei uns? Wollen Sie nicht nach hinten gehen und eine Kostprobe genießen?«, lud die Wirtin ihn ein und wies zum Ende des Regals, wo sich ein Durchgang befand. Es war allerdings nicht klar erkennbar, ob der Laden dort weiterführte oder bereits der Privatbereich anfing. Fukase blieb unschlüssig stehen, worauf die Frau hinter der Theke hervortrat und ihn nach hinten geleitete.

Der Gang führte in einen Raum, in dem ein Röster und riesige Jutesäcke standen. Daneben gab es eine Sitzgelegenheit zum Kaffeetrinken – ein schmaler Bereich mit einer Holztheke und sechs Barhockern davor. Hinter der Theke stand ein Mann im etwa gleichen Alter wie die Frau. Von ihr erfuhr Fukase, dass er der Inhaber sei und sie seine Ehefrau, die für Service und Verkauf im Laden zuständig sei. Ihr Mann hatte in diesem Frühjahr seinen Job als Angestellter aufgegeben, um gemeinsam mit ihr das Geschäft zu eröffnen.

»Ich habe auch in diesem Frühjahr zu arbeiten angefangen und bin deshalb in diese Gegend gezogen.«

Fukase fasste Zutrauen zu den beiden und konnte relativ ungezwungen über sich erzählen.

»Ach, dann hatten wir also zur gleichen Zeit unser Debüt. O je, das klingt ja, als wären wir Popstars.«

»Haben Sie eine Bohnensorte entdeckt, die Sie besonders interessiert?«

Der Wirt, der stockend und nur halb so schnell wie seine eloquente Frau sprach, war ihm sehr sympathisch. Er berichtete, dass er für den Einkauf zu den Anbauregionen in aller Herren Länder reiste.

»Was als Liebhaberei begann, ist mittlerweile eine ausgewachsene Obsession«, gestand er und kratzte sich verlegen am Kopf, doch Fukase reagierte voller Bewunderung:

»Das ist doch großartig!«

»Wenn Sie möchten, kann ich Ihnen eine Einführung geben«, schlug der Wirt mit wachsender Begeisterung vor. Seine Augen funkelten voller Stolz.

Fukase nickte, worauf der Wirt eine Kostprobe einer Mischung aus Honduras ankündigte, wo er zuerst hingereist war. Er bat seine Frau, ihm eine Portion aus der Verkaufsecke zu bringen. In einer Maschine aus deutscher Fabrikation bereitete er sorgfältig einen Espresso.

»Köstlich!«, rief Fukase.

In seinem Mund entfaltete sich ein erfrischend säuerliches Aroma, aus dessen Tiefe ein leicht süßlicher Geschmack aufstieg. Blaubeer-Schokoladen-Note, erklärte ihm der Wirt, was Fukase sich nun geschmacklich offenbarte.

Während Fukase stotternd dem Chef seinen persönlichen Eindruck mitzuteilen versuchte, fiel ihm auf, wie armselig sein Vokabular war. Seine Unbedarftheit machte ihm zu schaffen. Je verzweifelter er um die richtige Worte rang, desto verschrobener klang das alles.

Aber der Wirt ließ sich freundlich auf Fukases Stammelei ein: »Aha, so schmeckt das also. Nun ja, warum nicht.«

Es war schließlich nach Mitternacht, als Fukase bei seinem ersten Besuch das Café verließ. Er hatte zwar nach der zweiten Tasse nur noch aus Mokkatässchen getrunken, aber insgesamt waren es dann doch zwölf Kostproben geworden. Als es ans Bezahlen ging, wollte der Wirt nur eine Tasse berechnen, worauf ein langwieriges, ungeschicktes Hin und Her folgte, bis Fukase schließlich nachgab. Der Mann war in seiner ruhigen Art ein harter Brocken. Die Rechnung belief sich auf lediglich 300 Yen. Der Verkaufspreis für einhundert Gramm Bohnen schwankte je nach Qualität zwischen 500 und 2000 Yen, aber wenn man an der Theke eine Tasse trank, zahlte man unabhängig von der Sorte immer den gleichen Preis.

In Sachen Kaffee besitze er zwar bereits ein gewisses Know-how, sagte der Wirt, aber noch reiche seine Könnerschaft nicht aus, um einen Beruf daraus zu machen.

Fukase wiederum wusste, dass er dem Inhaber lange nicht das Wasser reichen konnte, was seine Fertigkeiten in der Kaffeezubereitung anbelangte. Aber anstatt sich unzulänglich zu fühlen, freute er sich darüber, dass sich ihm nun eine neue Welt eröffnen würde. Er warf einen Blick auf das Aushängeschild, das bereits hinter der Theke verstaut lag, und informierte sich über die Öffnungszeiten des Cafés, das eigentlich um 21.00 Uhr schließen sollte. Als die Ehefrau ihm einen guten Heimweg wünschte, verneigte er sich auch vor ihr sehr tief.

»Alles Gute! Schauen Sie gern mal wieder bei uns vorbei!«

Oh, das hat Spaß gemacht! Draußen vor dem Laden nahm Fukase einen tiefen Atemzug und schaute zum Himmel empor. Es war eine sternenklare Nacht.

Am folgenden Tag suchte er abermals das Café auf, wenn auch unter dem Vorwand, seinen Schirm vergessen zu haben, und von da an machte er es sich zur täglichen Gewohnheit, nach der Arbeit dort einzukehren.

Das Café anderen gegenüber als Stammlokal zu erwähnen, hätte seine Bescheidenheit nicht zugelassen, aber insgeheim erschien ihm sein Leben durch die Entdeckung plötzlich genau wie der Kaffee: stark, intensiv und hocharomatisch.

»Fukase-kun, essen Sie morgens Brot zum Frühstück?«, sprach ihn die Wirtin hinter der Theke an, als er an seinem Lieblingsplatz ganz hinten gedankenverloren seinen Kaffee schlürfte.

»Wenn ich etwas esse, dann in der Regel Brot, aber meistens nehme ich nur einen Kaffee zu mir.«

»Das ist aber nicht gut. Ein junger Mensch muss doch ordentlich frühstücken. Genügend Zucker ist auch wichtig.«

»Aber ich gebe doch viel Milch und Zucker in meinen Morgenkaffee.«

Im Laden trank er den Kaffee schwarz, um den Eigengeschmack der Bohnen voll auszukosten.

»Ach, dann mögen Sie es süß. Hier …«

Die Wirtin stellte geräuschvoll ein Glas auf die Theke. Es enthielt eine bernsteinfarbene klebrig-zähe Flüssigkeit.

»Darf ich Ihnen ein Gläschen schenken? Hausgemacht, ich bekomme den Honig von meinen Eltern.«

Ihr Vater habe nach der Pensionierung mit einigen Anwohnern aus der Region eine Imkerei eröffnet. Die Bauern bildeten den Mittelpunkt der Kooperative, während die anderen Mitglieder individuell die Bienenstöcke im eigenen Garten oder auf dem Acker oder Reisfeld aufstellten. Nach einer gewissen Zeit würden dann sämtliche Erträge gemeinschaftlich zusammengebracht werden.

»Letztes Jahr reichte die Menge gerade mal für Sirup zum Eierpfannkuchen, aber in diesem Jahr gab es einen reichen Ertrag. Sogar wir haben fünf Gläser erhalten. Man muss aber nicht extra Pfannkuchen dafür backen, auf Toast schmeckt er auch wunderbar, wenn man den vorher dick mit Butter bestreicht.«

»Oh …«

Fukase hob das Gläschen hoch, was die Oberfläche zum Schwappen brachte. Der Honig sah so gut aus, dass eigentlich nur noch ein Etikett fehlte, um ihn im Geschäft zum Verkauf anbieten zu können.

Als die Wirtin ihn aufforderte, davon zu kosten, bimmelte die Türglocke. Sie eilte sogleich in den Ladenbereich. Der Wirt war seit einer Woche auf Handelsreise, um Bohnen einzukaufen. Diesmal tourte er in afrikanischen Ländern wie Kenia und Tansania herum. Die Wirtin zeigte Fukase ein aktuelles Foto aus Tansania, wo ihr Mann braun gebrannt und lachend in einer Kaffeeplantage zu sehen war.

Fukase stellte das Honigglas vor sich auf den Tresen zurück.

War Imkerei populär geworden? Diesmal entsprach die Portion wenigstens einer überschaubaren Menge …

»Ich habe ihn von zu Hause geschickt bekommen, hast du vielleicht eine Verwendung dafür?«

Es war im achten Semester auf der Uni gewesen, als Hirosawa bei einem Besuch in Fukases Apartment ein Riesenglas Honig anschleppte. Hirosawa brachte hin und wieder Gebäck oder Donburi mit Rindfleisch mit, wenn er zu Fukase kam, aber diesmal drohten die Henkel der Einkaufstüte zu reißen, so schwer war der Inhalt.

Er packte die Tüte aus und knallte den Behälter lautstark auf den Kotatsu, der nicht mehr heizte, sondern nur noch als Tisch diente. Das Einweckglas war so groß, dass es eine Jahresration Salzpflaumen hätte fassen können, und war randvoll mit der bernsteinfarbenen klebrig-zähen Flüssigkeit gefüllt.

»Ein Onkel von mir ist Imker. Ich bin zwar ein Süßschnabel, aber das hier überfordert mich. Was soll ich nur damit anfangen? Meine Mutter hätte das ja mal bedenken können, bevor sie diesen Brocken losschickt.«

Das war ein so bombastisches Geschenk, dass Fukase schlecht ablehnen konnte.

»Ich weiß zwar auch nicht, was ich damit machen soll, aber ich kann mir ja erst mal was davon in eine Tupperdose abfüllen. Oder soll ich mir im 100-Yen-Shop einen Glasbehälter kaufen?«

»Nein, du kannst das alles hier behalten.«

Er habe in seiner Wohnung noch zwei solcher Gläser. Fukase erlebte Hirosawa das erste Mal ungehalten, aber wenn ihm das mit seiner Mutter passiert wäre, hätte er selbst wohl noch vehementer Einspruch erhoben.

»Wir können ja später überlegen, was man damit anstellen kann. Ich mach uns erst mal einen Kaffee.«

Das war ihr übliches Ritual, wenn Hirosawa seinem Freund einen Besuch abstattete.

Sie schauten sich dann eine Unterhaltungssendung im Fernsehen an oder einen Film aus dem Video-Verleih um die Ecke. Manchmal brachte Hirosawa auch eine DVD mit Rakugo-Varieté mit.

Fukase hatte keine Ahnung, ob das nun die richtige Art war, Kontakte zu Leuten seines Alters zu pflegen. Dabei war er vorher nicht völlig einsam gewesen. Es gab zwar mal eine Zeit lang arge Probleme mit seinen Klassenkameraden auf der Junior Highschool, aber ein echter Außenseiter war er nie gewesen. Nur einen ganz engen Freund hatte er seit seiner Grundschulzeit nie gehabt. Angenommen, jeder seiner Mitschüler sollte fünf

Freunde aufzählen, würden vielleicht drei aus der Klasse Fukases Namen notieren, aber wenn nur der »beste Freund« zu nennen wäre, würde er wohl nie erwähnt werden. Und derjenige, den Fukase als seinen einzigen Freund bezeichnete, würde hingegen Fukase vielleicht nicht einmal zu seinen fünf Vertrauenspersonen zählen.

Für ihn war das die beschämendste Sache der Welt. Der Wert eines Menschen bemaß sich nach der Anzahl seiner Freunde. Obwohl ihm das nie jemand gesagt hatte, war er überzeugt davon. Inwieweit wurde er wohl von anderen gemocht? Inwieweit vertraute man ihm? Es ging nicht um eine große Anzahl an Freunden. Auch nicht darum, dass ihm jeder recht wäre. Es musste ein wertvoller Freund sein, um den ihn andere beneideten.

Doch während der Grundschulzeit, als Fukase bereits ein vages Bewusstsein dafür entwickelte, gab es nicht einen einzigen Kandidaten dafür in seinem Umfeld. Den Grund dafür begriff er sofort. Er war komplett unsportlich. Darüber hinaus war er auch nicht der coole Typ, der zur Begrüßung einen lockeren Spruch auf den Lippen hatte. Während der Pausen redete niemand mit ihm, weil er seine Nase ständig in die Bücher steckte. Ich verzichte doch nicht auf meine Lektüre, bloß um mit irgendwelchen Idioten herumzualbern, versuchte er sich dann einzureden, aber klammheimlich schielte er doch zu den anderen Cliquen, bei denen es lebhaft zuging.

Als er auf die Junior Highschool wechselte, hatte er die Hoffnung gehegt, dass Schüler mit guten Noten respektiert würden, aber es stellte sich heraus, dass diejenigen, die im Klassenzimmer johlten und lachten, die gleichen anerkannten Typen wie in der Grundschule waren. Doch daran war nun mal nichts zu ändern. Es interessierte niemanden, wer gute Leistungen erbrachte, und außerdem bekamen es die Schüler untereinander gar nicht in Erfahrung. In der Schule, die Fukase besuchte, wurden die Noten der Semestertests nicht bekannt gegeben. Zu Schulzeiten seiner Eltern wurden die Prüfungsergebnisse am Schwarzen Brett im Korridor angeschlagen. Wäre er damals aufgewachsen, wäre seine Position wohl besser gewesen. Sich hinter Buchdeckeln versteckend, verfluchte Fukase die sogenannte zwanglose Erziehung. Immerhin interessierten sich manchmal, wenn auch höchst selten, Mitschüler für das, was er las, oder hatten denselben Lieblingsautor. Damit hatte er nun Freunde, denen er Neuerscheinungen lieh oder mit denen er nach der Schule in einen Buchladen gehen konnte, aber während der Unterrichtszeit, die er mit ihnen verbrachte, fühlte er sich niemals so recht wohl.

Mit dem Eintritt in die Oberstufe glaubte er, seine Stärken nun unter Beweis stellen zu können. Er hatte sich mit seinem Abschlusszeugnis für ein Privatcollege qualifiziert, das in der Region als weiterführende Schule mit dem höchsten Numerus Clausus und den schärfsten Aufnahmebedingungen bekannt war. Aber im zweiten Schuljahr wurde bei seinem Vater Krebs diagnostiziert, und von da an wurde sein Leben durch den Kampf gegen die Krankheit bestimmt. Die Firma für Nahrungsmittelverarbeitung, in der sein Vater angestellt war, baute zwar keine Stellen ab, aber es war ein Unternehmen, das die Gehälter bei vorübergehender Freistellung nicht weiterzahlte. Unter diesen Umständen brachte Fukase es nicht übers Herz, seinen Eltern zu sagen, dass er auf eine Privatschule gehen wollte, und besuchte deshalb die nächstgelegene öffentliche Oberschule. Zwar blieben die Idioten im Raster hängen, aber ein Drittel seiner Mitschüler aus der Mittelstufe hatte es ebenfalls hierher verschlagen, sodass sich an seiner Situation kaum etwas änderte.

Um so zu leben, wie es angemessen für mich wäre, muss ich dieses Provinzkaff hinter mir lassen, begriff er damals.

Sein Vater wurde erfolgreich operiert, und er konnte wieder ins Berufsleben zurück, worauf Fukase anstrebte, auf eine städtische Universität mit hohem NC zu wechseln. Es machte ihm nicht das Geringste aus, als langweiliger Typ abgestempelt zu werden. Ich bin eben nun mal anders gestrickt als ihr alle! Das betete er wie ein Mantra vor sich hin und verließ mit dem Zulassungsbescheid der Meikyō-Universität seinen Heimatort. Die neue Adresse verriet er keinem seiner alten Klassenkameraden.

Und der Freund, den er dort in seinem ersehnten neuen Leben schließlich fand, war Yoshiki Hirosawa.

»Tut mir leid, dass ich so hektisch herumhusche.«

Es stimmte, die Wirtin kam mit schlappenden Gummilatschen fix herbeigetrippelt. Sie servierte den bestellten Kaffee, und es machte Fukase nichts aus, dass er nun sich selbst überlassen war, aber das entsprach offenbar nicht ihrer Vorstellung.

»Was wollte ich noch? Ach ja, der Honig!«

Die Wirtin holte eigens ein neues Glas aus dem Regal.

»Soll ich Ihnen einen Löffel voll auf den Teller geben, oder wollen Sie gleich den Löffel ablecken?«

»Wie wäre es, wenn wir ihn in den Kaffee rühren?«

»Was? Darauf wäre ich nicht gekommen! Eine großartige Idee, Fukase-kun!«

Die Wirtin klatschte in die Hände.

»He, probier ihn doch mal im Kaffee!«

Beim ersten Mal war der Vorschlag von Hirosawa gekommen. Aber Fukase hatte damals nicht so schnell zugestimmt wie die Wirtin jetzt. Er befürchtete, dass das Kaffeearoma durch den Honig verdorben werden würde. Vielleicht zweifelte er sogar für einen Moment, ob ihm der Kaffee dann überhaupt noch schmecken würde.

»Das soll lecker sein, behauptet zumindest meine Mutter. Keine Ahnung, ob da was dran ist«, versuchte Hirosawa ihn umzustimmen.

Na ja, einen Löffel kann ich ja mal probieren, entschied Fukase.

Die Wirtin reckte den Hals und spähte in Fukases Tasse. Sie war leer.

»Vertragen Sie noch eine Tasse?«

In seinem Magen war noch genug Platz, oder wollte sie darauf hinaus, ob er dafür noch Zeit habe? Er schaute auf seine Armbanduhr: Es war 18:40 Uhr, also noch zwanzig Minuten bis zu seiner Verabredung.

»Gern.«

»Na dann«, sagte die Wirtin und räumte die leere Tasse ab.

»Für eine solche Kombination wird sich diese Kaffeemischung doch prima eignen, oder?«

»Das finde ich auch.«

Die Wirtin nahm den Glasbehälter mit der Clover-Mischung aus dem Regal und gab die Menge für zwei Tassen Kaffee in die elektrische Mühle. Dann füllte sie das frisch gemahlene Pulver in die Espressomaschine. Mit einem tiefen Brummen floss der kräftige Sud in die Tassen.

Ihm stieg das vertraute milde Aroma in die Nase. Er zögerte, denn eigentlich war der Kaffee schon perfekt. Die Wirtin platzierte geräuschvoll auf dem Tisch ein Gläschen Honig, von dem ein intensiver Duft ausströmte.

»Bitte, nehmen Sie zuerst.«

Sie reichte ihm das Glas, und Fukase rührte sich daraufhin behutsam einen vollen Teelöffel Honig in die Tasse.

»Reicht denn ein Löffel?«, fragte die Wirtin.

»Mir schon. Aber wenn Sie ihn zuckersüß trinken wollen, müssen Sie schon drei Teelöffel davon reingeben.«

»Oh, Sie scheinen mir ein wahrer Honigexperte zu sein.«

Die Wirtin tat sich drei üppige Portionen Honig in den Kaffee und rührte heftig mit dem Löffel herum. Er musste an Hirosawas große Hände denken, der hatte es ebenso gemacht.

Ja, Hirosawa … Heute ist wohl wieder so ein Tag …

Nachdem Fukase das Aroma genüsslich eingesogen hatte, nahm er den ersten Schluck. Vielleicht lag es daran, dass die Wirtin ihm geschildert hatte, wie ihr Vater in seinem Garten einen Bienenstock aufgestellt hatte, jedenfalls war ihm, als würde sich in seinem Mund eine blühende Wiese entfalten. Kaffee und Honig verschmolzen in Aroma und Geschmack zu einer Einheit, die keineswegs befremdlich war. Man hätte die Mischung ebenso gut für eine spezielle Kaffeesorte halten können.

Na, schmeckt doch klasse, oder?

Er sah Hirosawa vor sich, wie er triumphierend grinste.

»Es schmeckt fantastisch. Das könnte glatt unsere Spitzenmischung pur in den Schatten stellen. Wenn ich das meinem Mann erzähle, wird er es bestimmt als Ketzerei verdammen, aber zum Testen werde ich das Spezialrezept diese Woche den anderen Kunden anbieten.«

Mit hocherfreuter Miene stürzte sie den heißen Kaffee mit einem kräftigen Schluck hinunter. Es war Fukase zuvor nicht aufgefallen, aber auch in ihrer Art zu trinken ähnelten sich die Wirtin und Hirosawa. Fukase, der mit seiner hitzeempfindlichen Zunge nicht mithalten konnte, fand es sympathisch.

»Das können Sie auch abräumen.«

Fukase schob das Honigglas, das vor seinem linken Ellbogen stand, der Wirtin entgegen.

»Ach, lassen Sie nur. Als Dankeschön dafür, dass Sie mich auf diese gute Idee gebracht haben. Falls Sie keine Verwendung dafür haben sollten, geben Sie es doch Mihoko-chan. Haben Sie sich nicht für heute verabredet?«

»Doch, um sieben, sie müsste gleich da sein.«

Er checkte die Uhrzeit auf seinem Handy. Es war Punkt 19.00 Uhr, die Türglocke müsste also gleich schellen, dachte er und schaute zum Verkaufsraum. Mihoko hat sich doch bei unseren bisherigen Verabredungen noch kein einziges Mal verspätet. Sie hat auch keine SMS geschickt, dass sie später kommen würde.

»Na, dann hätten wir mit dem Honig vielleicht so lange warten sollen, bis Mihoko-chan eintrifft.«

»Hm.«

In diesem Augenblick bimmelte die Türglocke und übertönte sein zögerndes Brummen. Mit einem Zwinkern in seine Richtung lief die Wirtin zur Verkaufstheke und rief mit auffällig lauter Stimme: »Willkommen!«

Sie nannte dann jedoch nicht Mihokos Namen, sondern den von Frau Soundso. Vielleicht will sie mir damit ein Zeichen geben, dachte er und lauschte angestrengt in Richtung Verkaufsraum. Die beiden Frauen plauderten ein wenig, und die Wirtin erklärte der Kundin die Bohnensorten. So weit verstand er das Gespräch, ohne nähere Einzelheiten mitzubekommen. Ihre lachenden Stimmen waren jedoch deutlich vernehmbar.

Er hatte die Wirtin mal zu einer anderen Kundin sagen hören, dass ihr Mann, bevor er das Café eröffnet hatte, bei einer städtischen Bank angestellt gewesen war. Bei eben dieser Institution hatte sich Fukase selbst auch beworben. Oh, wie sie das nur habe zulassen können, dass er dort aussteigt, hatte die Kundin überrascht gefragt, worauf die Wirtin lachend erwiderte, ihr Mann sei eben ein Dickschädel.

Für den unverheirateten Berufsanfänger Fukase war das keine denkbare Alternative. Er hielt die Wirtin für noch außergewöhnlicher als den Chef. In der Ehe muss man auf seine Träume nicht zwangsläufig verzichten. Andererseits, wäre der Chef ledig geblieben, hätte er seinen Wunsch, ein Geschäft zu eröffnen, wohl nicht verwirklichen können. Er hatte den Schritt sogar nur deshalb wagen können, weil es jemanden gab, der ihm den Rücken stärkte. Und vielleicht reiste der Chef ja auch in der Weltgeschichte herum auf der Suche nach edlen Kaffeesorten, um mit seiner Frau Zeit bei gutem Kaffee zu verbringen. Das wäre doch genauso denkbar.

Auf diese Idee war er jedoch erst gekommen, nachdem er Mihoko begegnet war.

Kennengelernt hatte er Mihoko Ochi vor vier Monaten im Café Clover. An jenem Abend, als er nach der Arbeit hier einkehrte, saß ganz hinten an der Theke eine fremde Frau auf seinem Stammplatz.

Für gewöhnlich kam er gegen 19.00 Uhr in den Laden, zu einer Zeit also, wo er selten andere Gäste antraf.

Hier im Wohnviertel war naturgemäß nachmittags am meisten Betrieb, aber zum Abend hin war das Café nur schlecht besucht, weil es kein Essen anbot. Nach 20.00 Uhr fand sich die Stammkundschaft ein, neben Fukase nur wenige Gäste, die vielleicht ihren Alkoholrausch ausnüchtern oder einfach nur einen Kaffee nach dem Abendessen trinken wollten. Frauen gehörten so spät in der Regel aber nicht dazu.

Seitdem das Café des Öfteren in Stadtteilmagazinen vorgestellt wurde, schauten zwar angeblich auch Leute aus anderen Gegenden hier vorbei, aber diese Frau trug normale Freizeitkleidung und wirkte nicht so, als wäre sie von weiter weg hierher gekommen. Für ihn war sie hier ein neues Gesicht, und auch sonst war er ihr im Viertel noch nie begegnet.

Er hätte sich ohne Weiteres auf den nächsten freien Platz setzen können, aber stattdessen blieb er unschlüssig stehen und schaute zum Wirt, der gerade dabei war, Kaffee zuzubereiten. Dieser blickte stumm, aber mit sichtlich bedauernder Miene zurück, worauf Fukase sich hastig auf den Hocker nahe dem Eingang setzte.

»Ach, ist das etwa Ihr Stammplatz?«, wandte sich Mihoko an Fukase und machte zögernd Anstalten aufzustehen.

»Aber nein, nicht doch, bleiben Sie bitte sitzen. – Ich hätte dann auch gern meinen Kaffee. So wie immer, bitte!«

Sogleich fragte er sich besorgt, ob er sich etwa wie ein arroganter Stammkunde aufführte, aber Mihokos Blick war konzentriert auf den Kaffee gerichtet, der vor ihr stand. Sie hob die Tasse, sog den Duft ein und nippte ein wenig davon, wobei sie schlagartig die Augen aufriss. Mit einem derart herrlichen Aroma hatte sie offenbar nicht gerechnet. Wahrscheinlich habe ich bei meinem ersten Besuch hier auch so ein Gesicht gemacht, dachte Fukase, als er Mihokos Profil betrachtete.

»Die Bohnen kann man kaufen, oder?«, wandte sich Mihoko an den Besitzer, zaghaft und leise, offenbar um ihn nicht dabei zu stören, den Kaffee für Fukase zuzubereiten.

»Schon gut«, fügte sie schnell hinzu, bevor er etwas erwidern konnte. »Selbst bei der gleichen Bohnensorte schmeckt der Kaffee sicher besser, wenn man ihn hier trinkt, nicht wahr?«

Fukase nickte zustimmend.

Das Kaffeetrinken hatte Fukase sich im Herbst seines letzten Schuljahrs auf der Oberschule angewöhnt, in der Endphase vor der Uni-Zulassungsprüfung. Zuerst hatte er sich zum Lernen löslichen Kaffee gemacht, aber da er jeden Abend mehrere Tassen trank, bekam er im Lauf der Zeit davon morgens Sodbrennen. Daraufhin bat er seine Mutter darum, Kaffeefilter und Bohnen zu kaufen. In seiner Studentenzeit las er Ratgeber über Kaffeezubereitung und probierte eifrig alles Mögliche aus, indem er beispielsweise Filtertüten aus Papier gegen solche aus Textil austauschte oder eine French-Press-Kanne benutzte. Dann, als er zu arbeiten begann und das Café entdeckt hatte, investierte er sein gesamtes erstes Bonusgehalt, um sich die gleiche deutsche Espressomaschine zu leisten, wie sie im Laden stand.

Er verwendete viel Zeit und Geld auf seine Vorliebe und konnte schließlich stolz von sich behaupten, dass sein selbst zubereiteter Kaffee besser schmeckte als der in den Cafés der Umgebung, aber so sehr er sich auch bemühte, die hohe Kaffeekunst des Clover-Wirts war nicht zu übertreffen. Hinzu kam, dass er Fortbildungsseminare für Profis besuchte, wodurch er noch raffiniertere Fertigkeiten erwarb.

Deshalb kam Fukase jeden Tag hierher. Manchmal wäre er zufriedener gewesen, wenn er mit jemandem über seine Eindrücke hätte reden können, aber stattdessen genoss er schweigend Schluck für Schluck den Kaffee.

Es gab jedoch auch Anlässe zur Unterhaltung. Wenn er mit »So wie immer« bestellte, hieß das eigentlich: »Ich überlasse es Ihnen, Chef!«

Fukases Vorliebe galt dem »Aroma süßsaurer Beeren«.

»Costa Rica?«

»Genau.«

Falls Fukase falsch lag oder es sich um eine neu mitgebrachte und empfohlene Bohnensorte handelte, fing der Chef an, ihm einen gelehrsamen Vortrag zu halten. Wenn Fukase hingegen richtig geraten hatte, blieb es beim kurzen Wortwechsel. Obwohl Fukase nun schon seit zwei Jahren hier als Stammgast verkehrte, hatte er mit dem Wirt nie über andere Themen als Kaffee gesprochen.

Wenn Fukase die Bohnensorte erriet, bemerkte er, dass Mihoko heimlich zu ihm schielte, aber es kam niemals ein Kommentar von ihr. Er hingegen beobachtete sie ebenfalls aus den Augenwinkeln und fand ihr Profil hinreißend, wenn sie verträumt an die Decke starrte, als wäre sie mit den Gedanken ganz woanders.

Fortan begegnete er ihr, wenn er Glück hatte, dreimal pro Woche, wenn er Pech hatte, nur einmal. Meistens war sie schon vor ihm da und saß, offensichtlich um ihm seinen Stammplatz zu überlassen, auf dem vorletzten Hocker neben dem Eingang. Wenn er dann eintraf, nickte sie ihm kurz zu.

Manchmal erläuterte der Wirt Mihoko die Bohnensorte, aber meistens blieben alle drei still und lauschten der Latinomusik aus dem Radio.

»Mihoko-chan arbeitet übrigens dort drüben in der Bäckerei Grimm.«

Als Mihoko mal nicht da war, hatte ihm die Wirtin dies überraschend mitgeteilt, obwohl er gar nicht wusste, wer mit Mihoko gemeint war. Sie klärte ihn auf, dass es die neue Stammkundin sei, die immer um sieben komme, und so erfuhr er ihren Namen.

»Die Bäckerei hat ein vielfältiges Angebot an Currybrötchen, Sandwiches und dergleichen. Wie wär's – schauen Sie doch mal vor der Arbeit dort rein und nehmen sich einen Mittagsimbiss mit.«

Seine Firma besaß zwar keine hauseigene Kantine, aber in der näheren Umgebung gab es einige annehmbare Imbissläden mit moderaten Preisen. Außerdem wäre es zu umständlich, in der morgendlichen Hektik noch irgendwelche Umwege zu machen. Deshalb ging er eine Woche später an seinem freien Tag dort vorbei, Mihoko stand jedoch nicht an der Kasse.

Als er auf dem Rückweg frustriert und in lustloser Stimmung durch eine Unterführung schlenderte, hielt er plötzlich inne: Was habe ich eigentlich erwartet? Ich bin doch hergekommen, um Brot zu kaufen, grübelte er. Und er fing an, angestrengt darüber nachzudenken, welche Kaffeesorte wohl zu einem Currybrötchen passte.

Als er am nächsten Tag ins Clover einkehrte, war Mihoko bereits da, und auch die Wirtin stand hinter der Theke. Seinen Abstecher zur Bäckerei erwähnte er mit keiner Silbe.

Es passierte drei Tage später. Die Wirtin überreichte ihm einen Umschlag mit Kinokarten.

»Ich habe sie von der Industrie- und Handelsgesellschaft bekommen. Aber weder ich noch mein Mann mögen Horrorfilme. Können Sie was damit anfangen, Fukase-kun?«

Er selbst hatte eigentlich auch kein Faible für Horrorthriller, aber diesen Film wollte er sich anschauen. Es handelte sich um das Werk eines Regisseurs, den er als Student sehr gemocht hatte, und er war neugierig, wie der für seine Psychothriller berühmte Regisseur einen Horrorfilm inszenierte. Er nahm dankend den Umschlag mit den zwei Tickets entgegen.

»Sie könnten doch mit Ihrer Freundin gehen.«

Bei anderen Leuten hätte er diese Bemerkung mit einem Zungenschnalzen abgetan, aber bei der Wirtin konnte er offen sein: »Ich habe aber keine«, sagte er und wurde rot vor Scham.

»Na, wie wär's denn, wenn Sie Mihoko-chan dazu einladen? Ich habe mich nämlich erst kürzlich mit ihr über Filme unterhalten. Ich glaube mich zu erinnern, dass sie diesen Regisseur auch gut findet.«

Der Wirt wies seine Frau mit leiser Stimme zurecht.

Fukase entgegnete: »Wenn es so ist, können Sie sie doch ...«

Die Wirtin fiel ihm ins Wort, als hätte sie den Vorschlag geahnt, die Karten doch besser Mihoko zu geben. Vorsicht! Sonst wird dir deine Zurückhaltung zum Verhängnis, schien ihr Blick zu sagen, als sie resolut abwinkte.

»Sie als unser Stammkunde Nummer eins haben Vorrang – in jeder Hinsicht.«

Bei dieser unerwartet wohlwollenden Bemerkung kamen ihm fast die Tränen vor Rührung. Es gab also doch jemanden, der seinen Namen auf die Liste schrieb, wenn nur eine Person angegeben werden durfte.

In diesem Augenblick betrat Mihoko das Café.

»Ist was?«, fragte sie, wobei sie sich leicht irritiert ans Gesicht fasste und ihre Kleidung musterte, als sie die eindringlichen Blicke der anderen bemerkte.

Nachdem Mihoko Platz genommen hatte, grinste die Wirtin aufmunternd zu Fukase hinüber, als wollte sie sagen: So, nun aber fix. Nehmen Sie Ihren Mut zusammen! Sie spukt Ihnen doch schon die ganze Zeit über im Kopf herum.

Fukase blickte tadelnd zurück, ohne sich bewusst zu sein, dass er im Kopf schon längst einen Plan geschmiedet hatte, um die Gelegenheit nicht ungenutzt verstreichen zu lassen.

Wenn sie mir einen Korb gibt, werde ich nie wieder einen Fuß in diesen Laden setzen, auch wenn es jammerschade um den guten Kaffee wäre.

Wortlos stand er auf und näherte sich Mihoko.

»Ähm …«, sprach er sie an.

Nach diesem denkwürdigen Abend hatte Fukase in der Folgezeit das Café wie immer täglich besucht, die Feiertage ausgenommen.

»Mihoko macht bestimmt Überstunden. Sie hat mir erzählt, dass sie neuerdings öfter in der Backstube aushelfen muss«, tröstete ihn die Wirtin, sichtlich um ihn besorgt, als sie aus der Verkaufsecke kam.

Seit ihrer Verabredung fürs Kino war die Wirtin darum bemüht, sie zu weiteren Rendezvous zu ermuntern, indem sie mal ein neu eröffnetes französisches Bistro erwähnte oder auf Fukases Vorliebe für Rakugo zu sprechen kam. Einmal hätte er Mihoko gegenüber beinahe bemerkt, die Wirtin komme ihm vor wie früher die Kupplerinnen, hatte sich aber sofort auf die Lippen gebissen.

Wir sind gerade mal drei Monate zusammen, sagte er sich.

»Entschuldigen Sie mich kurz.«

Er holte sein Handy heraus. Sollte er ihr eine SMS schicken?

Sie war bereits zwanzig Minuten über der Zeit, da wäre es wohl nicht zu aufdringlich, wenn er sie anrief, selbst wenn sie noch bei der Arbeit war, oder? Eine Situation wie diese hatte es bisher noch nicht gegeben.

Er wählte ihre Handy-Nummer und ließ es zehnmal klingeln, bis ihre Mailbox ansprang. Soll ich ihr sagen, dass ich noch im Clover bin und auf sie warte?, überlegte er, während er auf das Signal für die zu hinterlassende Nachricht wartete, als sich plötzlich eine leise Stimme meldete:

»Hallo?«

Das Plätschern des Regens im Hintergrund verriet, dass sie sich draußen aufhielt.

»Bist du auf dem Weg ins Café?«

Er redete zwar laut und deutlich, um das Geräusch des Regens zu übertönen, aber aus Verlegenheit, die Wirtin könnte das Telefonat mithören, drehte er sich auf dem Hocker ganz zur Wand und presste das Handy dicht an seine Wange. Er fragte sich, ob die Hintergrundmusik immer so laut aufgedreht war, denn Mihokos schwache Stimme war kaum zu verstehen. Trotzdem bekam er mit, wo sie sich im Moment befand.

»Pardon, ich würde gern zahlen. Sie wartet vor meinem Apartment.«

»Ach, du meine Güte! Na dann aber fix!«

Er zückte sein Portemonnaie und kippte, nachdem

er hastig aufgestanden war, noch den kalten Kaffee hinunter.

»Vergessen Sie nicht den Honig!«

Mehr sagte die Wirtin nicht und ging vor ihm zur Kasse in den Verkaufsraum.

Sie trafen sich nicht nur in ihrem Stammcafé. Meistens waren sie am Bahnhof verabredet, um anschließend irgendwo zu Abend zu essen, aber vor dem Ruhetag der Bäckerei Grimm hatten sie ein festes Ritual. Dann tranken sie nach der Arbeit Kaffee im Clover und machten sich später in Fukases Apartment über eine große Menge an nicht verkauften Backwaren her, die Mihoko aus der Bäckerei mitnehmen durfte. Fukase hatte nichts dagegen, dass das Abendessen aus diversen Brötchen bestand. Einmal pro Woche fand er das okay.

»Tut mir leid, ich stehe gerade vor deiner Wohnung«, hatte Mihoko am Telefon erklärt.

Was war bloß geschehen? Er stürmte aus dem Café und rannte nach Hause, aber bereits nach wenigen Metern waren seine Schuhe trotz aufgespannten Regenschirms vollgelaufen und quietschten. Auch seine Hosenbeine waren knieabwärts dunkel geworden und klebten ihm an den Waden. Man war im Nu klatschnass, vielleicht war das auch der Grund, weshalb Mihoko nicht ins Clover gekommen war. Sein beklommenes Gefühl, dass etwas Schlimmes passiert sein könnte, ließ ein wenig nach.

Oder gab es bereits eine Unwetterwarnung? Es könnte

auch sein, dass sie irrtümlich geglaubt hat, das Café sei geschlossen. Zum Glück habe ich gestern sämtliche Handtücher gewaschen. Sie friert bestimmt, selbst wenn sie unter dem Vordach auf mich wartet. Ich werde ihr erst mal einen heißen Kaffee machen. Mihoko nimmt auch im Clover Milch und Zucker in ihren Kaffee. Ob sie sich über den Honig der Wirtin freut? Und übrigens… Ich könnte ihr doch bei dieser Gelegenheit vorschlagen, dass wir uns gegenseitig einen Ersatzschlüssel überlassen.

Er war noch nie in ihrer Wohnung gewesen, aber sie hatte ihm erzählt, dass sie von der Bäckerei zehn Minuten mit dem Fahrrad dorthin bräuchte. Da ihre beiden Wohnungen mit dem Bahnhof dazwischen gegenseitig auch zu Fuß schnell erreichbar waren, gab es bisher keinen Grund, dass man in Abwesenheit des anderen in dessen Wohnung warten musste. Fukase aber diente dieses Argument lediglich als Vorwand, weil er insgeheim fürchtete, Mihoko könnte seinen Vorschlag zurückweisen. Es genügte, sich dem anderen so weit zu öffnen, wie der es einem gestattete.

Aber wenn Mihoko genauso denkt, werden wir uns nie näherkommen, wurde ihm bewusst. Ich kann doch nicht darauf vertrauen, dass die beharrlichen Anspielungen der Café-Besitzerin, wir sollten doch besser zusammenziehen, irgendwann Wirkung bei Mihoko zeigen.

Sein Wohnhaus kam in Sicht. Ein zweistöckiges Gebäude aus Holz. Sein Apartment lag im Erdgeschoss.

Der Makler hatte ihm damals freudig mitgeteilt, dass eine sonnige Eckwohnung in der oberen Etage frei sei, aber bei der Besichtigung hatte Fukase sich dann doch für das andere leer stehende Apartment im Erdgeschoss entschieden. Die freie Wohnung im Obergeschoss befand sich nämlich direkt an der Eisentreppe, und als er sie besichtigte, hörte er draußen die eiligen Schritte eines Mieters oder Besuchers auf den Stufen dröhnen.

Zuerst war er von den Räumen im ersten Stock vollauf begeistert, aber schon im nächsten Moment überkam ihn ein beängstigendes Druckgefühl im Kopf, von dem ihm fast schwindlig wurde.

Dieser Mensch, der ihn mit Getöse besuchen würde, existierte nicht mehr. Und jedes Mal wenn er draußen den Krach hörte, würde er unweigerlich an ihn denken müssen.

Verborgen hinter dieser Treppe stand nun Mihoko. Sie hielt eine Nylontasche der Bäckerei Grimm in den Armen.

»Tut mir leid!«

Fukase rannte auf sie zu, aber Mihoko war gar nicht so durchnässt wie erwartet. Ihre Sandalen, in denen die nackten Füße steckten, hatten feuchtdunkle Abdrücke auf dem Boden hinterlassen, aber sie waren lange nicht so durchweicht, dass es Mihoko davon abhalten musste, das Café zu betreten. Fukase hingegen war klatschnass bis auf die Haut.

Demnach musste Mihoko weitaus früher, also bevor es so stark zu regnen angefangen hatte, hier eingetroffen sein. Dieser Gedanke huschte ihm durch den Kopf. Er war an der Kasse beim Bezahlen gewesen, als die aus der Kaffee-Ecke herbeieilende Wirtin einen Blick aus dem Fenster warf und bemerkte: »Donnerwetter, das ist ja heftig.«

»Wieso entschuldigst du dich? Ich bin doch diejenige, die nicht ins Café gekommen ist.«

Ihr Ton war nicht besonders heiter, aber sie klang nun nicht mehr so schwach wie vorhin am Telefon. Vielleicht hatte sie bloß keine Lust auf Kaffee gehabt?

Er schloss erst einmal die Tür auf und ließ sie eintreten. Dann holte er ein Handtuch aus dem Bad neben dem Eingang und reichte es ihr. Sie solle es sich gemütlich machen, er verschwinde kurz im Bad, um sich trockene Kleidung anzuziehen. Am liebsten hätte er sofort eine heiße Dusche genommen, aber angesichts der angespannten Stimmung ließ er es besser bleiben.

Als er aus dem Bad kam, saß Mihoko, ohne den Fernseher eingeschaltet zu haben, kerzengerade mit dem Rücken zum Eingang am Kotatsu. Genauso wie bei ihrem ersten Besuch bei ihm schaute sie sich ausgiebig im Zimmer um.

Für eine Junggesellenbude ist es doch ziemlich aufgeräumt, überlegte er. Daran hat sich auch nichts geändert seit ihrem letzten Besuch. Wonach hält sie also Ausschau?

Als er behutsam die Badezimmertür hinter sich schloss, drehte sich Mihoko trotz des leisen Geräuschs erschrocken zu ihm um.

»Tut mir leid, dass du warten musstest. Ich mache uns erst mal einen Kaffee. Die Wirtin hat mir …«

»Lass!«

Es war das erste Mal, dass Mihoko ihn so abrupt unterbrach. Ihr scharfer Ton brachte ihn sofort zum Schweigen. Noch wollte er glauben, dass das alles nichts mit ihm zu tun hätte. Dann aber sah er ihre versteinerte Miene. Sie könnte jeden Moment in Tränen ausbrechen, wurde ihm bewusst. Vielleicht hatte er sich doch etwas zuschulden kommen lassen, fragte er sich. Aber ihm wollte absolut nichts einfallen.

»Was ist los?«

Unwillkürlich drückte er seinen Rücken durch, als er sich ihr gegenüber an den Tisch setzte.

Mit verzerrtem Mund stieß sie schließlich hervor: »Kazu-kun, du hast gesagt, du hättest bisher ein ganz normales, stinklangweiliges Leben geführt. Aber stimmt das wirklich?«

Während der Kennenlernphase hatte er sich höchstwahrscheinlich derart beschrieben. Beim Abendessen in einem feineren Restaurant hatte er sich bei der Bestellung so trottelig angestellt, dass ihnen nur einfache Speisen wie Suppe und Gemüsegerichte serviert wurden. Ein anderes Mal war er beim Bezahlen so ungeschickt, dass ihm in Mihokos Gegenwart sämtliche Münzen aus dem Portemonnaie fielen. Er hatte sich sogar geoutet, dass sie seine erste Freundin sei, und hinterher befürchtet, sie könne daraus folgern, ihm fehle es an Charisma. Um diesem Eindruck vorzubeugen, hatte er hinzugefügt, dass der Grund dafür nicht etwa sei, dass er auf andere Menschen abstoßend wirke, sondern weil sein Umfeld einfach zu langweilig gewesen sei.

»Ja, stimmt. Das ist leider eine Tatsache.«

Ich könnte mir meine Jahrgangsalben aus der Mittel- und Oberschulzeit von zu Hause schicken lassen und ihr das nächste Mal zeigen. Zwischen den vielen Seiten mit den Porträts seiner Klassenkameraden war Fukase nur auf dem zentralen Gruppenfoto und dort gerade noch so am Rand zu sehen. Auf dem Bild aus der Oberschulzeit war sein Gesicht sogar durch einen anderen Mitschüler verdeckt, und man konnte nur noch Fukases etwas breitere Stirn dahinter erkennen. Allein die Tatsache, dass ich keine solchen Erinnerungsstücke hier in meiner neuen Wohnung herumliegen habe, ist doch Beweis genug, was für ein ereignisloses Leben ich geführt habe.

»Gibt es etwas, das du vor anderen Menschen lieber geheim halten möchtest? Etwas, weswegen du ein schlechtes Gewissen hast?«

Eine schreckliche Ahnung beschlich ihn. Vielleicht spielt sie ja auf eine Begebenheit an, die gar nicht zwischen uns stattgefunden haben muss. Durch das Geräusch des Regens verstärkt, begann er sich vorzustellen, wie plötzlich Schlingpflanzen unter seiner Haut wuchsen, sich in seinem Innern emporschlängelten und ihm langsam die Luft abdrückten.

»Willst du etwa meine gesamte Biografie wissen? Mein Leben ist nicht besonders schillernd, aber dafür gibt es auch keine Lücken.«

»Nun, könntest du mir denn dein gesamtes Leben schildern?«

»Warum sollte ich das tun?«

Plötzlich riss das Geflecht der Ranken auf, und der beklemmende Druck ließ augenblicklich nach. Die Angst löste sich auf, aber ein Gefühl des Widerwillens machte sich breit.

Fukase stand auf und ging zur Kochnische. Wäre er noch eine Sekunde länger am Tisch sitzen geblieben, hätte er wohl die Beherrschung verloren und sie mit harten Worten überschüttet. Aber versuchte er sich zu entziehen, um Mihoko nicht zu verletzen, oder weil es in seinem Innern einen Ort gab, von dem er nicht wollte, dass andere ihn betraten? Er wusste es nicht.

»Ich mache doch erst mal einen Kaffee. Ich werde auch einen trinken. – Ach, könntest du mir bitte das Glas Honig aus der Tasche geben? Ein Geschenk vom Clover.«

Er sagte es mit dem Rücken zu ihr und füllte zwei Portionen der Clover-Spezialmischung aus der Dose in die Kaffeemühle.

Beruhige dich, beruhige dich, ermahnte er sich, während er die Bohnen mit der Hand mahlte. Seine Gedanken rasten.

Es gibt nur ein Ereignis, das ich versiegelt in meinem Herzen trage. Nur ein einziges.

Will mich Mihoko dazu zwingen, es ihr anzuvertrauen?

Da es nur diesen einen dunklen Vorfall in meinem sonst eher belanglosen Leben gibt, hat mich ihre Frage zutiefst erschüttert. Denn es kann nur dieses eine Ereignis betreffen. Aber eigentlich dürfte sie davon doch gar nichts wissen, oder? Um ein Haar hätte ich mich um Kopf und Kragen geredet!

Er hörte hinter sich ein Geräusch und drehte sich mit bemüht sanfter Miene zu ihr um.

»Hast du ihn gefunden? Er ist aus eigener Ernte.«

Aber es war nicht das Gläschen mit dem Honig, das sie ihm reichte. Es war ein Brief. Ein gewöhnlicher Umschlag mit einer aufgedruckten Anschrift. Er war an Mihoko gerichtet, aber an die Bäckerei Grimm adressiert. Fukase drehte ihn um, aber es war kein Absender vermerkt. Durch Nässe verwischt, war der Poststempel auf der 82-Yen-Standardmarke unleserlich. Der Briefumschlag war bereits am Kopfende aufgeschlitzt.

»Soll ich den Brief lesen?«

Mihoko nickte stumm. Fukase klemmte sich den Umschlag unter den Arm und trocknete sich umständlich mit einem Handtuch die Hände, bevor er den Brief herauszog. Es war nur ein Bogen Papier. Er sah eine vertikale Reihe in fett gedruckten Gothic-Fonts durchscheinen. Die beiden sichtbaren Zeichen »SE« und »KAZU« deuteten auf seinen Namen. Sein Herz begann zu klopfen.

Bevor er das Blatt auseinanderfaltete, warf er Mihoko einen Blick zu. Sie starrte ihn reglos, mit aufgerissenen Augen an. Für weiteres Zaudern war es jetzt zu spät. Er klappte die Seite auf.

FUKASE KAZUHISA IST EIN MÖRDER.

Sein Herz schlug wie wild, er bekam kaum noch Luft. Aber es gab auch einen Teil in ihm, der distanziert und mit kühlem Blick sein erschüttertes Ich beobachtete.

Diese Worte kommen nicht unerwartet. In diesem einen Satz verdichtet sich alles: meine Kommilitonen, das Alumnitreffen, West-Pop, Regen, Kaffee, Honig …

Mein kühles Ich nimmt mein erschüttertes Ich in die Mangel: Hast du nicht immer schon eine klitzekleine Vorahnung gehabt, dass es eines Tages dazu kommen würde? Und hast du niemals befürchtet, dass diese Enthüllung nicht etwa in den grauen Alltag hineinbricht, sondern vielmehr in einer glücklichen Phase deines Lebens stattfindet?

Die Antwort lautet: Nein! Lass dich nicht so schnell fortreißen!

»Wann kam das?«

»Heute Abend. Es steckte zwischen den anderen Postsendungen für die Bäckerei. Mein Chef meint, das würde ab und zu vorkommen, dass Leute den weiblichen Angestellten Briefe oder Geschenke an den Arbeitsplatz schicken. Aber er hat uns auch davor gewarnt, dass es manchmal schräge Typen und Stalker sind und wir uns bei merkwürdiger Post an ihn wenden sollten. Aber das hier kann ich doch niemandem zeigen. Im Clover hätten sie sofort gemerkt, dass etwas nicht stimmt, deshalb bin ich nicht gekommen. Ich kann meine Gefühle nicht gut verbergen. So einen Blödsinn kann man doch eigentlich gar nicht ernst nehmen, oder?«

Bestimmt so ein Perverser, der ein Auge auf dich geworfen hat. Er schickt dir so eine infame Lüge, nur um uns beide auseinanderzubringen.

Damit könnte ich Mihoko mit einem Lächeln auf den Lippen beschwichtigen und den Brief ratz, fatz zerreißen, dachte er sich. Jetzt wäre ein günstiger Zeitpunkt. Aber Mihoko sieht nicht so aus, als halte sie es nur für einen Bluff. Irgendwie wirkt sie skeptisch, und ihr Argwohn scheint sogar noch zugenommen zu haben, seitdem sie hier ist.

Nichts in meiner Vergangenheit weist darauf hin, dass man mich eines Mordes hätte beschuldigen können. Angenommen, ich würde alles vehement von mir weisen, könnte ich dann trotzdem zu Mihoko die gleiche Beziehung haben wie bisher? Würde Mihoko vielleicht nicht sogar fortan dazu neigen, irgendwelche Ungereimtheiten in meinen Worten, in meinem Benehmen aufzuspüren? Und ich würde mich dann bestimmt noch verklemmter verhalten als bisher und mir jede Äußerung dreimal überlegen, um nicht ihren Argwohn zu erregen.

Wenn unserem Glück nichts im Wege stehen soll, dann muss ich jetzt alles beichten.

Plötzlich schoss ihm die absurde Idee durch den Kopf, ob der Brief nicht gar von *ihm* stammte. Aber nur im Traum passieren einem solche irrationalen Dinge, dieser Brief hier existierte hingegen wahrhaftig.

Ein Toter kann unmöglich einen Brief verfassen.

Ich sollte Mihoko alles erzählen …

Aber ihm kamen erneut Zweifel. Kann ich der Realität denn selbst ins Auge schauen, um ihr die wahre Geschichte zu erzählen? Werde ich ihr am Ende nicht genau die gleiche Version erzählen wie damals der Polizei? Nur um mich selbst zu schützen?

Ich werde ihr einfach nur die Fakten mitteilen. Heute Nacht werde ich Mihoko nach Hause schicken. Es ist besser, wenn ich ihr an einem der nächsten Tage eine schriftliche Darstellung der Ereignisse übergebe. So kann ich das Vergangene Revue passieren lassen, indem ich meine Erinnerungen an die damaligen Ereignisse sortiere und alles in eine chronologische Reihenfolge bringe. Dann bin ich eher in der Lage, ihr einen genaueren Tatsachenbericht abzuliefern. Wie Mihoko darüber urteilen wird, nachdem sie das gelesen hat, darüber werde ich mir jetzt noch nicht den Kopf zerbrechen.

So werde ich es machen. Wenn ich es ihr von Angesicht zu Angesicht erzählen würde, könnte mich ihre Reaktion eventuell zu sehr beeinflussen.

»Miho-chan, heute Abend …«

Draußen heulte der Sturm auf. Etwas schepperte laut gegen die Tür. Irgendein Gegenstand, weitaus größer als eine leere Blechbüchse, musste dagegengeflogen sein. Ein Fahrrad? Es sah nicht danach aus, dass der Regen nachließ.

Ich kann Mihoko schlecht in dieses Unwetter hinausschicken, wurde ihm bewusst.

Heute ist tatsächlich ein Schicksalstag.

»Hast du Zeit? Es gibt etwas, über das ich mit dir sprechen muss. Aber es wird eine lange Geschichte werden.«

»Das macht mir nichts aus.«

Ihm fiel ein, dass sie morgen freihatte, weil die Bäckerei Grimm donnerstags geschlossen war. Die Tüte mit dem Brot lag auf dem Tisch. Auch das Clover hatte da seinen Ruhetag. Nur er musste zur Arbeit gehen. Er sah sich selbst, wie er völlig übermüdet in der Arbeit auftauchte.

»Ha«, entfuhr ihm ein schroffes Lachen. Ich bin im Begriff, ihr gleich etwas Schwerwiegendes anzuvertrauen, und bilde mir ein, mein Alltag könne unverändert weitergehen?

»Was ist denn?«

Mihoko blieb reserviert, warf ihm aber dennoch einen verwunderten Blick zu.

»Ach, nichts weiter. Entschuldige, ich möchte dir jetzt etwas Wichtiges erzählen. Aber vorher muss ich mich beruhigen. Deshalb lass mich erst mal den Kaffee kochen.«

Mihoko schien nicht ganz damit einverstanden zu sein, nickte jedoch stumm und kehrte ins Zimmer zurück.

Er fasste die Kurbel der Kaffeemühle. Wie oft habe ich sie bereits gedreht? Er konnte sich nicht darauf besinnen und entsorgte das gemahlene Pulver im Abfalleimer. Ich will einen erstklassigen Kaffee zubereiten.

Er gab die Clover-Mischung in die Dose zurück und nahm stattdessen die brasilianische heraus. Sie war in diesem Land des Kaffees bei einem nationalen Wettbewerb als beste prämiert worden, wie ihm der Wirt erzählt hatte.

Ich mache einen Kaffee. Damit kann ich uns etwas Gutes tun. Das Allerbeste, was ich vermag.

Der einzige Lichtblick in der finsteren Welt der Schuldgefühle.

2

Im Sommer vor drei Jahren …

Der Vorschlag, nach Madarao Kogen zu fahren, kam von Takaaki Murai. Sein Onkel besitze in diesem bekannten Skigebiet an der Grenze zu den Präfekturen Nagano und Niigata ein Chalet. Fukase hörte zum ersten Mal den Begriff »Chalet« im Kontext alltäglicher Gespräche, aber für Murai, dessen Vater Präfekturabgeordneter war, schien es etwas völlig Selbstverständliches zu sein.

Anfang Juli waren ausnahmsweise mal alle Teilnehmer im Seminarraum versammelt. »Klingt gut!«, rief Yasuo Tanihara und blickte, nach Zustimmung heischend, zu Asami neben ihm. Fukase spitzte zwar die Ohren, aber hielt den Blick weiterhin auf den Bildschirm seines Notebooks gerichtet.

Es wurde ihm schmerzlich bewusst, dass die Unterhaltung seine Person offenbar nicht mit einbezog. Wenn Vorschläge kamen wie: »Wollen wir uns den oder den Film im Kino anschauen?«, oder: »Wollen wir in den neu eröffneten Nudel-Imbiss gehen?«, reagierte er zwar manchmal innerlich sofort darauf, aber sobald er dann direkt angesprochen wurde, ob er sich anschließen wolle, erfand er sofort eine Ausrede wie, er habe noch etwas Dringendes zu erledigen.

Ich bin ein farbloser Luftmensch. Ich sollte besser gar nicht reagieren, selbst wenn etwas vielversprechend klingt … Denn es würde ja sowieso niemand einen wie mich einladen. Während er seinen Gedanken nachhing, tippte er vorgeblich eifrig weiter an einem sinnlosen Text.

»Was ist mit dir, Fukase?«

Jetzt sprach Tanihara ihn direkt an.

»Das ist doch eine gute Gelegenheit, wir fahren alle!«

Als er in Taniharas unbekümmert lachendes Gesicht sah, war Fukase einen Moment lang völlig baff. Tanihara besaß die Fähigkeit, auch größere Gruppen anzuführen; Gruppen, zu denen Fukase nie gehören würde. Immer gut gelaunt, eine Sportskanone, patent und beliebt. Mit »wir alle« bezog dieser Tanihara ihn nun ebenfalls ein.

»Ich weiß, der Zeitpunkt ist nicht gerade der günstigste. Nicht, dass ich euch bedrängen möchte …«

Bisher hatten nur Tanihara und Murai Jobzusagen erhalten. Tanihara, der bei dem führenden Handelsunternehmen Kujo Production eine Stelle antreten würde, schaute vermutlich bereits wehmütig auf seine Studienzeit zurück. Murai würde für ein paar Jahre bei einem Bauunternehmen, das von seinen Verwandten betrieben wurde, arbeiten, um anschließend bei seinem Vater, dem Präfekturabgeordneten, die Büroleitung zu übernehmen, und somit peu à peu in politischen Kreisen Fuß fassen.

»Asami, was ist mit dir?«

Tanihara wandte sich nun an Asami, ohne eine Antwort von Fukase abzuwarten.

»Bei mir wäre es erst nach dem ersten Staatsexamen möglich«, erwiderte Asami.

Seine erste Lehramtsprüfung war für Ende Juli angesetzt, die Ergebnisse würde er bereits vor dem Ahnenfest Mitte August erfahren, und falls er bestehen sollte, erwartete ihn das zweite Staatsexamen um den 25. August herum. Dies bestünde nur aus einem Aufsatz und dem Vorstellungsgespräch, erklärte Asami auf Taniharas Einwand, dass er für die Prüfung wohl büffeln müsse. Damit wäre also Anfang August Zeit für den Ausflug.

Er war zwar wie Fukase ohne Jobzusage, hatte aber noch alle Prüfungen vor sich, und das Gespräch mit Tanihara verlief entsprechend unverkrampft. Fukase hingegen, dessen sämtliche Bewerbungen von der Stadtbank oder anderen führenden Unternehmen bisher abgelehnt worden waren, wurde nicht direkt darauf angesprochen, obwohl Tanihara sonst nie sonderlich zurückhaltend auftrat.

Auch Hirosawa befand sich in einer ähnlichen Situation wie Fukase. Während er mit seinen Eltern darüber stritt, ob er in seine Heimat zurückkehren sollte, war er mit seiner Jobsuche unversehens in Verzug geraten. Darüber hatte Hirosawa sich neulich mal beklagt, als er bei Fukase einen Kaffee trank. Es war übrigens genau an dem Tag gewesen, als Fukase beim zweiten Auswahlgespräch an seiner favorisierten Bank durchgefallen war. Aber …

»Hirosawa, was ist mit dir?«

»Klingt gut, ich würde mitfahren.«

Hirosawa wirkte völlig locker.

»Na dann, wenn Hirosawa auch mitkommt …«, wandte sich Tanihara erneut an Fukase.

»He, Fukase, du kommst auch mit. Alle zusammen, das wird ein großer Spaß.«

»Ja, ich würde …«

Fukase hatte seinen Satz noch nicht beendet, da rief Tanihara schon: »Also abgemacht!«

Von Murai und Tanihara angeregt, wurde sofort eine Landkarte ausgebreitet und ein Kalender aufgeschlagen. Man einigte sich auf einen Drei-Tage-Trip von Dienstag bis Donnerstag in der ersten Augustwoche.

Aber was soll man im Sommer in einem Skigebiet anfangen?, wandte sich Tanihara nun etwas ernsthafter an Murai, der ihn sofort beruhigte. Ganz in der Nähe gäbe es einen Golfplatz und ein Center für Aktivitäten wie Gleitschirmfliegen, Heißluftballonfahrten und dergleichen, aber zuerst könnten sie sich mit einem Barbecue begnügen und die ganze Nacht hindurch einen draufmachen, ohne irgendwelche Nachbarn zu stören. Und tagsüber nach Herzenslust lesen, fügte Asami hinzu, worin Fukase ihm mit einem eifrigen Nicken beipflichtete.

Fukase stellte sich vor, wie es gewesen wäre, wenn er

mit diesen Kommilitonen auch seine gesamte Schulzeit verbracht hätte. Vor allem mit jemandem wie Tanihara in der Klasse, der immer am liebsten alle mit einbezog.

Das wäre mir vielleicht auch mal auf den Geist gegangen, aber zumindest hätte ich die Chance gehabt, meine Statistenrolle im Hintergrund aufzugeben und mich von meinem Minderwertigkeitskomplex freizumachen, dachte Fukase wehmütig.

Selbst Murai, der gern den Anführer spielt, hat kein abfälliges Gesicht gemacht, als es darum ging, mich auch noch mitzunehmen. Er ist generell nicht der Typ, der besonders gründlich über die Dinge nachdenkt. Hauptsache, er hat seinen Spaß, so lautet seine Devise, typisch für Macher wie ihn, aber er hat noch nie andere herabgesetzt, um seine eigene Position zu betonen.

Da die Reisetermine schon festgelegt worden waren, bedeutete »Planen«, dass hauptsächlich Murai alles Weitere organisierte. Tanihara und Fukase hatten keinen Führerschein, und so bot Murai, der als Einziger ein Auto besaß, den beiden anderen an, seinen geliebten RAV4 abwechselnd zu chauffieren. Zubehör für das Barbecue befände sich im Landhaus, Holzkohle, Grillroste, Einwegbesteck und dergleichen würde er selbst von zu Hause mitbringen, erklärte Murai, der als Einziger von ihnen noch bei seinen Eltern wohnte.

»Äh … könnte ich auch was machen?«, rutschte es Fukase unwillkürlich heraus, obwohl er eigentlich nur still folgen wollte.

Murai hielt kurz inne und verkündete dann, das Kaffeekochen Fukase zu überlassen. Ab diesem Moment begann Fukase sich auf die Reise nach Madarao Kogen zu freuen.

Dann kam der Tag.

Als Fukase um kurz vor neun am vereinbarten Treffpunkt, dem 24-Stunden-Laden in der Nähe von Taniharas Wohnung, eintraf, waren außer Murai bereits alle da. Fukase wollte gerade erleichtert aufatmen, dass er nicht der Letzte war, aber dann erfuhr er von Tanihara, dass Murai am Vorabend einen Autounfall gehabt hatte.

Er war mit seiner Freundin unterwegs, und als er an einer roten Ampel hielt, sei ihm jemand von hinten aufgefahren. Murai selbst sei unverletzt, aber der Wagen wurde beschädigt, und die Freundin habe eine Kopfverletzung davongetragen, da sie nicht angeschnallt gewesen sei.

»Dann fällt es flach?«, fragte Fukase Tanihara mit einem Seitenblick auf sein Gepäck, das vollgestopft war mit Kaffeebohnen, Stofffiltern und anderem Zubehör.

»Nicht doch, er meint, wir sollen ruhig fahren, und wünscht uns viel Spaß.«

Tanihara wies in Richtung Parkplatz, wo ein silberner Toyota Vitz stand. Es war der Wagen von Murais Mutter. Als Fukase die Hecktür zum Kofferraum öffnete, um sein Gepäck zu verstauen, fiel ihm eine große Kühlbox ins Auge. Murai habe sogar das Fleisch für das Barbecue beigesteuert, erklärte man ihm.

»Na, zum Glück ist ihm nichts passiert. Er will eventuell nachkommen, sobald er alles geregelt hat. Also, auf ins Vergnügen!«

Der ehemalige Baseball-Kapitän Tanihara trommelte seine Mannschaft zusammen, worauf alle ins Auto stiegen. Asami setzte sich ans Steuer.

»Da Hirosawa erst seit dem Frühjahr seinen Führerschein hat, werde ich euch bis zur Autobahn chauffieren, wo es dann bequemer zu fahren ist.«

»Danke dir!«, erwiderte Hirosawa erleichtert.

Tanihara setzte sich auf den Beifahrersitz, Fukase und Hirosawa nahmen auf der Rückbank Platz.

»Ach ja…« Fukase holte einen verschließbaren Thermobecher aus seinem Rucksack.

»Ich kann zwar nicht Auto fahren, aber dafür habe ich Kaffee gebrüht.«

»Sehr aufmerksam. Ist Zucker drin?«, fragte Asami, als er den Becher in Empfang nahm.

»Ja, ist schon drin, auch Milch.«

Er hatte ihn so zubereitet, wie Hirosawa ihn mochte.

»Mann, schmeckt der gut!«, rief Asami nach dem ersten Schluck.

»He, ich auch«, sagte Hirosawa und entriss ihm den Becher. »Echt, man ist mit einem Schlag hellwach. Asami, willst du den etwa austrinken?«

»Klar! Den gebe ich nicht mehr her. Sonst penne ich hier noch am Steuer ein.«

Asami holte sich den Becher zurück.

Er brauche auch ein Mittel gegen Müdigkeit, erklärte Tanihara und steckte eine Minidisc in die Stereoanlage.

Asami, der inzwischen den Kaffeebecher geleert hatte, schaltete sich ein:

»O Mann – du und deine altmodischen Minidiscs!«

Er startete den Motor, worauf Popmusik zu dudeln begann.

Der Wetterbericht hatte zwar zunächst Bewölkung und für später Regen vorausgesagt, aber noch war es heiter. Und auch wenn Murai fehlte, ließen sich die vier davon nicht die Laune verderben.

Tanihara quasselte munter weiter zu den internationalen Hits der Siebziger- und Achtzigerjahre, die durch den Wagen schallten. Dann erwähnte er den Beach Boys-Hit »Surfin' U.S.A.« und fragte, wer von ihnen den kennen würde. Es sei ein Kultsong der Hippiebewegung, und die Musik wäre bombastisch, berühre seine Seele zutiefst. Nach dieser begeisterten Liebeserklärung ging er über zum Thema Baseball.

Tanihara, der seit der Grundschule als Pitcher aktiv war, hatte es wegen einer Schulterverletzung weder in die Uni-Mannschaft noch in einen Amateur-Baseballverein geschafft, weshalb er jetzt einem lokalen Freizeitteam angehörte, das sich aus Ehemaligen der Jugendmannschaft zusammensetzte. Zweimal pro Monat fuhr er deshalb in seine Heimatstadt Saitama, um am Training teilzunehmen. Eine Woche vor der Reise habe es im Spiel gegen ihren Erzrivalen einen dramatischen Zwischenfall gegeben, so Tanihara.

»Im neunten Inning hatte unser Gegner zwei Outs,

aber zwei Läufer auf den Bases – die entscheidende Phase. Kurz vor Schluss stand also das Match auf Messers Schneide, es kam auf meine Aktion an. Aber ich bin einfach zu nervös gewesen, weil ich mich ganz untypisch auf einmal in einer Wettkampfsituation befunden habe. Meine Kehle war völlig ausgedörrt. Bleib ruhig, Mann, bleib ruhig, nur noch ein Ball, hab ich mir gesagt, aber als ich gerade zum Wurf ausholte, hatte ich einen Aussetzer und sah nur noch Weiß, ein blankes Weiß, tief in meinem Schädel. Dann wachte ich auf der Liege im Sanitätsraum von Ikeyas Stimme auf. Was ist los? Bin ich vor dem Wurf zusammengeklappt?, dachte ich und sprang von der Liege auf. Das Erstaunliche war, dass ich nicht bloß den Ball geworfen, sondern sogar einen Grounder gefangen haben soll, mit dem ich einen Homerun verhinderte. Das habe ich dann hinterher erfahren.«

Ikeya und all die anderen … Ich kannte keinen einzigen Spieler, den Tanihara erwähnte, aber von seiner begeisterten Schilderung mitgerissen, gelang es mir immerhin, ein bewunderndes »Wow!« auszurufen. Hirosawa lauschte mit einem gelassenen Lächeln.

Asami reagierte trocken sachlich: »Na ja, du scheinst ja wieder ganz gesund, aber könnte das nicht ein Hitzschlag gewesen sein? Du lässt dich doch sonst nicht so schnell aus der Fassung bringen. Bevor du wieder aus den Schuhen kippst, trink nächstes Mal lieber rechtzeitig einen Schluck Wasser.«

Auf Fukase wirkte Asami, wie er am Steuer so ungerührt daherredete, etwas schroff, aber Tanihara schien das nicht weiter zu bekümmern.

»Wie Sie meinen, Herr Lehrer! Die Gesundheitsfürsorge der Schüler gehört heute also auch zu den Aufgaben des Erziehers. Aber zwischendurch zum Wasserspender zu laufen, hätte doch die Spannung völlig gekillt. Das Leben kann ein bisschen Drama gebrauchen. Nicht wahr, Hirosawa?«

»Äh?«, fragte Hirosawa überrascht, als Tanihara sich plötzlich zu ihm umdrehte.

»Ich finde, ein ganz normales Leben ist am besten«, gab er leichthin zurück.

»Wie öde ist das denn!«

Tanihara wandte sich mit einem demonstrativen Schulterzucken von ihm ab und begann nun fröhlich den Refrain des Songs mitzuträllern. Fukase seufzte erleichtert, dass er nicht angesprochen worden war.

Wie öde ... Ich weiß ja, dass Tanihara nicht ernsthaft genervt ist, dachte er. Dennoch, wenn ich an einer gemeinsamen Reise teilnehme, bin ich noch mehr darum bemüht, die anderen nicht vor den Kopf zu stoßen. Gerade deshalb versetzt mir die Bemerkung einen Stich, auch wenn das gar nicht Taniharas Absicht gewesen ist.

Hirosawa wandte sich ab und sah mit einem leisen Lächeln aus dem Fenster. Er wirkte ganz gelassen, aber Fukase fragte sich, ob es ihm insgeheim nicht doch etwas ausmachte. Er wollte irgendetwas beisteuern, was die allgemeine Stimmung aufheiterte.

»In der nächsten Raststätte gibt es Frittiertes aus dieser Region zum Mitnehmen. Es wurde auch mal in einer Fernsehsendung vorgestellt.«

Wie erwartet, sprang Tanihara als Erster begeistert darauf an, und sie beschlossen, dort eine Pause einzulegen.

Die regionale Spezialität – über Nacht in einer speziellen Marinade eingelegte Hähnchenschenkel – war herrlich knusprig ausgebacken, während das Fleisch innen saftig schmeckte. Dazu gab es eine pikante Misosoße. Zu viert kauften sie zwei Portionen und machten sich über die leckeren Bissen her. Hirosawa verschlang ein frittiertes Hühnerbein mit einem Bissen, während Fukase mit seiner hitzeempfindlichen Zunge drei Minihappen daraus machte.

»He, Hirosawa, kaust du auch ordentlich?«, fragte ihn Asami, worauf Tanihara an dem hochgewachsenen Hirosawa hochblickte.

»Wie immer ein erhebender Anblick, mit anzusehen, wie er alles verschlingt.«

Wenn Fukase dem 1,85 Meter großen Hirosawa gegenüberstand, musste er immer an den Riesen im Bilderbuch japanischer Sagen denken, das er als Kind gelesen hatte. Dessen Augen waren so gezeichnet, dass man nicht genau wusste, ob sie lächelten oder schläfrig waren. Ein sanftmütiger, herzensguter Kerl, von den Dorfkindern als Trottel verspottet, aber stets von Tieren und kleinen Vögeln umringt. Ich fühle mich dann ihm gegenüber wie ein Eichhörnchen oder Wiesel, ging Fukase durch den Kopf. In seiner Gesellschaft fühle ich mich so wohl.

Als sie wieder im Auto saßen, drehte sich Tanihara diesmal zu Fukase um.

»Das Hühnchen war echt der Hammer.«

Fukase freute sich natürlich über Taniharas Lob, auch wenn es ihm etwas übertrieben schien. Wenn man verreiste, war es da nicht selbstverständlich, sich für die Fahrt bis zum Zielort oder zur Übernachtungsmöglichkeit über entsprechende Sehenswürdigkeiten, Gourmet-Tipps oder In-Läden kundig zu machen? Es waren Informationen, die jeder mithilfe eines Smartphones oder Computers leicht recherchieren konnte. Ihm dämmerte, dass die anderen auch für die bevorstehende Strecke keine derartigen Vorbereitungen getroffen hatten.

»Bekommt man irgendwo Süßigkeiten?«, fragte Tanihara, und Fukase erwiderte, dass man am nächsten Rastplatz Premium-Pudding aus Hochlandmilch essen könne. Dort und bei den nächsten Stopps stopften sie sich mit weiteren Delikatessen voll: Frankfurter Würstchen, Miso-Oden und Süßgebäck.

»Sollten wir nicht langsam auch mal an unseren Grillabend denken?«

Asami war derjenige, der ihrer kulinarischen Fresstour schließlich Einhalt gebot. Fukase kam der Einwand sehr gelegen, denn er selbst sah sich nicht in der Position, die anderen zu bremsen.

»Für die regionalen Spezialitäten ist noch genug Platz im Bauch«, murrte Tanihara, widersetzte sich jedoch nicht weiter.

»Wir haben uns echt überfressen.«

Es war Hirosawa, der Asami zustimmte, obwohl gerade er noch jede Menge hätte verdrücken können. Fukase hatte noch nie erlebt, dass Hirosawa jemandem widersprach. Auch nicht, wenn sie beide unter sich waren. Falls sie über das Mittagessen oder bei der Auswahl einer DVD geteilter Meinung waren, war es immer Hirosawa, der sich fügte und Fukase den Vorrang ließ.

Erst als sie die Autobahn verließen, um nun gemütlich auf der Landstraße weiterzufahren, bemerkten sie, dass längst Mittagszeit war. Obwohl sie sich in den Raststätten die Bäuche vollgeschlagen hatten, überlegten sie, wo sie zum Mittagessen einkehren könnten.

»Gibt's nicht hier irgendwo ein empfohlenes Lokal?«

Die Frage kam von Tanihara, und Fukase beeilte sich zu verkünden, dass sie demnächst an einer Gaststätte namens Alm-Klause vorbeikommen müssten. Dort solle man eine Soba-Spezialität – mit Gebirgswasser zubereitete Buchweizennudeln – essen können.

»*Wassersoba* – nie gehört. Aber es klingt lecker.«

Kurz nachdem der Vorschlag einhellig angenommen worden war und sie ausstiegen, um sich zur Alm mit der Wassermühle zu begeben, entschied sich Hirosawa plötzlich um:

»Tut mir leid, aber darf ich doch in das andere dort gehen?«

Hirosawa zeigte in die Richtung, aus der sie gekommen waren. In etwa hundert Meter Entfernung war ein rotes Giebeldach zu erkennen.

»Ist das ein Restaurant? Wir sind bis nach Nagano gereist, also essen wir auch gemeinsam Buchweizennudeln«, protestierte Tanihara.

»Aber auf dem Schild stand ›Madarao Kogen-Schwein mit Curry‹«, maulte Hirosawa.

Curry war Hirosawas Leibgericht in der Mensa gewesen. Er behauptete, er könne sich dreimal täglich davon ernähren, ohne dessen überdrüssig zu werden. Generell aß er alles, ohne wählerisch zu sein, aber besonders auf Curry konnte er einen regelrechten Jieper entwickeln. Er hatte Fukase gestanden, dass er einmal einen halben Tag damit zugebracht habe, zu einem bestimmten Curry-Restaurant zu gelangen, von dem er nur Gutes gehört hatte.

Madarao Kogen-Schwein klang auch für Fukase reizvoll, und er überlegte kurz, ob er sich Hirosawa anschließen sollte, aber er fühlte sich so satt, dass er höchstens noch eine Portion Nudeln schaffen würde.

»Ich bin für Buchweizen«, erklärte Asami.

»Buchweizen mit Gebirgswasser oder Hochlandschwein – ich bin für Buchweizen«, schloss sich Tanihara an.

Er wandte sich zur Wassermühle. Die schlichte Atmosphäre des Lokals zog auch Fukase an, aber es erschien ihm entspannter, nur mit Hirosawa zu essen. Unschlüssig blickte er zu Hirosawa.

»Tut mir echt leid, Fukase. Du hast das Lokal extra für uns ausgesucht. Lasst euch den Spaß nicht verderben.«

Und damit lief er los, worauf Fukase sich fügte und mit den anderen ins Soba-Restaurant ging. Dort genoss er aber die Spezialität dermaßen, dass er sich weder um die Stimmung noch um die Unterhaltung scherte.

Auf der Speisekarte fand sich nur eine einzige Sorte von Gerichten: Wasserbuchweizennudeln. Sie wurden ebenso wie gewöhnliche Soba-Nudeln auf einer Bambusmatte serviert. Andernorts gab es kleine Gerichte, wo die Soba-Nudeln mit einer Sojatunke im Sakekännchen und Schälchen mit fein geschnittenem Lauch sowie Wasabi serviert wurden. Hier allerdings standen auf jedem Tisch lediglich ein Teller voll Salz und eine Glaskanne mit eiskaltem Wasser. Auf einem Blatt Papier mit der »Anleitung zum Verzehr« war zu lesen, dass man die Soba-Nudeln zuerst ins kalte Wasser tauchen sollte.

»Ach so, deshalb heißt das Wasserbuchweizen.«

Kam die Bemerkung von Tanihara oder Asami? Besonders vielversprechend klang die Anweisung nicht, aber alle drei befolgten sie.

Man sollte die Nudeln mit den Enden nur kurz ins Eiswasser tauchen und sie dann blitzschnell verzehren. Schön glitschig rutschten sie sofort die Kehle hinunter, wobei sich das Buchweizenaroma im Mund voll entfaltete. Fukase war sich nie zuvor über den Eigengeschmack von Soba- oder Udon-Nudeln bewusst gewesen. Bislang hatte er sie eher als Beilage angesehen.

Dann solle man Salz dazugeben, stand da als Nächstes. Das elfenbeinfarbene Meersalz aus der Seto-Inlandsee brannte nicht auf der Zunge, sondern schmeckte ganz mild. Man tunkte lediglich die Stäbchenenden darin ein, um das Soba hauchzart damit zu benetzen, und wenn man dann die glatten Nudeln schlürfte, breitete sich ein süßliches Aroma im Mund aus.

Alles Weitere sei dem eigenen Gusto überlassen, hieß es in der Anleitung weiter. Auch der Geschmack und Salzgehalt der Tunke seien darauf abgestimmt, das Eigenaroma der Soba-Nudeln zur Geltung zu bringen. Obwohl sie längst satt waren, bestellte jeder für sich eine weitere Portion Soba.

»Das war ja ein Volltreffer!«

Tanihara fotografierte ihr Gelage mit dem Smartphone und sendete das Bild weiter.

»Schickst du das deiner Freundin?«, fragte Asami.

»Nein, an Murai«, erwiderte Tanihara. Schon vorher in den Raststätten habe er ihm Bericht erstattet, aber noch keine Antwort erhalten.

»Wenn er selbst darauf nicht reagiert, hat er bestimmt den Kopf voll wegen des Unfalls. Es ist sicher gar nicht so einfach für ihn, nachzukommen.«

Mit bedauernder Miene legte Tanihara das Handy beiseite, worauf Asami verständnisvoll nickte.

»Hoffentlich schafft er es hierher.«

Fukase äußerte sich zwar zustimmend, aber insgeheim war er nicht sonderlich erpicht darauf. Wahrscheinlich hatte auch Murai vorher Gourmet-Infos recherchiert. Selbst wenn Fukases Vorschläge reizvoller waren, könnte es durchaus sein, dass Murai sich mit seinen durchsetzte. So geriet er jetzt wenigstens nicht ins Hintertreffen.

Die reinen Soba-Nudeln hatten ihnen schon sehr gemundet, aber mit der Tunke schmeckten sie am allerbesten, befanden sie einstimmig, als sie aus dem Lokal traten. Hirosawa erwartete sie bereits am Auto. Er hatte sein Smartphone in der Hand, steckte es jedoch sofort in die Jackentasche, als er die drei näher kommen sah, und winkte ihnen zu.

»Und, wie war das Schweinecurry?«, erkundigte sich Tanihara sogleich.

Das Schnitzel sei groß wie ein Wagenrad gewesen, aber so lecker, dass er es in null Komma nichts verschlungen habe, erwiderte Hirosawa.

»Das Curry war megascharf, aber das Fleisch süßduftend, eine wunderbar ausgewogene Mischung.«

Diese geradezu enthusiastische Schilderung war ungewöhnlich für Hirosawa, der sonst nur lakonische Bemerkungen machte, selbst wenn ihm etwas außergewöhnlich gut schmeckte. Während Fukase darüber nachsann, wie delikat das Gericht gewesen sein musste, maulte Tanihara neben ihm, dass er das auch gern probiert hätte.

»Wir können ja auf der Rückfahrt da einkehren«, schlug Asami vor.

»Mann, das hättest du eher vorschlagen sollen. Dann hätte Hirosawa heute auch Soba essen können und wir alle zusammen übermorgen das Schnitzel mit dem Curry schlemmen. Oder?«

Tanihara schaute zu Hirosawa hoch und warf einen schmachtenden Blick auf das rote Giebeldach des Restaurants im Hintergrund, aber es sollte nichts daraus werden.

Nun übernahm Hirosawa das Steuer, denn ab dort befuhren sie nur breite Landstraßen mit wenig Verkehr. Auch die Landschaft änderte sich. Während sie jetzt immer seltener Häuser sahen, wechselten sich üppig grüne Reisfelder mit Obstplantagen und Salat- oder Gemüseäckern ab. Dazwischen lagen hin und wieder Blumenfelder.

Obwohl der Fahrer gewechselt hatte, blieb Tanihara weiterhin vorne neben ihm sitzen und sang laut mit, wenn »Surfin' U.S.A.« auf der Playlist stand. Erstaunlicherweise stimmte Hirosawa in Taniharas Gegröle mit ein.

»Der Song passt doch gar nicht zur Landschaft hier«, meckerte Asami, aber auch er klang aufgekratzter als sonst.

»Ihr solltet euch nicht nur auf die Berge konzentrieren. Schaut euch auch mal den Himmel an!«

Fukase hatte bereits bemerkt, worauf Tanihara sie hinwies.

Der Himmel war immer noch tiefblau, nur ein paar vereinzelte Wölkchen schwebten am Horizont. Plötzlich ertappte er sich dabei, dass sogar er mit den Fingerspitzen zum Rhythmus der Musik auf den Knien trommelte.

Fukase dachte, wie ungewöhnlich fröhlich es ihn auf einmal stimmte, einfach nur mit vertrauten Kumpeln durch eine unbekannte Gegend zu kurven. Vorher hatte er es sich eigentlich gar nicht so recht vorstellen können, was ihm auf dieser Reise Spaß machen sollte.

Da er nicht wollte, dass Asami neben ihm seine Aufregung bemerkte, drehte er sich noch weiter zum Fenster und entdeckte dabei die nächste Raststätte. Das Banner *Alpenmilch-Softeis aus Madarao Kogen* fiel auch Tanihara ins Auge.

»Lasst uns das auch probieren«, verkündete er laut. Hirosawa lenkte das Auto vor das Gebäude mit dem begrünten Dach.

»Wir sind hier in Nagano, dafür ist es echt heiß!«, stöhnte Tanihara, während er das Eis schleckte. Im Schatten vor der Eisdiele war die Wärme gut zu ertragen und das Eis schnell verputzt. Auf dem relativ leeren Rastplatz waren nur wenige Menschen unterwegs, junge Leute, offenbar Studenten wie sie selbst, darunter auch Pärchen.

»Musst du denn kein Souvenir kaufen?«, wandte sich Asami an Tanihara.

Fukase erfuhr bei dieser Gelegenheit, dass Tanihara eine Freundin hatte, die auch an ihrer Uni studierte und mit der er schon seit zwei Jahren zusammen war.

»Das kann ich auf der Rückfahrt erledigen. Da drüben gibt es übrigens eine Menge Marktstände. Wäre doch nicht schlecht, wenn wir Gemüse einkaufen.«

Neben einem lang gestreckten Gebäude mit einem Andenkenladen und einem Lebensmittelshop befand sich eine lagerähnliche Fertigbauhalle, auf deren Schild *Hochlandgemüse* stand.

Sie stimmten sofort zu. Als sie das Softeis aufgegessen hatten, schlenderten sie hinüber zur Markthalle.

Es gab eine reichhaltige Auswahl an Gemüsesorten, darunter Eisbergsalat, Kohlköpfe, Tomaten und Paprikaschoten – knackfrisch und von guter Qualität. Die Preise waren erschwinglich, und jeder legte nach Belieben seine Auswahl in den Korb, den Hirosawa trug. Für Fukase ein überraschender Anblick, und Hirosawas Mutter hätte sich garantiert gewundert, dass ihr Sohn sich plötzlich für Gemüse begeisterte.

»Bei dem Wort ›Hochland‹ springen wir sofort an!«, rief Tanihara, als er die Plastiktüte mit drei knallroten Tomaten in den Korb gleiten ließ.

»Ist dir das etwa erst jetzt aufgefallen?«, amüsierte sich Asami und warf ebenfalls zwei Beutel voller Champignons, groß wie eine Kinderfaust, in den Korb. Einer reiche doch, meinte Tanihara und brachte einen der Beutel zurück. Auch Hirosawa gab fünf pralle Maiskolben in den Korb.

»Ach ja, wir müssen auch an Murai denken«, fiel Tanihara ein und legte selbst eine weitere Tüte mit Tomaten hinzu.

In einer Ecke der Halle gab es einen Stand mit Backwaren. Dort lagen rustikale Brotlaibe mit von Hand geschriebenen Schildern, auf denen die diversen Zutaten aufgelistet waren.

»Sollen wir davon etwas für morgen zum Frühstück mitnehmen?«

Auf Fukases Frage hin erwiderte Tanihara, dass er sich um das Frühstück kümmern solle, weil er selbst sich gerade angeregt mit der Marktfrau am Backstand unterhielt. Sie empfahl ihm den Spezialitätenstand mit Sake und Bier aus der Region in der Souvenirecke.

Als Asami und Tanihara bereits Richtung Sake-Stand gingen, wandte sich Fukase wegen der Brotsorte ratsuchend an Hirosawa, doch der hatte auch eine andere Richtung eingeschlagen.

»Oh, bevor ich es vergesse, ich will noch ein Souvenir kaufen.«

»Ach«, entfuhr es Fukase, worauf sein Freund ihm den schweren Korb mit dem Gemüse überließ und fortrannte. Er hatte Fukase erzählt, dass er zum Ahnenfest nach Hause fahren würde, und vermutlich wollte er dafür Mitbringsel besorgen.

Fukase hatte beschlossen, nicht eher seine Familie zu besuchen, bis er nicht eine feste Jobzusage vorweisen konnte. Falls diese eine Firma sich nicht für ihn entschied, wäre es ihm unerträglich, wenn seine Familie gegen seinen Willen Beziehungen spielen lassen müsste, um ihm eine Anstellung im Heimatort zuzuschanzen.

Jedes Mal, wenn er eine Absage erhielt, war er am Boden zerstört gewesen, aber da er um keinen Preis ohne Job in die Heimat zurückkehren wollte, suchte er verbissen weiter.

Da man mir die Auswahl überlassen hat, kann ich ja getrost das Brot nehmen, das mir schmeckt. Er wählte einen dicken Rundlaib, laut Etikett ein *Walnussbrot im Steinofen gebacken,* und legte es zum Gemüse in den Korb.

Neben der Brotauslage befand sich ein Regal mit kleinen Gläsern. Marmelade und Honig. Auf allen klebte ein Etikett, das aussah wie ein Fetzen geschöpftes Papier mit pinselgemalter Aufschrift: *Marmelade aus dem Hause Morikawa* und *Honig aus dem Hause Morikawa.* Das *Hausgemacht*-Label sprach ihn noch mehr an als das Gütesiegel *Hochland*, und er nahm ein Gläschen mit Konfitüre in die Hand. Die tiefviolette Farbe ließ auf Blaubeere schließen, aber es war keine Fruchtsorte angegeben. Er nahm an, dass die rote Erdbeermarmelade war und die gelbe Apfelkonfitüre. Er entschied sich für die letztere und legte sie in den Korb.

Ein Gläschen Honig tat er auch dazu. Der sämige, karamellbraune Honig schien die Vegetation der japanischen Alpen konzentriert in sich versammelt zu haben, und Fukase hätte ihn am liebsten mit dem Finger aus dem Glas geschleckt.

Danach suchte er Salatdressing der Marke »Oma Tamae« aus und zog, um das Wichtigste nicht zu vergessen, eine Flasche derselben Firma mit Barbecue-Soße aus dem Regal, gerade als Tanihara, Asami und Hirosawa zu ihm zurückkehrten.

Nachdem sie den Einkauf bezahlt und im Auto verstaut hatten, klappte Tanihara mit einem zufriedenen »Alles perfekt« den Kofferraum zu. Plötzlich bemerkte Asami, wie im Westen hinter der hohen Bergkette dunkle Wolken am Himmel aufzogen.

»Das Wetter im Gebirge soll wechselhaft sein …«

Keiner von ihnen schenkte dem besondere Beachtung, aber dennoch wollten sie vor dem Regen in der Hütte sein und stiegen unverzüglich ein. Von nun an übernahm Asami wieder das Steuer.

Nachdem sie eine Weile durch die Ebene gefahren waren, rückte die steile Bergkette allmählich näher. Die sanft ansteigende Landstraße war kurvig und führte in einen Kurort mit Thermalbad. Dies war ebenfalls ein beliebtes Skigebiet mit einer Reihe von Ski-Verleihen, deren Fensterläden aber alle heruntergelassen waren. Als sie die Ortschaft passiert hatten, wies das Schild zum *Madarao Kogen-Skigebiet* nach links, sie aber fuhren weiter geradeaus.

»Es gibt einen direkten Weg zu den Pisten für Fortgeschrittene, da müssen wir hoch«, erklärte Asami am Steuer. Da der Toyota Vitz hauptsächlich von Murais Mutter in ihrem Wohnbezirk gefahren wurde, gehörte kein Navigationsgerät zur Ausstattung. Aber Asami hatte sich bisher weder verfahren noch unterwegs Landkarten studiert, sicher hatte er sich vorher sorgfältig über die Route informiert.

»Mensch, die können bestimmt fantastisch Ski laufen, wenn sie sich da oben eine Hütte hingebaut haben. Und in einem Ort im Tal mit lauter Hotels hätten sie sicherlich nicht so eine Ruhe«, sagte Tanihara und ließ das Fenster herunter.

»Ah, schön kühl!«

Fukase hatte ebenfalls sein Fenster heruntergefahren, und der Fahrtwind wehte ihm frisch ins Gesicht. Die Klimaanlage wurde ausgestellt, und sämtliche Wagenfenster wurden geöffnet. Die graue Wolkendecke am Himmel zog immer mehr zu, eine Schwüle hing bereits spürbar in der Luft, aber es war ihnen keineswegs unangenehm. Ihr Weg war gesäumt von Nadelbäumen und lud zum Waldspaziergang ein.

In dieser Gegend gab es kaum noch Häuser, und als sich zu beiden Seiten der Landstraße nur noch dichter Wald erstreckte, kam ein kleines Schild in Sicht: *Madarao Kogen West.*

Hier bogen sie dem Hinweis gemäß nach links ab. Eine Kurve nach der anderen, bei denen man nie ahnen konnte, wie es dahinter weiterging, tauchte vor ihnen auf, und mit jeder weiteren Serpentine verengte sich die Straße zusehends. Fukase war zwar noch nie beim Autofahren übel geworden, aber wenn er seinen Blick nicht auf einen entfernteren Punkt fixierte, drohte ihm schwindlig zu werden. Als sie um eine weitere lange Kurve bogen, wurde am rechten Straßenrand das Sichtfeld frei, und sie blickten in einen felsigen Abgrund.

»Uijuijui, das wird ganz schön knapp, wenn uns einer entgegenkommt. Was machst du denn dann?«, fragte Tanihara, der sich an den Sicherheitsgurt klammerte, um vornübergebeugt durch die Frontscheibe in die Schlucht zu spähen. Die schmale Strecke, die sich durch den Berghang schnitt, besaß zwar auf der Seite des Hangs Leitplanken, aber die wirkten wenig vertrauenserweckend. An vielen Stellen gab es Dellen, die aussahen, als wären Fahrzeuge dagegengeprallt. Fukase war froh, dass sein Platz am Fenster zur Bergseite lag, und seufzte vor Erleichterung, aber so leise, dass Hirosawa es nicht merkte. Ein schwacher Trost, denn wenn der Wagen abstürzte, wäre es um sie alle geschehen.

»Halt lieber den Mund. Was man sagt, wird oft wahr«, wandte sich Asami an seinen Beifahrer, während er stur geradeaus schaute.

»Jawohl«, erwiderte Tanihara und drehte sogar die Lautstärke der Anlage herunter.

»In der Hütte wird es doch wohl Strom geben?«, sagte Hirosawa.

»Sie wird sicherlich mit allem ausgestattet sein, keine Sorge. Die Straße ist zwar erbärmlich, aber da sie in der Nähe zum Skiort liegt, dürfte auch die Stromversorgung dort funktionieren«, beruhigte ihn Tanihara.

»Na, dann ist es ja gut. Ich hatte nur die Befürchtung, weil es hier keine Straßenlaternen mehr gibt.«

Von Hirosawa darauf aufmerksam gemacht, fiel nun auch Fukase die fehlende Straßenbeleuchtung auf. Wenn sie die Fahrt erst spät angetreten hätten, wäre sie noch stressiger verlaufen.

»Ah«, rief Tanihara laut.

»Seht mal, da gibt's einen Funkmast. Zwar nur einen, aber immerhin.«

Er streckte den Arm nach hinten und hielt ihnen das Display seines Smartphones entgegen. Fukase atmete erleichtert auf.

»Asami, du kannst beruhigt sein. Wenn wir einen Unfall bauen, können wir den Pannendienst rufen«, kam es von Tanihara.

»Du solltest so was wirklich nicht laut aussprechen«, protestierte Asami leicht verärgert auf Taniharas flapsige Sprüche.

Schon bald wurde die kurvige Bergstraße wieder breiter, sodass entgegenkommende Autos ohne Weiteres passieren konnten, und auch die Serpentinen waren nicht mehr so eng und steil. Der Wald war durch eine Schneise unterbrochen, wo ein Skilift in Sicht kam. Er war natürlich außer Betrieb.

Asami drosselte das Tempo und fuhr noch langsamer.

»Wenn der Lift zu sehen ist, sollen wir den nächsten Abzweig links nehmen.«

Als sie in den Schotterweg einbogen, sahen sie das Chalet mit dem blauen Giebeldach vor sich, das in den Berghang hineingebaut schien. Das Landhaus von Murais Onkel.

Asami parkte den Wagen in der Garage, während Tanihara die Haustür mit Murais Ersatzschlüssel aufschloss.

Fukase hatte erwartet, dass eine Hütte außerhalb der Skisaison in den Innenräumen völlig verstaubt sein müsste, aber entweder hatte die Familie von Murais Onkel hier zwischendurch logiert, oder sie hatten einen Reinigungsservice engagiert, denn die Böden und Möbel blitzten vor Sauberkeit. Der Strom ließ sich problemlos in Betrieb nehmen.

»Das Schlafzimmer des Onkels und andere nicht zu betretende Räume sind abgeschlossen. Demnach sind umgekehrt alle Zimmer benutzbar, die offen stehen. Wir bringen erst mal das gesamte Gepäck rein«, erklärte ihnen Tanihara.

Kurz nachdem sie alle Taschen und Lebensmittel ins

Haus transportiert hatten, fielen die ersten Regentropfen.

»Puh, gerade noch geschafft!«

Asami blickte erleichtert zum Himmel. Fukase hatte ein schlechtes Gewissen, dass er für ihn als Fahrer nur eine Tasse Kaffee bei der Abreise vorbereitet hatte.

»Du bist sicher müde vom Fahren. Ich werde das Essen vorbereiten, ruh dich aus!«

»Gern.« Asami nahm Fukases Angebot lächelnd an, aber mit einem zweifelnden Blick zum Himmel mutmaßte er, dass das Barbecue wohl ins Wasser fallen würde. Obwohl es erst kurz nach vier am Nachmittag war, hätte man meinen können, die Dämmerung habe eingesetzt, so sehr hatte sich der Himmel verdunkelt.

Aber auf dem Küchentisch war eine elektrische Grillplatte bereitgestellt. Erstaunlich, für was hier alles gesorgt war.

»Heute Abend wird ein Taifun das Kantō-Gebiet erreichen«, rief Tanihara aus dem großen Kaminzimmer, wo er den Fernseher eingeschaltet hatte. Die Wetterkarte auf dem Bildschirm zeigte eine dichte Regenfront, die sich allmählich dem gesamten Gebiet Ostjapans näherte.

»Da können wir echt von Glück sagen, dass wir es bei gutem Wetter bis hierher geschafft haben«, sagte Fukase, was die anderen drei mit einem Nicken bestätigten.

Im Fernsehen war nun der Fischereihafen von Shizuoka zu sehen, wo das Unwetter bereits wütete. Der strömende Regen auf dem Bildschirm vereinigte sich mit dem Prasseln vor der Hütte.

»Ob es hier auch so schlimm wird?«, überlegte Tanihara und schaltete den Apparat aus.

Fukase wollte vorschlagen, erst einmal für alle Kaffee zu machen, aber Tanihara kam ihm zuvor:

»Wir sollten jetzt nicht mehr rausgehen. Es ist zwar noch etwas früh, aber lasst uns das Abendessen vorbereiten und ein nettes Saufgelage hier drinnen veranstalten.«

Fukase ging voraus in die Küche. Tanihara bot Asami und Hirosawa an, nach der anstrengenden Fahrt ein Nickerchen zu machen, aber Hirosawa folgte ihnen, weil er der Ansicht war, dass sein bisschen Chauffieren nicht der Rede wert sei.

»Wow, das Fleisch sieht ja vorzüglich aus!«, rief Tanihara, als er die Kühlbox öffnete, die Murai ihm mitgegeben hatte.

Es war exzellent marmoriertes Rindfleisch in bratfertige Steaks geschnitten, die fein säuberlich auf schwarzen Plastiktabletts arrangiert waren, sodass selbst Fukase, der gewöhnlich kaum mit erstklassigen Fleischsorten zu tun hatte, die hohe Qualität auf den ersten Blick erfasste. Insgesamt waren es fünf Packungen.

»Ich werde von jetzt an Murai mit ›werter Herr‹ anreden«, verkündete Tanihara. »Ich auch«, kam es von Fukase und Hirosawa gleichzeitig, die sich lachend mit gefalteten Händen verbeugten.

»Bei euch geht es ja lustig zu.«

Angelockt von der ausgelassenen Stimmung, betrat

nun auch Asami die Küche, worauf sie zu viert mit der Zubereitung des Essens begannen.

Tanihara und Asami öffneten jeder eine Bierdose, prosteten sich zu und machten sich an die Arbeit. Sie hatten vergessen, Softdrinks einzukaufen, aber es störte sie nicht weiter, da das Leitungswasser hier bestimmt gut schmeckte.

Fukase schälte die Zwiebeln, während Hirosawa neben ihm mit geübten Handgriffen die Paprika in Streifen schnitt. Tanihara und Asami stritten darüber, was besser wäre, den Kohl zu zerrupfen oder mit dem Messer zu zerkleinern, entschieden jedoch am Ende, den Kohl auf zweierlei Weise zuzubereiten, einmal zum Grillen, aber auch um ihn roh zu essen. Irgendwann fiel ihnen auf, dass sie alle vier bei der Arbeit die Songs vor sich hin pfiffen oder summten, die sie während der langen Autofahrt gehört hatten.

»Glaubt ihr nicht auch, dass Professor Yamamoto ein Toupet trägt?«

Diesmal war es nicht Tanihara, sondern Asami, der mit todernster Miene die Frage stellte, worauf ein lautes Gelächter ausbrach.

Auch Hirosawa lachte mit.

Es war der ausgelassene Beginn einer stürmischen Nacht.

Während der Küchenarbeit hatten Tanihara und Asami fleißig Bier konsumiert, Tanihara hatte bereits drei Dosen intus. Mittlerweile standen auf dem Tisch mit der

Grillplatte auch alle Zutaten bereit. Bevor sich alle niederließen, holte Tanihara vier neue Dosen gekühltes Bier aus der Küche und verteilte sie in der Runde.

Was für ein Vergnügen es sein muss, sich einfach mit einem kurzen Dank das Getränk zu schnappen, dachte Fukase, der seine Dose beklommen anstarrte. Ohne dass ihnen sein Zaudern auffiel, zogen Tanihara und Asami mit einem Zischen die Laschen ab.

»Na dann, Prost!«

Tanihara bemerkte erst, als er seine Dose anhob, dass weder Fukase noch Hirosawa ihre Getränke angerührt hatten.

»Tut mir leid, aber ich vertrage keinen Alkohol«, sagte Hirosawa als Erster und legte, wie um Verzeihung bittend, die Hände vor der Brust zusammen.

»Ich auch nicht«, schloss sich ihm Fukase mit der gleichen Geste an. Bisher hatte er immer geglaubt, dass sein Freund auf ihn Rücksicht nähme, wenn er bei gemeinsamen Abendessen keinen Alkohol anrührte, aber nun stellte sich heraus, dass Hirosawa offenbar selbst keinen vertrug. Genau genommen konnte Fukase sich nicht darauf besinnen, ob sie je über das Thema gesprochen hatten.

Er war erleichtert, dass er nicht der Einzige in der Gruppe war, der keinen Alkohol vertrug. Sonst wäre es ihm sehr viel peinlicher gewesen.

»He, was soll das! Wieso sind wir denn überhaupt hier zusammen?«, meinte Tanihara sichtlich ungehalten und knallte seine Dose auf den Holztisch. Fukase zuckte zusammen. In diesem Ton müsse man das ja nun nicht unbedingt zum Ausdruck bringen, versuchte Asami die Stimmung zu beschwichtigen, aber Tanihara fuhr ihm sofort dazwischen:

»Ach, wie öde!«

»Tut mir leid«, flüsterte Fukase kleinlaut, sodass Tanihara es überhörte.

Sein Zorn richtete sich zuerst auf Hirosawa: »Du hast doch schon beim Lunch einen Alleingang gemacht. Ich möchte aber Curry essen. Ich vertrage keinen Alkohol«, äffte er ihn nach. »Das ist nicht bloß dein Eigensinn, sondern pure Egozentrik.«

»Es ist doch aber eine Frage der körperlichen Veranlagung«, murmelte Hirosawa trotzig und stierte auf einen Punkt auf der Tischplatte.

»Wie bitte?«, entrüstete sich Tanihara noch lauter.

»He, he«, schaltete sich nun Asami wieder ein und wandte sich an Fukase: »Vielleicht ist es ja bei dir so, dass du Alkohol sehr wohl verträgst, aber es bloß noch nie probiert hast.«

»Nein.«

Er war zwar leicht verdutzt zu hören, dass man ihm Erfahrung mit Trinkgelagen zutraute, aber die Erklärung, er würde aus freien Stücken darauf verzichten, wäre ihm weitaus willkommener gewesen, wenn er auf sein einschneidendes Erlebnis zurückblickte.

Fukase hatte von sich aus nie gewusst, dass er keinen Alkohol vertrug. Sein Vater trank zwar keine Unmengen, aber er gönnte sich jeden Abend seinen ganz normalen

Absacker, Bier oder Sake. Einige Handelsmarken waren Fukase deshalb auch geläufig. Aber sein Vater hatte ihm seines Wissens früher nie heimlich Alkohol eingeflößt, um ihn darauf vorzubereiten, wie es manchmal seine Mitschüler von zu Hause berichteten.

Sein erstes Bier hatte Fukase erst mit zwanzig getrunken, als er zum Neujahrsfest sein Elternhaus besuchte. Zum Abendessen eingeladen waren auch sein Onkel und seine Tante, die ihm Geschenke zu seiner Volljährigkeit mitbrachten.

»Ab heute ist doch alles erlaubt«, verkündete der Onkel und schenkte ihm ein Glas Bier ein. Er hörte zwar den überraschten Aufschrei seiner Mutter, die gerade das Essen auftrug, aber er schob ihre Entrüstung darauf, dass sie ihn immer noch wie ein Kind behandelte. Bedenkenlos nahm er einen großzügigen Schluck Bier aus seinem Glas.

Es schmeckte bitter und nicht besonders lecker, aber auch nicht unbedingt schlecht. Es erinnerte ihn daran, als er zum ersten Mal schwarzen Bohnenkaffee getrunken hatte.

Die nächsten Schlucke wollte er langsamer trinken, um den Geschmack genauer zu kosten. Von einer Sekunde auf die andere fing sein Bauch zu jucken an. Er kratzte sich unter dem Sweatshirt an der betreffenden Stelle, aber dann breitete sich der Juckreiz immer weiter aus. Verwundert zog er seinen Pulli ganz nach oben, worauf seine Tante einen spitzen Schrei ausstieß.

Auf seinem Bauch zeigte sich ein fleckiges Muster, als

hätte jemand rote und weiße Farbe mit bloßen Händen auf eine Leinwand geschmiert. Der Ausschlag breitete sich sogar auf Rücken und Nacken aus, wobei die Rötung allmählich überhandnahm. Sobald die ganze Haut damit übersät war, litt er an so starkem Juckreiz, als würde Strom durch seinen Körper geleitet. Er konnte sich nur noch krümmen und winden.

Seine Eltern zeigten sich zwar besorgt, aber sehr schockiert waren sie wiederum nicht. Sie machten auch keine Anstalten, den Notarzt zu rufen. Wahrscheinlich hatte sein Vater ihn doch schon mal als Kind am Alkohol nippen lassen, überlegte Fukase. Oder er selbst hatte aus Versehen davon getrunken, weil er es für Tee oder Wasser gehalten hatte. Daher waren sie jetzt nicht weiter verwundert, weil sie die Symptome bei ihm bereits kannten. Insofern verstand er nun auch, weshalb seine Eltern ihn nie zum Alkoholtrinken ermuntert hatten, selbst als er sein Abitur und dann seinen zwanzigsten Geburtstag feierte.

Im Nachhinein wäre es ihm lieber gewesen, sie hätten ihn vorgewarnt, als es darauf ankommen zu lassen. Das Gefühl, als würden Hunderte Raupen unter seiner Haut krabbeln, war kaum zum Aushalten gewesen. Sie gaben ihm dann etliche Gläser Wasser zu trinken, bis er alles erbrach. Dadurch wurde sein Zustand erträglicher.

In aller Kürze hatte Fukase den anderen die Symptome geschildert.

»Ich kann mir das nur schwer vorstellen, aber es hört sich furchtbar an.«

Tanihara, der Raupen nicht ausstehen konnte, rieb sich die Arme, als würde es ihn am ganzen Körper kribbeln.

»Dann hätten wir Softdrinks oder wenigstens Cola kaufen sollen.«

Asami wandte sich mit bedauernder Miene zum Kühlschrank. Es sah so aus, als wäre es ihm schrecklich unangenehm, sich als angehender Lehrer nicht vorstellen zu können, dass Menschen unterschiedliche Veranlagungen haben.

»Kann man nichts machen. Ist zwar öde, aber dann fügen wir uns eben, und ihr müsst mit Wasser anstoßen«, gab Tanihara schließlich nach.

Da rief Hirosawa plötzlich: »Ach, was soll's, ich nehme doch ein Bier.«

Er schnappte sich eine Dose und zog die Lasche ab. Fukase hatte das Gefühl, dass die Atmosphäre sich augenblicklich entspannte.

»Fühl dich jetzt aber bitte nicht genötigt!«, sagte Asami besorgt, wobei er Tanihara einen warnenden Blick zuwarf.

Genau! Lass das lieber!, hätte auch Fukase am liebsten gerufen, aber er sagte nichts, sondern blickte nur flehend zu Hirosawa.

»Nein, schon gut. Was Fukase uns eben erzählt hat, trifft auf mich nicht zu. Es ist ja nicht so, dass ich keinen Alkohol vertrage, ich werde nur einfach müde von dem Zeug. Es könnte dann sein, dass ihr ohne mich aufräumen müsst.«

Mit dieser Erklärung hob Hirosawa seine Dose vor den Mund.

»Bei mir ist das ähnlich. Asami ist aber trinkfest. Wir können ja morgen früh gemeinsam aufräumen. Also dann!«, sagte Tanihara.

Er hob seine Dose, Asami folgte ihm. Selbst Fukase griff sich der Form halber eine noch geschlossene Dose.

»Auf das Yamamoto-Seminar … und auf erholsame Sommertage in Madarao Kogen – *Kampai!*«

Die vier stießen miteinander an. Tatsächlich dürfte es nur ein dumpfes Geräusch gegeben haben, aber in Fukases Erinnerung hatte es sich angehört, als wären in klarer Luft dünnwandige Champagnergläser wohlklingend aneinander gestoßen.

Spätestens als sie die erste Scheibe Fleisch aßen, waren alle wieder guter Dinge. Selbst wenn Fukase seine Abstinenz nicht so ausführlich gerechtfertigt und Hirosawa nicht gegen seinen Willen getrunken hätte, hätte sich die miese Stimmung spätestens ab dem Zeitpunkt in Wohlgefallen aufgelöst.

Obwohl Fukase jeden Tag aufs Neue die Erfahrung machte, wie sehr ein guter Kaffee eine Wohltat für die Seele war, wurde ihm erst jetzt beim Verzehr des Fleischs bewusst, wie dessen hochwertige Qualität das Herz höher schlagen lassen und ein spontanes Lächeln aufs Gesicht zaubern konnte. Das Fleisch zerging so zart auf der Zunge, dass man es gern länger im Mund behalten hätte, bevor es die Kehle hinunterglitt.

»Das ist das köstlichste Fleisch, das ich jemals gegessen habe!«, rief Tanihara überschwänglich, worauf Fukase und die anderen beiden ihm nur mit einem heftigen Nicken zustimmen konnten, da sie mit vollem Mund kauten.

»Es tut mir so leid für Murai«, sagte Hirosawa, nachdem er den Bissen hinuntergeschluckt hatte.

»Na ja, ist natürlich schade, dass er nicht hier ist, aber wegen des Fleischs braucht man ihn nicht zu bedauern. In seiner Familie ist das ja nichts Ungewöhnliches«, erwiderte Tanihara, der genüsslich vor sich hin kaute.

»Mag sein. Aber er wollte sich vielleicht ganz besondere Mühe geben, wenn wir schon mal alle zusammen fahren«, erwiderte Asami mit einem Blick auf das Tablett mit den Fleischstücken.

Das war nicht die Sorte, die man im Supermarkt um die Ecke kaufen konnte.

»Was, wenn sich hinterher jeder an den Ausgaben beteiligen soll?«, fragte Fukase besorgt. Es ist zwar das Landhaus seiner Verwandten, aber deshalb bestand für Murai keine Verpflichtung, auch noch für die Lebensmittel zu sorgen.

»Mach dir mal keinen Kopf! Ach so, jetzt verstehe ich. Ich bin wohl der Einzige, der schon mal bei Murai zu Hause war. Das Abendessen wird dort als Menü mit mehreren Gängen serviert. Das war wirklich der Hammer«, erklärte Tanihara.

»Vielleicht haben sie das nur dir zu Ehren aufgetischt, weil du zu Besuch kamst?«, wandte Fukase ein.

»Aber ich bitte dich, ein mehrgängiges Menü? Angenommen, ihr würdet in meinem Elternhaus aufkreuzen, dann würde meine Mutter, wenn sie sich arg ins Zeug legt, Sukiyaki, Schweinekoteletts und Brathähnchen zusammen auf den Tisch stellen.«

»Bei uns wäre das auch so. Aber Curry darf natürlich nicht fehlen!«, rief Hirosawa.

War er beschwipst? Er hatte zwar nach dem Zuprosten kaum noch Bier getrunken, aber dennoch klang seine Stimme aufgekratzter als sonst.

»Curry muss sein«, rief Tanihara lachend und stand auf, um sich eine neue Dose Bier zu holen.

»Bei uns gibt's immer hausgemachte Sushi. Und weil meine Mutter fand, Fleisch sollte außerdem dabei sein, werden die Scheiben nach dem Braten auch gerollt. Inzwischen ist diese Zutat bei uns so beliebt, dass wir auf alle anderen verzichten.«

Asami kniff schmachtend die Augen zu, während Tanihara ihm eine weitere Dose Bier reichte.

»Handgerollte Hamburger-Sushi klingt gut. Und wie ist es bei dir, Fukase?«, fragte ihn Hirosawa.

An Feiertagen wie dem Ahnenfest oder Neujahr gab es auch bei Fukase zu Hause ein Festmahl, aber nach der bisherigen Unterhaltung müsste er wohl auch Auskunft geben, was auf den Tisch kam, wenn er Freunde zu sich einlud. Er stockte. Ist überhaupt jemals ein Freund bei mir zu Besuch gewesen? Und auf besondere Mahlzeiten kann ich mich erst recht nicht besinnen. Ich wurde auch nie eingeladen. Bei welcher Gelegenheit hätte es überhaupt dazu kommen sollen? Zu einem Geburtstag oder zu Weihnachten?

»Bei uns gibt es auch Sukiyaki oder gegrilltes Fleisch. Aber natürlich nicht so erstklassiges wie dieses hier. Außerdem Sashimi. Wir haben in der Nähe einen Laden, der frischen Fisch anbietet.«

Behelfsweise erwähnte Fukase einfach die Speisen, die beim Besuch von Verwandten auf den Tisch kamen.

»Ah, das klingt gut, frischer roher Fisch. Bis zum Examen sollten wir uns alle mal gegenseitig nach Hause einladen«, rief Hirosawa.

Niemand hatte Einwände gegen seinen Vorschlag, aber konkretere Pläne dazu wurden nicht gemacht. Bevor er keine Jobzusage hatte, wollte Fukase keinesfalls zurück ins Elternhaus. Geschweige denn mit Freunden zusammenwohnen, die eine Anstellung in einer führenden Firma bekamen. Er schielte zu Hirosawa, der gerade dabei war, seine Dose Bier glucksend in großen Schlucken zu leeren. Er hatte bestimmt den gleichen Gedanken.

Eine Weile quatschten sie belangloses Zeug und behielten dabei besorgt das Wetter draußen im Auge.

Paragliding und Ballonfahrten konnten sie wohl abhaken, bedauerte Tanihara, worauf Asami meinte, der Regen habe bereits nachgelassen und könnte in der Nacht eventuell ganz aufhören. Trotzdem konnte sich niemand dazu aufraffen, im Fernsehen oder per Handy herauszufinden, was der Wetterbericht voraussagte.

Sie waren immer noch vollauf mit Essen beschäftigt. Auch wenn das Fleisch vorzüglich war, mundete ihnen das Gemüse, das sie am Bahnhof gekauft hatten, nicht weniger. Obwohl sie sich die Bäuche bereits vollgeschlagen hatten, bekamen sie durch den süßen Geschmack der Zwiebeln und die knackigen Paprikaschoten zu ihrer Überraschung abermals Lust auf Fleisch.

»Ist diese Soße nicht fantastisch?«

Tanihara kaute genüsslich rohen Kohl, den er in die flüssige Würze getunkt hatte.

»Echt! Ich werde mir auf der Rückfahrt welche mitnehmen«, erklärte Asami, der nach der Flasche griff, um das Etikett genauer zu betrachten. »Hier stehen überhaupt keine Angaben zu den Inhaltsstoffen.«

»Das ist doch gut so. Das klingt noch mehr nach ›selbst gemacht‹, wenn die Zutaten geheim bleiben. Ich kaufe mir auch eine Flasche davon als Mitbringsel. Mit drei Schälchen Reis zusammen habe ich dann ein komplettes Essen«, erwiderte Tanihara.

»Was redest du da für einen Stuss, als würdest du in Armut leben. Dein Traum ist doch, ein reicher Mann zu werden, oder?«

»Genau! Ich werde in einem Haus mit Pool leben und ein Dienstmädchen haben. Jedes Wochenende werde ich dort eine Party veranstalten. Und zu Geburtstagen werde ich Profisänger engagieren, die mir ein Ständchen bringen.«

Das klingt nach den Fantasien eines Grundschülers, aber für Tanihara mit der vorläufigen Zusage einer renommierten Firma könnte dieser Wunschtraum schon bald in Erfüllung gehen, dachte Fukase. Ähnliche Lifestyle-Szenarien wie Taniharas Schwärmerei hatte er im Fernsehen oder in Zeitschriften gesehen, wenn über große Firmen berichtet wurde, deren Angestellte im Ausland zum Einsatz kamen.

»Aber sag mal, Tanihara, hast du nicht in deiner Grundschulzeit drei Jahre im Ausland gelebt?«

Es war Hirosawa, der ihn darauf ansprach.

»Ja, in Amerika. Mein Vater hatte dort geschäftlich zu tun.«

Der Vater arbeitete für einen mittelständischen Hersteller von Haushaltsgeräten und war für eine Stelle im Ausland mit seiner Familie für drei Jahre nach Übersee gezogen, wo Tanihara die zweite bis fünfte Grundschulklasse besuchte.

»Die Firma hatte ihm zur Wahl gestellt, entweder allein für fünf Jahre oder mit der Familie für drei Jahre. Er ging mit uns.«

Sie hatten in Idaho gewohnt. Taniharas Hoffnung sei gewesen, in eine große Stadt zu ziehen, aber tatsächlich lebten sie in einer stinknormalen Ortschaft auf dem Land, wo jedes Nachbarhaus kilometerweit entfernt lag. Da es keine speziellen japanischen Schulen gab, hatte er, der kaum das Alphabet beherrschte, eine lokale Grundschule besucht. In seine Klasse ging ein weiteres japanisches Kind, dessen Familie exakt den Lebensstil pflegte, den Tanihara sich für seine Zukunft erträumte.

»›Möchtest du zu unserer Party kommen?‹, stand

auf seiner goldumrandeten Einladungskarte. Das ist bestimmt eine Geburtstagsfeier, habe ich gedacht. Und als ich ihm ein Geschenk mitbrachte, sagte er: Aber nein, nicht doch! – Wie, was ist es dann für ein Fest? – Muss es denn einen Anlass für eine Party geben?«

Tanihara äffte den Jungen nach, indem er affektiert die Lippen verzog.

»Der Typ könnte doch inzwischen auch in deiner neuen Firma angestellt sein. Was machst du, wenn du ihm in deiner Abteilung als erfahrenem Kollegen wieder über den Weg läufst?«, zog Asami ihn auf.

Der gleichaltrige Schulkamerad könnte schon länger in der Firma sein? Dadurch erfuhr Fukase zum ersten Mal, dass Tanihara ein Jahr in der Warteschleife gehangen hatte, bevor er die Aufnahmeprüfung der Universität bestand.

»Das wäre ein Spaß. Dann würde ich ihn nämlich zu meiner Party einladen. Übrigens, was ist denn mit euch? Asami will ja Lehrer werden, aber was habt ihr denn für Träume?«

Tanihara blickte abwechselnd zu Fukase und Hirosawa. Er schien sich weder darüber lustig zu machen, noch schwang Mitleid in seiner Stimme, dass sie noch keine Jobzusage in der Tasche hatten. Deshalb ging Fukase davon aus, dass er sich nach ihren Kindheitsträumen erkundigte. Hirosawa schien es auch so aufzufassen.

»Ich wollte immer Profi-Baseballspieler werden«, erzählte er.

»Wie? Warst du nicht in der Oberschule im Volleyball-Verein?«, mischte sich Fukase ein, um zu zeigen, dass er Bescheid wusste.

»Ach, habe ich das nie erwähnt? Bis zur Mittelstufe habe ich in einer Baseball-Mannschaft gespielt. Ich wollte dann zwar weitermachen, aber es war ein schwaches Team mit zu wenig Spielern, und als ich noch hin und her überlegte, kam die Einladung vom Volleyball-Verein, also habe ich mich dafür entschieden.«

Aha, dachte Fukase. Er nahm sich vor, sich diese neue Information über Hirosawa zu merken.

»Ich hatte auch felsenfest vor, Profi-Baseballspieler zu werden und eine Nachrichtensprecherin zu heiraten, bis ich diese Schulterverletzung hatte. Und was ist dein Traum, Fukase?«, wandte sich Tanihara nun an ihn.

»Mein Traum …«

Es war nicht so, dass er auf die plötzliche Frage keine Antwort gewusst hätte. Ich habe immer das Ziel vor Augen gehabt, der Provinz zu entkommen. Dafür habe ich gebüffelt, um mich auf die Examen vorzubereiten. Mein Entschluss steht fest, nie mehr aufs Land zurückzukehren. Deshalb habe ich mich bei einer führenden Firma in Tokio beworben. Aber kann man so etwas einen Traum nennen?

Ein Hobby habe ich schon. Ich lese sehr gern. Ich wäre aber nie auf die Idee gekommen, Schriftsteller zu werden beziehungsweise in einem Verlag oder im Buchhandel zu arbeiten. Warum habe ich nie den Vorsatz gehabt, beruflich das zu tun, was mir Spaß macht? … Vielleicht wollte ich mir stattdessen einen Zufluchtsort bewahren.

»Willst du nicht aus deiner Kunst, Kaffee zuzubereiten, einen Beruf machen?«, schlug ihm Hirosawa vor.

»Aber echt! Mit deinem Kaffee könntest du eine Menge Geld machen. In Mathe bist du auch gut. Das passt doch wunderbar, um erfolgreich ein Café zu betreiben, oder?«, bekräftigte Asami.

»Ach, das wär doch klasse! Wenn es in der Nähe wäre, würde ich jeden Tag vorbeikommen. Und wenn nicht, gäbe es einen Ort, wo wir uns sogar nach unserem Studienabschluss ab und zu treffen könnten«, rief Tanihara ebenfalls begeistert.

Derart ermuntert, malte sich Fukase ein kleines Café aus. Das Interieur wäre in einem dezenten Farbton gehalten, und es gäbe nur eine Theke. An dieser würden dann seine Kommilitonen hocken. Und wer noch …?

Ein Handy klingelte und riss Fukase aus seinem Tagtraum. Es war Taniharas Apparat.

»Murai ruft an«, informierte Tanihara die anderen drei nach einem Blick auf das Display und nahm das Gespräch an. Fukase horchte nach draußen: Es goss in Strömen.

Murais Stimme am anderen Ende der Leitung war für die anderen nicht zu verstehen, aber als Tanihara sagte: »Was, du bist schon da?«, wussten die anderen, dass Murai auf dem Weg zum Landhaus war. Fukase, Hirosawa und Asami warfen fast gleichzeitig einen betretenen Blick auf die leeren Fleischtabletts.

»Wir können dich unmöglich abholen. Asami und

Hirosawa sind nicht mehr nüchtern. Warum hast du uns nicht früher angerufen? … Wie, eine Überraschung?«

Tanihara nahm das Handy vom Ohr und informierte die anderen in groben Zügen über die Situation.

»Murai sagt, er sei gerade an der Bahnstation Madarao Kogen West eingetroffen.«

»Du kannst doch ein Taxi nehmen. – Es gibt keins? Na, dann ruf doch den Taxiservice an. Oder wir können auch von hier aus eins bestellen.«

Tanihara lehnte Murais Bitte, ihn abzuholen, entschieden ab, aber der schien trotzig darauf zu bestehen.

»Er sagt, der Bahnhof sei wie ausgestorben, kein Kiosk offen, alle Fensterläden seien geschlossen, die Umgebung stockdunkel, und im Wartehäuschen regne es durchs Dach«, erklärte Tanihara den anderen. Aus Taniharas Sicht war Asami der Einzige, der angesichts der schwierigen Fahrt auf der steilen Serpentinenstraße Murai mit dem Wagen würde abholen können.

Asami schnitt eine deutliche Grimasse, dass man ihn verschonen solle, und machte einen weiteren Vorschlag: »Wenn er eine Station nach Madarao Kogen zurückfahren würde, könnte er dort eher ein Taxi bekommen und an einem angenehmeren Ort solange die Zeit totschlagen.«

Tanihara übermittelte Asamis Idee.

Eine Stunde warten? Das wäre doch die Härte, empörte sich Murai.

Tanihara schielte auffordernd zu Asami hinüber, aber der blickte beflissentlich zur Seite.

»Also, vielleicht ist es kurzzeitig für dich unbequem, aber ich werde jetzt ein Taxi rufen. Es würde sowieso ein Weilchen dauern, ob wir dich nun von hier aus abholen oder bis ein Taxi kommt. Das macht doch keinen Unterschied.«

Tanihara redete beschwichtigend auf ihn ein, aber Murai schien stinksauer zu sein. *Was glaubt ihr eigentlich, in wessen Landhaus ihr seid? Und mit wessen Auto ihr bis dahin gefahren seid? Noch dazu habe ich sogar erstklassiges Fleisch besorgt.* Bei dieser Bemerkung schaute Tanihara zu den leeren Tabletts und seufzte.

»Ich werde dann Asami oder Hirosawa bitten, dich abzuholen … Ja, okay … Ich richte es Hirosawa aus.«

Damit beendete Tanihara das Gespräch. Wer von euch beiden fährt nun?, schaute er fragend von Asami zu Hirosawa.

»Ich kann unmöglich fahren«, weigerte sich Asami. Vor ihm standen vier leere Bierdosen, und sein Glas war mit Wein gefüllt, den sie unterwegs am Bahnhof gekauft hatten.

»Aber bei diesem Wetter und dann die Straßenverhältnisse, das wäre viel zu heikel für Hirosawa … Asami, das geht doch. Hör mal, bei dieser geringen Menge kann man doch nicht von Trunkenheit reden. Man sieht dir überhaupt nichts an.«

»Wenn ich bei einer Verkehrskontrolle ins Röhrchen pusten muss, bin ich aber geliefert.«

»Glaubst du echt, dass hier in der Wildnis bei diesem Wetter Verkehrskontrollen durchgeführt werden?«

»Das kann man nie so genau wissen. Außerdem sind vielleicht wegen der Erdrutsche bei diesem Unwetter sogar noch eher Polizeistreifen unterwegs. Ich fahre auf keinen Fall!«

»Du zerbrichst dir unnötig den Kopf. Außerdem ist es Murais Wunsch, er hat schließlich hier alles arrangiert.«

»Trotzdem, ich will mir deswegen doch nicht meine Zukunft verbauen.«

Asamis rigorose Verweigerung ließ Tanihara verstummen. Wenn sogar Fukase davon wusste, dass Asami unbedingt Lehrer werden wollte, dann sollten die anderen erst recht Kenntnis davon haben. Fukase fiel ein, dass es in seiner Grundschulzeit einen Lehrer gegeben hatte, der wegen Trunkenheit am Steuer entlassen worden war. Er erinnerte sich vage an einen Zeitungsartikel im Lokalteil.

»Tja, dann ruf du ihn an und sag ihm, dass du ihn auf keinen Fall abholen kommst.«

»Also hör mal …«

»Wenn du ihm sagst, dass du wegen der Lehramtsprüfungen um keinen Preis bei einer Verkehrskontrolle erwischt werden darfst, wird Murai bestimmt Verständnis dafür aufbringen.«

Das finde ich auch, dachte Fukase. Aber Asami war nicht umzustimmen. Er senkte den Kopf und blickte dann auf.

»Hirosawa, kannst du bitte fahren?«, fragte er ihn mit flehentlicher Stimme.

»Was soll das denn!«

Fukase war selbst erschrocken über seine spontane

Reaktion. Asami und Hirosawa waren die beiden Einzigen, die einen Führerschein besaßen, und beide hatten Alkohol getrunken. Auf das Risiko, in diesem Zustand zu fahren, hatte Asami eben selbst hingewiesen. Wenn er nun aber trotz gleicher Umstände Hirosawa um den Gefallen bat, dann lief das doch klar darauf hinaus, dass er zwischen ihnen beiden zweierlei Maß anlegte.

Was denkt er sich bloß dabei? Wenn Asami glaubt, dass Hirosawa, der nichts Besonderes für sich plant und noch keine Jobzusage in der Tasche hat, nicht so viel zu verlieren hat, falls er zufällig wegen Alkohol am Steuer erwischt werden sollte, dann ist das eine ziemlich arrogante Haltung. Angenommen, ich besäße einen Führerschein und hätte Alkohol getrunken, dann hätte er mich mit Sicherheit auch darum gebeten.

Du spinnst wohl!, hätte er am liebsten gesagt, traute sich allerdings nicht, es laut auszusprechen. Da er keinen Führerschein hatte, sah er sich auch nicht in der Position, bei dieser Diskussion seine Meinung zu äußern. Gab es denn keine andere Lösung? Man könnte doch Murai notgedrungen anschwindeln und klammheimlich doch ein Taxi zur Station Madarao Kogen West bestellen. Das wäre doch das Allerbeste!, dachte Fukase und war drauf und dran, den Vorschlag zu machen. Aber …

»Ich fahre!«

Hirosawa, der die ganze Zeit über geschwiegen hatte, erhob sich.

Meinst du wirklich?, wollte Fukase zu bedenken geben, aber Tanihara kam ihm zuvor.

»Tausend Dank! Wir sind gerettet! Fahr langsam, immer auf Nummer sicher. Wenn du ihn dort abholst, wird Murai dich ohnehin auf der Rückfahrt ablösen«, ermunterte er ihn. »Du fährst ja bergab, das geht schon in Ordnung.«

Fukase stöhnte innerlich auf. Das ist doch keine Fahrradtour!

»Ich werde ihm eine SMS schicken, dass Hirosawa kommt, damit er Bescheid weiß.«

Kaum hatte er es ausgesprochen, begann er schon die Nachricht zu tippen.

»Wo ist der Autoschlüssel?«, fragte Hirosawa.

»In meiner Tasche«, erwiderte Asami und erhob sich von seinem Platz.

»Ich mach mich noch ein bisschen frisch, wo finde ich das Badezimmer?«

»Dort drüben.«

Tanihara stand auf und schob Hirosawa aus dem Zimmer. Fukase, der zurückgeblieben war, fühlte sich nicht sehr wohl dabei, hier allein herumzusitzen. Er schaute sich ziellos im Zimmer um, bis ihm in der Küche der Thermobecher am Rande des Beckens ins Auge fiel. Asami hatte ihn wohl aus dem Getränkehalter am Fahrersitz mitgenommen.

Fukase begab sich in die Küche, wo er einen Topf mit Wasser füllte und den Gasherd einschaltete. Danach holte er aus dem Wohnzimmer den Kaffee und das Zubehör und stellte alles bereit. Die Menge Wasser für einen Becher kochte im Nu. Da Hirosawa noch einmal zurückkehrte, um ein Handtuch zu holen, schien noch genug Zeit zu sein. Er konnte also den Kaffee langsam durch den Baumwollfilter tropfen lassen.

»Hirosawa, der Schlüssel!«, war Asamis Stimme aus der Diele zu hören. Fukase bekam mit, wie Hirosawa vom Bad direkt zum Eingang lief, und rannte ihm hastig hinterher.

»Hirosawa!«

Der hockte mit dem Rücken zu ihm auf dem Boden, um sich die Schnürsenkel seiner Sneakers zuzubinden. Vielleicht weil er sich das Gesicht gewaschen hatte und sich nun munterer fühlte, war keine Spur von Müdigkeit bei Hirosawa zu erkennen, als er sich zu ihm umwandte.

»Hier.«

Fukase überreichte ihm den Thermobecher.

»Oh, du hast mir einen Kaffee gemacht?«

»Mehr kann ich leider nicht für dich tun.«

Hirosawas große Hand nahm den Becher in Empfang. Er ließ den Deckel aufploppen und sog genießerisch das Aroma ein, bevor er ihn wieder schloss.

»Die Belohnung für den Fahrer. Ich danke dir.«

Mit diesen Worten erhob er sich und öffnete die schwere Eingangstür.

»Pass auf dich auf!«, sagte Fukase.

Asami folgte mit einem »Besten Dank!«, und Tanihara witzelte, er solle nicht einschlafen.

Der Regen hatte im Haus schwächer geklungen, aber nun, wo die Tür offen stand, prasselte er ihnen augenblicklich mit einem Stoß kalter Luft entgegen, als wollte er lautstark verkünden, dass er noch längst nicht aufhören würde.

»Dann fahr ich mal los.«

Hirosawa hob lächelnd eine Hand zum Gruß und schloss schnell die Tür hinter sich, damit es nicht ins Haus regnete. Schon bald darauf ertönte der startende Motor, und dann war nichts mehr zu hören, als hätte der Regen ihn einfach verschluckt.

Fukase, Asami und Tanihara blieben mit betretenen Mienen in der Diele stehen, und als sich flüchtig ihre Blicke kreuzten, schauten sie gleich wieder zu Boden. Aber sie wollten nicht untätig auf die Rückkehr ihrer Kumpel warten.

»Wenn wir schon vom Fleisch nichts übrig gelassen haben, sollten wir wenigstens hier Ordnung schaffen.«

Asami war ins Esszimmer zurückgekehrt und betrachtete das Schlachtfeld, das sie angerichtet hatten.

»Du hast recht.«

Fukase begann schon mal, die Teller in Reichweite zu stapeln. Es war besser, sich mit etwas abzulenken. Auch Tanihara trug benutztes Geschirr zum Abwaschbecken und entdeckte die Kaffee-Utensilien, die Fukase in der Eile liegen gelassen hatte.

»Sorry, ich räum das gleich weg.«

»Nein, du brauchst nicht aufzuräumen«, sagte Tanihara.

Fukase schaute ihn fragend an, aber es war nicht so gemeint, dass Tanihara ihn ausschließen wollte.

»Kannst du nicht von dem Brot, das wir fürs Frühstück gekauft haben, so was wie Sandwiches für Murai als Nachtimbiss machen? Er meinte, dass alle Läden geschlossen hätten, und wir müssen uns nachher nicht das Genörgel anhören, wenn er Hunger hat.«

»Okay … gute Idee …«

Fukase begann sofort, alles vorzubereiten. Flink verstaute er die Kaffee-Utensilien in einer Ecke, überließ den Abwasch den beiden anderen und brachte Küchenmesser, Schneidebrett und die Zutaten zum Esstisch. Um die unangenehme Stille zu vertreiben, schaltete er den Fernseher im Wohnzimmer an. Der Taifun schien nun auch das Kantō-Gebiet erreicht zu haben, Berichte aus etlichen Regionen wurden gesendet. Er hatte die Lautstärke so hochgedreht, dass wohl auch Asami und Tanihara es mitbekamen.

Als gemeldet wurde, dass die Shinkansen-Verbindung Tokio–Kyoto vorübergehend eingestellt sei, hörte er Tanihara zu Asami sagen: »Dann hat Murai ja Glück, es noch so weit geschafft zu haben. Er hätte ja auch unterwegs stecken bleiben können. Kein Wunder, dass er sich so aufgeregt hat, als wir ihm sagten, er solle ein Taxi bestellen. Da müssen wir uns wohl auf was gefasst machen.«

»Er wird sich schon beruhigen, wenn man ihn fünf Minuten lang ohne Unterbrechung reden lässt. Also halt dich mit deinen Kommentaren zurück«, ermahnte ihn Asami.

Die beiden schienen sich gut darin auszukennen, wie man mit Murai am besten umging. Zuerst reagierte Fukase wohlwollend, vielleicht sogar ein wenig neidisch darauf, aber dann, während er schweigend hantierte, stieg in seinem Innern der noch gärende Verdruss von Neuem hoch.

Wenn sie Murais Standpauke sowieso einkalkulieren, hätten sie ihm doch auch ein Taxi bestellen können!, überlegte er. Wäre ich doch bloß nicht hiergeblieben! Wäre ich doch bloß mit Hirosawa mitgefahren!

Wieso bin ich denn nicht gleich auf die Idee gekommen?, fragte er sich. Es war doch nur Murai, der abgeholt werden sollte, da hätte es doch nicht gestört, wenn er mitgefahren wäre. Zumal der Wagen ein Fünfsitzer war, da hätten sie sogar alle Platz gehabt. Vielleicht wäre es zu dritt auf der Rückbank etwas eng geworden, aber der Spaß hätte doch überwogen, wenn sie glücklich vereint durch die Gegend fuhren. Anstatt sich hier in der Hütte über einen übel gelaunten Murai den Kopf zu zerbrechen, hätten sie ihn doch alle gemeinsam abholen können und damit auf der Stelle das Problem gelöst.

Der arme Hirosawa, er bekam nun ganz allein Murais schlechte Laune ab. Murai würde Hirosawa natürlich nicht direkt die Schuld geben, da er ihn ja stellvertretend für alle abholen kam, aber es würde bestimmt auch nicht besonders spaßig sein, mit ihm unterwegs über das Abendessen zu reden. Falls Murai ihn fragte, ob sie denn für ihn noch eine Portion Fleisch übrig gelassen hätten, was sollte Hirosawa ihm da antworten? Zumal er nicht einmal wusste, dass er, Fukase, inzwischen Sandwiches für ihn zubereitete.

»Hört mal«, wandte er sich an die beiden anderen. Sie wirkten mittlerweile völlig nüchtern und waren emsig mit Saubermachen beschäftigt. Tanihara räumte das Geschirr in den Schrank, während Asami die Gusseisenplatte des Grills scheuerte.

Es war Tanihara, der reagierte.

»Was denn?«, fragte er.

»Es wäre doch besser, wenn wir Hirosawa eine SMS schicken, dass wir für Murai einen Nachtimbiss vorbereiten.«

Dann brauchte er Murai nicht direkt zu gestehen, dass kein Fleisch mehr da war.

»Da hast du recht. Man könnte ihn eventuell noch bitten, an einem 24-Stunden-Shop vorbeizufahren.«

Daraufhin unterbrach Fukase seine Vorbereitungen, um Hirosawa sofort eine Nachricht zu schicken.

Danke fürs Fahren. Ich bereite gerade Sandwiches für Murai vor. Für dich mache ich auch eine ordentliche Portion, freu dich drauf!

Fukase hatte sich bereits wieder den Broten zugewendet, aber es kam keine Antwort. Hirosawa hatte vermutlich damit zu tun, die Serpentinen hinunterzukurven. Fukase schenkte dem keine weitere Beachtung.

Nachdem sie mit Aufräumen und Putzen beziehungsweise der Zubereitung des Abendbrots fertig waren, bat Tanihara ihn, für sie drei einen Kaffee zu machen. Bis Hirosawa mit Murai zurückgekehrt war, hatte er wohl erst mal keine Lust mehr auf ein Besäufnis.

Mit dem Becher in der Hand saßen nun alle drei in gebührendem Abstand zueinander auf dem Sofa. Tanihara betätigte die Fernbedienung und sagte, dass nur NHK zu empfangen sei, wobei er gelangweilt einen Blick zur altmodischen Standuhr warf. Fukase bemerkte, dass es bereits auf neun Uhr zuging.

Er hatte zwar nicht die Zeit im Auge gehabt, als Hirosawa das Chalet verließ, aber es musste inzwischen etwa eine Stunde vergangen sein.

»Nun müssten sie aber bald mal eintreffen«, wunderte sich Asami.

Alle drei schauten unwillkürlich zum Eingang. In dem Moment klingelte Taniharas Handy.

Es sei Murai, erklärte er, als er das Gespräch annahm.

»Wie? Er ist doch aber vor über einer Stunde von hier losgefahren. Bei uns hat er sich auch nicht gemeldet. Er wird sicher gleich da sein. Hab noch ein bisschen Geduld!«

Tanihara legte genervt auf. Er zuckte mit den Schultern. Offenbar war Murai ziemlich mies drauf.

»Er ist noch nicht da. Merkwürdig, oder? Normalerweise braucht man doch nur zwanzig Minuten bis Madarao Kogen West. Selbst wenn man im Schleichtempo fährt, dürfte es doch auf keinen Fall eine ganze Stunde dauern«, meinte Asami, der die Umgebungskarte vor der Reise studiert hatte und wusste, wo sich der Bahnhof befand.

»Ob er irrtümlich zum Bahnhof Madarao Kogen gefahren ist? Aber ich habe doch deutlich gesagt, Madarao

Kogen West, oder?«, überlegte Tanihara, während er sich auf seinem Smartphone die Karte ansah. Ihm war nun klar, dass man direkt zum Bahnhof Madarao Kogen gelangte, wenn man bergab fuhr und dann abbog auf die Straße, auf der sie gekommen waren.

»Wo immer Hirosawa gelandet sein mag, wenn er Murai nicht antrifft, wird er sich melden«, sagte Asami.

»Vielleicht gab es unterwegs einen Erdrutsch oder eine Schlammlawine – etwas, das die Straße versperrt hat, und er ist auf dem Rückweg.«

Auch Fukase äußerte seine Gedanken: »Selbst dann würde er garantiert uns oder Murai benachrichtigen.«

»Hat Hirosawa überhaupt sein Handy dabei? Er vergisst es oft, ausgerechnet in wichtigen Situationen. Ich frage mich, ob er es auf die Reise mitgenommen hat«, wollte Asami wissen.

»Er hat es mitgenommen!«

Fukase erinnerte sich daran, dass Hirosawa, der vor ihnen mit dem Essen fertig war, sein Smartphone in der Hand hielt, als sie aus dem Wassermühlen-Restaurant kamen.

»Macht's doch nicht so kompliziert, wir rufen ihn einfach an«, sagte Tanihara.

Er schnappte sich sein Handy und wählte Hirosawas Nummer.

»Entweder ist sein Akku leer, oder er hat es ausgeschaltet, oder es gibt keinen Empfang. Ich höre immer nur die dumme Ansage: Teilnehmer nicht erreichbar.«

Er legte auf.

»Es gab doch Sendemasten auf dem Weg hierher.« Tanihara klang zunehmend besorgter.

»Aber nicht auf der ganzen Strecke, das haben wir doch gesehen Es könnte auch Funklöcher geben. Oder der Akku ist alle. Oder vielleicht streikt der Motor«, entgegnete Asami.

Fukase hingegen befielen andere Gedanken, aber er wagte sie nicht auszusprechen.

»Und wenn er nun in den Abgrund …«, kam es von Tanihara.

»Sei still!«, fiel Asami ihm scharf ins Wort, und zwar so vehement, dass Fukase zusammenschrak.

»Gibt's in der Garage nicht Fahrräder?«

Asami sprang abrupt auf und rannte aus dem Wohnzimmer. Fukase und Tanihara liefen ihm hinterher. Asami stürzte durch die Diele nach draußen, ohne sich die Schuhe richtig anzuziehen. Fukase bemerkte erst jetzt, dass es aufgehört hatte zu regnen. Das zumindest gab ihm ein wenig Zuversicht. An der Rückwand der Garage standen zwei Mountainbikes. Zum Glück waren sie nicht abgeschlossen, und die Reifen hatten noch genug Luft.

»Ich fahr ihm hinterher.« Asami schnappte sich das erste Fahrrad und schwang sich darauf.

»Lass das sein! Es hat kein Licht, und die Straße ist unbeleuchtet. Das ist zu gefährlich!« Tanihara hielt ihn zurück.

»Aber was sollen wir machen, wenn Hirosawa verunglückt ist?« Asami ließ nicht locker.

»Na gut. Dann komme ich mit«, erwiderte Tanihara und griff nach dem Lenker des anderen Fahrrads.

»He, wartet! Ich will auch …«

… mitfahren, wollte Fukase sagen, aber es gab kein drittes Rad.

»Es gibt zwar nur die eine Straße, aber falls wir Hirosawa doch verpassen sollten, wäre es besser, wenn du solange hier im Haus bleibst.«

Asami war schon dabei, mit dem Rad aus der Garage zu rollen, ehe Tanihara seinen Satz beenden konnte. Er folgte ihm. Kurz darauf hatte die Dunkelheit sie beide verschluckt. Fukase hatte das Gefühl, mutterseelenallein im tiefen Wald zurückgelassen worden zu sein, und ging schnell ins Haus zurück.

Das Ticken der Standuhr drang an seine Ohren. War sie vorher auch schon so aufdringlich laut gewesen? Fukase blickte finster zu ihr hoch, aber die Zeit verstrich unaufhaltsam. Es hörte sich an wie der Countdown zu etwas Unheilvollem. Er drehte den Fernseher lauter, um das Ticken zu übertönen. Aber er bekam nichts von dem mit, was da gesendet wurde.

Wir haben uns dort getroffen, würden sie lachend bei ihrer Rückkehr erzählen. Ich bin mit einer Fahrradeskorte empfangen worden, würde Murai scherzhaft lästern. Die war ja gar nicht für dich gedacht, würde Tanihara kontern. Ich hab mich verfahren, würde Hirosawa sagen und sich verlegen am Kopf kratzen. Zum Glück ist ihm nichts passiert!, würde Asami rufen und erleichtert in die Runde schauen.

Fukase stellte sich dieses Szenario immer wieder vor.

Ich werde uns einen Kaffee machen. Wir hätten zwar dann morgen nichts mehr zum Frühstück, aber soll ich noch ein paar mehr Sandwiches zubereiten?

Als Fukase in der Küche stand, klingelte das Handy. Hirosawa!, dachte er sofort, und sein Herz machte einen Satz, aber auf dem Display erschien Murais Name. Sie hatten im April ihre Kontaktdaten ausgetauscht, er war aber noch nie von Murai kontaktiert worden. Er räusperte sich und nahm das Gespräch an.

»He, was ist denn los? Ich stehe immer noch hier und warte. Weder Tanihara noch Asami reagieren auf meine Anrufe.«

Fukase berichtete ihm, dass die beiden mit den Fahrrädern unterwegs seien, um nachzusehen, was los sei.

»Nur das nicht! Bloß kein Unfall! Hat mich ganz schön viel Überzeugungsarbeit gekostet, um mir den Wagen von meiner Mutter auszuleihen.«

Fukase ärgerte sich maßlos über Murai, der sich bloß um sein Auto sorgte.

»Verdammter Mist«, hörte er ihn fauchen, da Fukases Schweigen ihn anscheinend noch mehr reizte.

»Ich ruf mir jetzt ein Taxi! Richte das den anderen aus!«

Murai legte auf.

Das hättest du mal von Anfang an tun sollen! Fukase war drauf und dran, das Handy vor Wut auf den Boden zu schmettern. Stattdessen holte er tief Luft und versuchte, sich zu beruhigen. Wenn Murai mit dem Taxi hier hoch fuhr, müsste er doch Hirosawa, selbst wenn der in Schwierigkeiten steckte, viel eher bemerken als die beiden auf den Rädern.

Fukase wählte Hirosawas Nummer, aber es kam erneut nur die Ansage, der Teilnehmer sei nicht erreichbar. Entweder ist es ausgeschaltet, oder es gibt keine Funkverbindung. Wieso habe ich, als Asami sich das eine Fahrrad geschnappt hat, nicht gleich zum anderen gegriffen? Wenn man nichts unternimmt, wird man unwillkürlich nervös und ängstlicher.

Er schnitt weitere Scheiben Brot, Schinkenspeck, Tomaten, Gurke und zupfte Salatblätter, um noch mehr Sandwiches vorzubereiten.

Wenn ich damit fertig bin, werden sie eintreffen, sagte er sich immer wieder.

Aber auch als er die letzte Scheibe Brot zusammenklappt und auf dem Teller arrangiert hatte, waren weder ein Motorengeräusch noch Fahrradklingeln oder die Stimmen seiner Freunde zu hören.

Anstatt hier oben zusammenzusitzen, könnte Murai sich ja geweigert haben, bloß Sandwiches zu Abend zu essen, und deshalb sind sie vielleicht in einem Nudel-Imbiss eingekehrt. Oder vielleicht sind sie sogar die Strecke zu dem Restaurant zurückgefahren, in dem Hirosawa mittags ganz allein Schnitzel mit Curry gegessen hat.

Selbst wenn sie mich dadurch ausschließen würden, kann ich nur hoffen, dass es sich so verhält.

In dem Augenblick klingelte das Handy.

Das muss jetzt aber Hirosawa sein!

Als er das Telefon an sich riss, las er Asamis Namen auf dem Display. Jetzt haben sie sich endlich alle getroffen – hoffnungsvoll nahm er das Gespräch an.

»Vorläufig können wir nicht zurück.«

Das war Asamis erste Bemerkung. In seiner lakonischen Art, mit emotionsloser, sachlicher Stimme, mit der man Informationen an entfernt bekannte Kommilitonen weiterleitet, unterrichtete er Fukase über die Situation:

Auf halber Strecke der Bergstraße in der Kurve an der Klippe hätten sie eine beschädigte Leitplanke entdeckt, als wäre ein Auto dagegengeprallt und in den Abgrund gestürzt. Es sei zwar so dunkel, dass man nichts Deutliches erkennen konnte, aber es sehe so aus, als würde in der Tiefe etwas brennen. Er habe bereits die Polizei alarmiert, aber noch sei sie nicht da, und deshalb könne er noch nichts Genaues sagen. Ob nun Hirosawa verunglückt sei oder nicht, er müsse auf jeden Fall erst mal dableiben.

»Ich komme sofort dorthin«, schrie Fukase ins Telefon, aber Asami riet ihm mit ruhiger Stimme davon ab, er solle vernünftig sein, es sei viel zu riskant, und legte auf.

Doch Fukase rannte aus dem Haus.

Er rannte die finstere Bergstraße hinab, rannte und rannte. Doch nirgends gab es eine Spur von Hirosawa.

Als man feststellte, dass es sich bei dem Toten, der im ausgebrannten Autowrack in der Schlucht gefunden wurde, um Hirosawa handelte, war bereits der neue Tag angebrochen, und die Sonne stand schon hoch am Himmel.

Fukase, der immer weitergelaufen war, bis er bewusstlos zusammenbrach, konnte nicht einmal bei der Identifizierung zugegen sein.

3

Nachdem er gleich am Morgen das Kopierpapier zu der Privatklinik gebracht hatte, die in seinem Lieferbezirk lag, fuhr er in die Firma zurück und brühte Kaffee. Die Imbisspause um zehn war zwar längst vorbei, und für das Mittagessen war es noch zu früh, aber eine Tasse Kaffee war jederzeit eine willkommene Unterbrechung, sodass seine Kollegen sich mit dem Becher anstellten. Nachdem Fukase die erste Runde an die Vordersten in der Schlange verteilt hatte, holte er für die zweite Kanne die neue Packung Kaffeebohnen aus der Aktentasche, die unter seinem Schreibtisch lag. Als er schließlich mit der eigenen Tasse an seinen Platz zurückkehrte, erkundigte sich die Kollegin vom Nachbarplatz, was für eine Bohnensorte er heute ausgewählt habe.

»Eine Kenia-Brasilien-Mischung.«

»Ach, ist das nicht etwas Spezielles, eine Mischung aus zwei Sorten? Soll das eine neue Geschmackskreation sein?«

»Nein, aber es bringt etwas Abwechslung ins Spiel«, nuschelte Fukase, während er an seinem Kaffee nippte.

Beim nächsten Mal würde er diese Qualitätsbohnen

wahrscheinlich nicht mehr zur Verfügung haben. Er hatte die Sorten eigentlich nur deshalb gemischt, weil der Kaffee in der Firma zur Neige ging und er ihn mit dem von zu Hause aufgefüllt hatte. Seit neun Tagen war er nicht mehr im Clover gewesen.

Seit der Nacht, in der ich Mihoko von Yoshiki Hirosawas Unfall erzählt habe, ging ihm durch den Kopf.

Nachdem er sich ihr offenbart hatte, hatte er sich erst nicht vorstellen können, wieder in sein gewohntes Leben zurückzukehren. Aber dann war er am nächsten Morgen wie üblich zur Arbeit gefahren.

Und auch alle kommenden Tage würde er wie bisher ebenfalls damit verbringen, neue Prospekte auszuliefern und nebenbei die Wartung der Büromaschinen vorzunehmen oder den Toner in den Kopiergeräten auszuwechseln.

Der prasselnde Regen hatte Fukases Stimme in jener Nacht immer wieder übertönt und ihn gezwungen, lauter zu sprechen. Als er bei Tagesanbruch mit seiner Erzählung endete, hatte der Regen aufgehört, und seitdem hielt das schöne Wetter an. Es war wohl vor drei oder vier Tagen gewesen, als das Ende der Regenzeit im Wetterbericht vorhergesagt wurde. Das Himmelsblau, das er im Ausschnitt der Frontscheibe sah, wurde zusehends mit jedem Tag kräftiger, als wollte es die Ankunft des Sommers verkünden.

In manchen Augenblicken, wenn ich zum Beispiel auf ein Signal von ihr warte, kommt es mir so vor, als wären die Ereignisse in jener Nacht bloß ein Traum gewesen, sinnierte er. Aber wenn ich meinen Vorrat an Kaffeebohnen schwinden sehe, weiß ich, dass alles wirklich geschehen ist.

Vielleicht wird sie mich nun verachten oder für einen Unmenschen halten. Diese Ängste habe ich durchaus in dieser Nacht gespürt, aber dann habe ich doch darauf vertraut, dass sie mich irgendwie versteht.

Nachdem er ihr so offenherzig die damaligen Ereignisse geschildert, ihr sogar seine Minderwertigkeitsgefühle anvertraut und über seine Freundschaft zu Hirosawa gesprochen hatte, die deshalb für ihn so wichtig war, hatte er eigentlich erwartet, dass sie in angemessener Weise, eventuell sogar mitfühlend reagieren und ein warmes Wort für ihn übrig haben würde: Kazu-kun, du hast keine Schuld. Vielleicht tragen die anderen drei eine gewisse Verantwortung dafür, aber letzten Endes war es doch ein tragischer Unfall. Und erst recht bist du kein Mörder!

Aber die Realität war nicht so barmherzig. Mihoko hatte ihm die ganze Zeit über stumm und regungslos zugehört. Sogar in den Pausen, wenn Fukase einen Schluck vom kalten Kaffee getrunken hatte, weil sein Mund vom vielen Reden trocken geworden war, hatte sie ihn nur schweigend angestarrt. Da sich weder Verachtung noch Abscheu in ihrem Blick spiegelte, fasste er so viel Vertrauen, ihr den Vorfall, den er mit aller Macht zu vergessen versuchte, bis zum bitteren Ende zu schildern. Und dennoch …

Nicht nötig! Mit tonloser Stimme hatte sie seinen

Vorschlag, frischen Kaffee zu machen und sich zwischendurch ein wenig die Beine zu vertreten, abgelehnt und Fukase, der sich bereits erhoben hatte, einfach nur weiter angestarrt.

»Ihr habt ihn losgeschickt, obwohl er Bier getrunken hatte, obwohl er noch keine lange Fahrpraxis besaß, obwohl ein Unwetter herrschte und die Straßenverhältnisse schwierig waren … Du hast ihn zwar mit Kaffee versorgt, aber deshalb kann ich dich noch lange nicht frei von Schuld sprechen.«

Da ihre Stimme kein bisschen dramatisch klang, hatte er ihren Einwand anfangs gar nicht als Vorwurf aufgefasst. Erst nachdem er unzählige Male den Ausdruck *nicht freisprechen* im Geiste wiederholt hatte, gelang es ihm, weiterzureden.

»Aber deshalb bin ich doch kein Mörder!«

»Und was ist mit deinen Freunden? … Inwieweit wissen denn Hirosawas Eltern Bescheid?«

»Wir haben ihnen alles erzählt. Es war hart. Bis auf die Sache mit dem Bier …«

»Also habt ihr doch etwas verheimlicht. Das beweist doch, dass ihr schuldig seid.«

Daraufhin hatte er geschwiegen. Aber so einfach fügen wollte er sich auch nicht. Eine leise Wut stieg in ihm auf.

Was verstehst du denn davon?, hätte er am liebsten gesagt. Glaubst du etwa, wir hätten augenzwinkernd untereinander ausgemacht, es zu vertuschen? Bildest du dir ein, wir hätten ihnen freundlich lächelnd ins Gesicht gelogen? Wir haben es einfach nicht übers Herz gebracht zu erwähnen, dass Hirosawa Bier getrunken hat. Aber er schwieg.

Nach dem Unfall waren Fukase, Asami, Tanihara und Murai von der Polizei zu den Begleitumständen vernommen worden. Obwohl die vier keine Gelegenheit hatten, sich untereinander abzusprechen, erwähnte beim Verhör keiner von ihnen, dass Hirosawa Alkohol getrunken hatte. Auch seitens der Polizei war nie die Rede davon gewesen, dass bei der Obduktion Alkohol nachgewiesen werden konnte.

Wir wollten Murai, der verspätet zu uns stieß, vom Bahnhof abholen. Einen Führerschein besaßen lediglich Asami und Hirosawa, aber da Asami etwas getrunken hatte, ist Hirosawa, der nüchtern geblieben war, schließlich losgefahren. Jeder von ihnen äußerte sein Bedauern: Murai sagte, er hätte von sich aus ein Taxi rufen sollen, Asami bereute es, getrunken zu haben, obwohl er doch damit hätte rechnen müssen, dass Murai nachkommen würde, und Tanihara hätte darauf bestehen sollen, dass Murai sich ein Taxi nahm. Fukase wiederum hätte lauthals herausschreien wollen, dass es sich anders abgespielt habe, aber stattdessen weinte er nur leise vor sich hin.

Zu sagen, er hätte es um jeden Preis verhindern sollen, erschien ihm den anderen gegenüber unfair.

Zu viert hatten sie ihre Aussage in exakt der gleichen Weise wiederholt, als sie auf demselben Polizeirevier Hirosawas Eltern gegenübergestellt wurden. Die beiden saßen die ganze Zeit nur mit hängendem Kopf da. Mit keiner Silbe beschuldigten sie seine Freunde. Der Vater stammelte immer nur vor sich hin: »Wie konnte er nur …«

Vielleicht war es eine Reaktion auf diese Worte, jedenfalls warf sich Tanihara plötzlich vor den Eltern auf die Knie und rief flehend: »Bitte verzeihen Sie!«

Fukase, völlig überrascht, sah, wie sich auch Asami und Murai neben ihm niederwarfen, worauf er selbst schnellstens auf dem schmutzigen Boden niederkniete und sich tief verneigte.

Hirosawas Eltern baten die vier inständig, sich wieder zu erheben, worauf Fukase vorsichtig hochblickte. Die anderen drei hielten weiter die Köpfe gesenkt. Fukase hatte sich bisher immer einzureden versucht, dass er selbst keine Schuld an dem Ereignis trug.

»Hat es sich Yoshiki an seinem letzten Tag gut gehen lassen? Ich hoffe, er hat etwas Leckeres gegessen.«

Auf die Fragen des Vaters hob Tanihara den Kopf und stammelte: »Er hat vorzügliches Fleisch vom Grill gegessen. Auch das Gemüse, das wir in der Markthalle unterwegs gekauft haben, war sehr gut. Vor allem das Curry mit Schnitzel vom Hochlandschwein …«

Mit erstickter Stimme zählte Tanihara all die Gerichte auf, die Hirosawa gegessen hatte. Als wollte er die unbeschwerte Zeit heraufbeschwören. Die Zeit mit Hirosawa.

»In der Raststätte hat er dann …«

Taniharas Stimme brach, Fukase ergänzte:

»Melonenbrot …«

Sofort sah er Hirosawas Gesicht vor sich, wie er genussvoll davon abbiss, und sein Blickfeld verschwamm.

Fukase hatte jetzt keine Lust mehr, Mihoko, die vor ihm saß, auch noch davon zu erzählen. Wahrscheinlich war ihr seine versteinerte Miene aufgefallen. Sie ahnte wohl, dass er nicht mehr weitererzählen würde.

»Verzeih!«

Damit erhob sie sich und ging zur Tür. Sie schaute sich noch einmal um.

»Ich kann dir nicht die Antwort geben, die du erwartest, Kazu-kun.«

Mihokos Gestalt von hinten, wie sie die Tür öffnete, überlagerte sich mit der von Hirosawa an jenem letzten Tag. Er hatte das Gefühl, dass sie die gleiche Botschaft aussendeten: Letztendlich hält er mich nicht auf.

Ich kann mir zwar nicht vorstellen, dachte er jetzt, dass sie die Geschichte anderen weitererzählt, aber im Café würde die Wirtin sofort ahnen, dass zwischen Mihoko und mir etwas nicht stimmt. Deshalb ist es besser, wenn ich mich von dem Laden fernhalte. Wenn mich irgendjemand danach fragt, was zwischen uns vorgefallen ist, wüsste ich keine Antwort darauf. Schon gar nicht, wenn Mihoko mir diese Frage stellen würde.

Ich habe meine Freundin und meinen Rückzugsort verloren, dennoch verläuft mein alltägliches Leben in den gewohnten Bahnen. Meine unbekümmerte Fassade kann ich nur wahren, weil mein normales Dasein reine Routine ist. Ich bin einfach in mein Leben davor zurückgekehrt. Aber trotzdem gibt es Dinge, auf die ich keine Antwort finde.

Wer mag Mihoko diesen Brief geschickt haben?

»Fukase-kun …«, wandte sich die Kollegin vis-à-vis an ihn, als er seinen leeren Becher auf dem Tisch abstellte.

»Vorhin kam eine neue Bestellung rein. Liefern Sie die Sachen bitte heute Nachmittag in der Narasaki Highschool aus.«

Sollte Asami etwa auch …? Dieser Gedanke schoss ihm plötzlich durch den Kopf.

Hat Asami etwa nur deshalb einen Artikel geordert, den er nicht dringend brauchte, um mich zu sich zu lotsen? Als Fukase jedoch daraufhin den Bestellschein prüfte, stellte sich heraus, dass die Auftraggeberin Mizuki Kida war.

Ein wenig enttäuscht, aber irgendwie auch erleichtert fuhr Fukase mit dem Firmenwagen zur Narasaki Highschool.

Nachdem Mihoko gegangen war, hatte er weiter im Zimmer gesessen und über den Brief nachgedacht. Wer macht denn so etwas? Und zu welchem Zweck? Ob eventuell ein Kerl, der Mihoko nachstellte, mit der Absicht, sie beide auseinanderzubringen, über Fukase Nachforschungen angestellt hatte und dabei auf die Sache mit dem Unfall gestoßen war? Ohne die Einzelheiten zu kennen, reichte ihm als Waffe gegen Fukase vermutlich die Information, dass dieser mit einer Gruppe unterwegs gewesen und auf der Reise einer davon ums Leben gekommen war. Am Ende hatte der Brief weitreichendere Folgen, als es der Absender vermutlich erwartet hatte.

Ihm kam jedoch noch eine andere Möglichkeit in den Sinn: Konnte es sein, dass auch die anderen Kommilitonen aus Yamamotos Seminar einen solchen Brief erhalten hatten? Es wäre nicht schwierig, das herauszubekommen. Er bräuchte Asami lediglich eine E-Mail zu schreiben und ihn dazu befragen.

Aber Fukase nahm keinen Kontakt zu den anderen auf. Sie gehörten nicht zu der Art Freunde, denen er anvertrauen konnte, dass er einen großen persönlichen Verlust erlitten hatte. Und falls doch nur ihm allein diese Schikane widerfahren war, dann wären sie nicht unbedingt diejenigen, von denen er Mitgefühl und Trost erwarten konnte.

Er riss sich zusammen, als er die Tür des Lehrerzimmers öffnete, um sich Asami gegenüber nichts anmerken zu lassen. Aber sein ehemaliger Studienkollege war gar nicht da.

Kida erhob sich von ihrem Platz und kam eilig auf ihn zu, als ob sie bereits auf ihn gewartet hätte.

»Seien Sie doch so lieb und bringen Sie die Lieferung gleich in den Druckerraum«, bat sie ihn und schob Fukase aus dem Zimmer, um hinter sich die Tür zu schließen.

Sie hätte die leichte Pappschachtel, die fünf Blöcke à 100 Blatt Manuskriptpapier enthielt, auch genauso gut selbst entgegennehmen können. Wie gebeten, brachte er das Päckchen in den Druckerraum nebenan. Kida folgte ihm und vergewisserte sich, dass niemand in der Nähe war. Nachdem sie die Tür zugezogen hatte, verkündete Fukase lauter als nötig: »Hier ist der bestellte Artikel«, und reichte ihr die Pappschachtel. Einmal in der Woche wurde beim Morgenappell in der Firma ausdrücklich darauf hingewiesen, dass ein zweideutiges Verhalten gegenüber Kunden, das zu Missverständnissen führen könne, zu vermeiden sei. Dessen ungeachtet trat Kida einen Schritt näher auf ihn zu, nachdem sie die Schachtel auf der Kopiermaschine abgestellt hatte, ohne einen Blick hineinzuwerfen.

»Hat Herr Asami Ihnen schon davon erzählt?«

Sie tuschelte zwar mit bemüht gedämpfter Stimme, aber ihre Miene verriet keineswegs Sensationslust. Vielmehr schien sie sich ernsthaft Sorgen um Asami zu machen. Also das, was er befürchtet hatte? Aber Asami hatte nichts erwähnt. Er hielt es für besser, der Sache auf den Grund zu gehen, und fragte ins Blaue hinein:

»Sie meinen den Brief?«

»Genau! Das ist alles andere als eine Lappalie. Ich habe den Tatort mit eigenen Augen gesehen.«

Im ersten Moment hatte Fukase angenommen, der Brief sei an Kida adressiert gewesen, weshalb er sich keinen Reim auf ihre Aufgeregtheit machen konnte, denn Asami und Kida hatten doch nichts miteinander. Aber sie hatte ja gerade betont, sie sei Augenzeugin gewesen.

»Komisch… Irgendjemand muss ihm einen üblen Streich gespielt haben, aber was konkret vorgefallen ist, weiß ich leider auch nicht. So etwas bespricht man nicht am Telefon.«

»Also hat Herr Asami sogar Ihnen gegenüber, Herr Nishida, von einem ›Streich‹ gesprochen. So harmlos ist das aber gar nicht. Sondern eine bösartige Attacke.«

Nach diesem Vorgeplänkel beschwor sie Fukase, es sei streng vertraulich, was sie ihm nun mitzuteilen habe. Sie bot Fukase den Stuhl ihr gegenüber an, worauf sie sich ebenfalls setzte und anfing zu berichten.

KŌSUKE ASAMI IST EIN MÖRDER!

Bis auf den Namen war es der gleiche Wortlaut, das gleiche weiße A4-Blatt wie bei Fukase, aber in Asamis Fall war es nicht an eine andere Person in einem geschlossenen Umschlag geschickt worden. Asami wohnte im Trakt für ledige Lehrkräfte. Angeblich seien zehn Blatt mit dieser Bezichtigung an der Windschutzscheibe von Asamis Wagen, der auf dem Parkplatz vor dem Wohnhaus geparkt war, mit Klebeband befestigt gewesen.

»Außerdem waren sie mit Alkohol getränkt.«

Fukase riss die Augen auf und rückte unwillkürlich näher. Um seine eigene Anspannung zu verbergen, blinzelte er ein paarmal und lockerte die Schultern.

»Alkohol – Sie meinen Sake? Oder Bier oder was?«

»Ich denke, es war Bier, der Farbe und dem Geruch nach zu urteilen. Herr Asami hat die Zettel sofort abgerissen und die Scheiben gereinigt, deshalb lässt sich nicht mit Bestimmtheit sagen, um welche Flüssigkeit es sich handelte.«

Laut Kida musste die Attacke im Zeitraum zwischen 21.00 Uhr abends, als Asami vom Schuldienst heimkehrte, und 7.20 Uhr morgens, als er das Wohnheim verließ, erfolgt sein. Kida, die etwa zur gleichen Zeit aus demselben Gebäude kam, hatte Asami dabei beobachtet, wie er die Zettel abriss.

»Hier, schauen Sie!«

Sie zeigte ihm das Foto, das sie mit ihrem Smartphone gemacht hatte. Darauf waren neben dem Auto liegende Papierfetzen zu erkennen.

»Außer mir gab es noch einige Kollegen vom Schulpersonal, die die Sache mitbekommen haben. Alle waren einstimmig dafür, sofort die Polizei zu verständigen, aber Herr Asami meinte, es sei nur ein dummer Streich. Aber für den Fall der Fälle ist es sicher besser, ein Beweismittel in der Hand zu haben. Deshalb hab ich die Aufnahme gemacht, als Herr Asami in seine Wohnung ging, um einen Eimer Wasser zu holen.«

Für Asami musste der Schaden größer sein, wenn er vor Kollegen in Verruf geriet, als wenn die Freundin das Vertrauen in einen verliert. Noch dazu gab es mehrere Zeugen. Er lief dadurch Gefahr, seine Stelle zu verlieren.

»Hat Asami sich dazu geäußert?«

»Mit keiner Silbe. Ich hatte den Eindruck, er kennt den Übeltäter, aber deckt ihn aus Verantwortungsgefühl. Aber wir können uns schon denken, wer es war.«

»Wer denn?«

Offenbar erschrocken zog Kida ihren Stuhl von Fukase zurück, der sich weit zu ihr vorgelehnt hatte.

»Das muss streng unter uns bleiben. Ich kann zwar keinen Namen nennen, aber es handelt sich um einen Schüler, der vorigen Monat vom Unterricht suspendiert wurde.«

Sie erzählte ihm, Asami habe auf einem Kontrollgang nach Schulschluss einen Schüler beim Biertrinken im Clubraum erwischt. Kida zufolge war es ein für die Präfektur-Meisterschaft qualifizierter Sportler, für den Clubleiter, Trainer und Klassenlehrer um Nachsicht baten. Aber Asami war hart geblieben, sodass die Schulkonferenz eine fünftägige Suspendierung vom Unterricht und ein Teilnahmeverbot für den Wettkampf verhängte.

»Man erhofft sich von diesem Schüler, dass er auch an den landesweiten Meisterschaften teilnimmt, weshalb auch dessen Eltern die Schule bekniet haben sollen, man möge dem Jungen ihretwegen ruhig eine längere Schulsperre aufbrummen, aber ihn doch bitte zum Wettbewerb zulassen. Alles Flehen und Bitten war vergeblich, und der Schüler musste die Verantwortung für sein angebliches Fehlverhalten tragen.«

»Aber er ist doch sicher auf frischer Tat ertappt worden. Oder wurde er von anderen Schülern zum Biertrinken genötigt?«

Kida schüttelte den Kopf. Zwar seien in der Narasaki Highschool der Verzehr von Saft, Erfrischungen und Süßwaren nicht verboten, aber neuerdings sei es unter den Schülern der Sport-AGs üblich gewesen, Softdrinks nach dem Training zu sich zu nehmen. Seitens der Schule stand die Frage, wie man damit umgehen solle, auf der Tagesordnung der Schulkonferenz. Aber es gab eine Menge wichtigerer Probleme zu besprechen, und deshalb wurde die Erörterung des Themas, ob alkoholfreie Softdrinks mit Saft vergleichbar seien, auf später vertagt.

»Der Schüler hatte sich damit herauszureden versucht, dass er die Bierflasche aus Versehen mitgebracht hat. Daraufhin gingen nun die Eltern in die Offensive und haben darauf bestanden, dass das Missverständnis gar nicht passiert wäre, wenn die Schule auch das Mitbringen alkoholfreier Getränke von vornherein verboten hätte.«

Auch Fukase hatte den Ausdruck »Helikoptereltern« schon mal im Fernsehen aufgeschnappt.

»Aber er hat doch sicherlich seine Strafe erhalten, oder nicht?«

»In einem solchen Fall kann es aber durchaus passieren, dass für das komplette Team eine Sperre verhängt wird oder sogar alle Mannschaften unserer Schule vom Wettbewerb ausgeschlossen werden. Der Schulleiter und einige der Oberstufenlehrer haben die Eltern beschwichtigt, dass man eine milde Strafe vorgesehen habe, denn wenn etwas über den Fall nach außen sickerte, könnten sich die Medien darauf stürzen. Daraufhin haben die Eltern erst einmal Ruhe gegeben. Es wäre also denkbar, dass der Betroffene sich jetzt rächt.«

»Und der Schulleiter weiß bereits von diesem üblen Streich?«

Als er Asami vorhin nicht im Lehrerzimmer angetroffen hatte, vermutete Fukase, er befinde sich im Unterricht, aber allmählich befürchtete er Schlimmeres. Kida hingegen wirkte nicht sonderlich beunruhigt.

»Keiner hat etwas ausgeplaudert. Weder ich noch die anderen Kollegen. Aber ich mache mir natürlich Sorgen.«

»Ja, natürlich, wer bleibt schon gelassen, wenn jemand den Begriff ›Mörder‹ ins Spiel bringt?«

»Wie? Ach nein, das ist doch nur eine dumme Verleumdung. Darüber braucht man sich nicht groß Gedanken zu machen. Es klingt einfach nach einer gehässigen Schikane.«

Fukase wurde immer unwohler zumute. Er bereute es, das Wort »Mörder« in den Mund genommen zu haben. Konnte er sich glattweg geirrt haben?

»Aber das Auto mit Alkohol zu überschütten ist doch wirklich eine üble Sache, nicht wahr? Einige Lehrer mutmaßen, ob der Täter nicht sogar vorhatte, einen Brandanschlag zu verüben. Ein Denkzettel wegen Trunkenheit am Steuer kommt nicht infrage, Herr Asami verträgt nämlich gar keinen Alkohol. Und das wissen auch alle seine Kollegen. Dafür gibt es also eine Menge Zeugen. Das schlimmste Szenario wäre also Brandstiftung. Meine Wohnung ist zwar weit entfernt von der von Herrn Asami, aber …«

»Moment mal …«

Kida machte sich Sorgen wegen einer Brandstiftung, während Fukase über etwas anderes gestolpert war.

»Was ist denn?«

»Nun ja …«, sagte er zögernd. »Ich meine, Lehrer zu sein, das ist kein leichter Job.«

»Wie meinen Sie das?«

»Ach, schon gut … Lehrer zu sein, ist wirklich ein harter Job.«

Die Sache mit Asamis angeblicher Alkoholunverträglichkeit würde er ihr gegenüber nicht ansprechen, sondern mit Asami persönlich klären.

»Das stimmt, aber …« Diesmal lehnte sich Kida zu ihm vor. »Man könnte doch glatt bezweifeln, ob für den Vorfall tatsächlich Schüler oder Eltern als Täter infrage kommen.«

Das will sie also am Ende aus mir herauskriegen, dachte Fukase und blickte Kida ins Gesicht.

Kida mochte Asami wohlgesonnen sein, aber in ihrem Blick entdeckte er jetzt noch etwas anderes: blanke Neugier.

Wahrscheinlich braucht sie gar kein Manuskriptpapier, schoss ihm durch den Kopf. Außerdem hat sie die Mittagspause als Liefertermin angegeben, sich also einen Zeitraum ausgesucht, wo Asami sich garantiert nicht im Lehrerzimmer aufhielt.

»Tja, Asami redet mit mir eigentlich immer nur über seine Arbeit …«

»Wirklich? Vielleicht hat er einer Frau den Laufpass gegeben … Oder es ist eine Stalkerin?«

Fukase horchte auf. Ihm war es zwar unangenehm, dass Kida sich in private Angelegenheiten einmischte, aber er fühlte sich erleichtert, weil sie mit ihrem lächerlichen Verdacht auf der falschen Spur war.

»Na ja, Frauen können einem ganz schön Angst machen, was?«, gab Fukase zurück, obwohl er wusste, dass sie sich eine andere Antwort gewünscht hätte. In diesem Moment klingelte sein Handy. Es war der Signalton für eine eingehende Nachricht. Ohne zu überprüfen, von wem sie stammte, benutzte er sie als Vorwand gegenüber Kida. Er gab vor, er habe noch viel zu tun, und verließ den Druckerraum.

»He, Moment noch!«, rief sie ihm hinterher, aber er tat so, als hörte er es nicht.

Er schaute auf seine Uhr. In weniger als fünf Minuten war der Unterricht vorbei, aber Fukase verließ das Schulgebäude, ohne auf Asami zu warten.

Als er zum Wagen zurückkehrte und sein Handy prüfte, sah er, dass Murai ihn kontaktiert hatte: *Muss dich treffen, um was zu besprechen.* Also hat auch er so ein Schreiben gekriegt, kam ihm als Erstes in den Sinn. Das wäre nicht weiter verwunderlich.

Wenn ich selbst und Asami als »Mörder« beschuldigt werden, wäre es ja seltsam, wenn Tanihara und Murai davon verschont bleiben würden. Trotzdem kann ich immer noch nicht einsehen, dass ich wie die anderen drei die Schuld mittragen soll. Es stimmt zwar, dass ich, wie Mihoko mir vorwirft, Hirosawa habe fahren lassen, aber das wiegt doch nicht so schwer wie bei den anderen.

Und trotzdem, obwohl das Schreiben weder erwähnt,

wer getötet wurde, noch wo und wann, musste ich bei dem Wort »Mörder« sofort an Hirosawas Unfall denken. Wenn sogar ich diese Verbindung herstelle, obwohl ich keine gravierende Schuld daran trage, wie kann Asami dann auf die Idee kommen, es für ein Machwerk von Schülern und deren Eltern zu halten?

Allerdings hatte Asami ihm das nicht persönlich anvertraut. Die Mail jetzt stammte von Murai.

Rundmails, in denen es um Hirosawas Beerdigung oder Gedenkfeiern zum Todestag ging, waren zwar mehrmals von Murai gekommen, aber diesmal schien die Nachricht ausschließlich an Fukase gerichtet zu sein. Murai schrieb sogar, er wolle zu seiner Wohnung oder zum nahe gelegenen Bahnhof kommen. Es war das erste Mal, dass Murai ihm seit der Nacht des tödlichen Unfalls eine private Nachricht schickte. Außerdem würde es das erste Mal sein, dass Murai ihn allein träfe.

Warum ausgerechnet ich?, fragte sich Fukase.

Wenn Murai eine derartige Beschuldigung erhält, die auf jenen Unfall anspielt, würde er doch alle zusammentrommeln oder zumindest die beiden anderen …

Abrupt trat er auf die Bremse. War es nur wegen der roten Ampel gewesen? Oder hatte er so heftig reagiert, weil ihm plötzlich klar wurde, weshalb Murai sich nur an ihn wandte? Er merkte, wie ihm der kalte Schweiß ausbrach.

Denkt er etwa, dass ich der Urheber dieser Briefe bin?

Fukase fuhr auf den Parkplatz des nächstgelegenen 24-Stunden-Supermarkts.

Bei dem Wort »Mörder« denkt Murai an Hirosawas Unfall. Die Polizei hatte Hirosawas Tod als Unfall angesehen und für abgeschlossen erklärt. Wenn es jedoch jemanden gibt, der es als Mord bezeichnet, muss es aus der Sicht von Murai doch einer von uns dreien sein, da nur uns die genauen Umstände bekannt sind. In diesem Fall könnte der Verdacht durchaus auf mich fallen. Immerhin war ich Hirosawas bester Freund. Es gibt mehrere Erklärungen, wie Murai zu dieser Annahme gelangt sein könnte.

Eventuell wissen Asami und Tanihara sogar Bescheid, dass Murai mich allein kontaktiert. *Ich werde den Kerl fertigmachen!* Fukase konnte sich gut vorstellen, wie Murai in seiner großspurigen Art den anderen gegenüber lospolterte. Es könnte auch sein, dass bei dem Treffen mit Murai auch die beiden anderen anwesend sein werden.

Falls ein solches Missverständnis vorliegt, muss es unbedingt geklärt werden.

Fukase schrieb Murai zurück, dass er ihn noch heute treffen könne.

Anders als bei früheren Verabredungen mit der ganzen Gruppe bestellte ihn Murai diesmal in eine einfache Kneipe an einem Bahnhof, der sich nicht an der Linie befand, die Fukase normalerweise benutzte. Als gepflegt war das Lokal nicht gerade zu bezeichnen, aber es wirkte dennoch exklusiv, da der ganze Saal in Separees unterteilt war. Fukase nannte Murais Namen und wurde ins hinterste Kabinett geführt. Als er beklommen seine Schuhe auszog und eintrat, war Murai bereits da und spielte gelangweilt mit seinem Smartphone. Als er Fukase bemerkte, hob er die Hand zum Gruß. Er wirkte kein bisschen aggressiv.

»Tut mir leid, dass ich mich verspätet habe.«

Fukase schaute entschuldigend auf seine Armbanduhr, aber Murai reagierte gelassen.

»Schon gut. Ich bin auch eben erst gekommen, weil ich es nicht gleich gefunden habe.«

Murai schien demnach zum ersten Mal in diesem Lokal zu sein. Auf dem Tisch standen keine Getränke.

»Sag mal…«

Murai senkte die Stimme und lehnte sich über den kleinen Tisch zu ihm hin.

»Auf dem Weg hierher ist dir doch keiner von deinen Kollegen begegnet, oder?«

Fukase begriff. Murai hatte dieses Lokal gewählt, damit sie nicht auf Bekannte stießen.

»Nein, niemand.« Fukase sprach nun auch mit gedämpfter Stimme.

»Na, dann ist es ja gut. Wir schauen erst mal nach, was wir essen und trinken wollen, und bestellen dann gemeinsam.«

Murai schlug die Speisekarte auf und nannte prompt vier kleine Gerichte, worauf Fukase ebenfalls zwei Speisen wählte, die schnell zuzubereiten waren. Murai klingelte nach der Kellnerin.

Er nahm ein großes Bier, Fukase einen Oolong-Tee.

Er bestellte ihre sechs Gerichte, darunter eine Auswahl an Sashimi.

Nachdem die Getränke gebracht worden waren, hob Murai das Bierglas und prostete Fukase zu: »Danke, dass du gekommen bist!«

Fukase griff hastig seinen Becher, um mit ihm anzustoßen.

Außenstehende, die sie dabei beobachtet hätten, wären sicher davon ausgegangen, hier säßen zwei gute Freunde zusammen.

Fukase war ein wenig beklommen zumute. Er konnte die Atmosphäre zwischen ihnen schwer einschätzen. Ungeachtet der besonderen Situation redete Murai munter drauflos. Er fragte, wie es in der Arbeit laufe, und bemerkte, dass Fukase und Asami sich ja nun häufiger begegnen würden. Sein Drucker würde nicht mehr richtig funktionieren, und er überlege, sich einen neuen bei Fukases Firma zu kaufen, und ob er ihm vielleicht einen Rabatt verschaffen könne. Als die Speisen auf dem Tisch standen, fragte er höflich, ob er mit seinen Stäbchen gleich zugreifen dürfe, und bediente Fukase, indem er die Portion auf dem Teller vor ihm aufteilte.

Sein Gegenüber erschien Fukase wie ausgewechselt. Er erinnerte sich gut an jenen Murai, wie er an dem verhängnisvollen Tag gewesen war. Jemand am Telefon, der darauf besteht, dass man ihn um jeden Preis abholen solle. Dieses Bild war Fukase im Gedächtnis geblieben. Kein lächelndes, kein anderen freundlich gesonnenes Gesicht, sondern nur ein quengelnder Egoist.

Nach ein paar Bissen legte Murai seine Stäbchen ab.

»Du schaust so ernst aus«, sagte er.

»Wie meinst du das?«, fragte Fukase und fuhr sich über die Wange.

»Hast du auch so was bekommen?«, fragte Murai unvermittelt.

»Was denn?«

»Du brauchst mir nichts vorzumachen. Zu wem wurde deins geschickt?«

Zu wem … geschickt. Offenbar handelte es sich bei Murai, anders als bei Asami, nur um ein einziges Schreiben. Ähnlich wie bei Fukase. Er beschloss, ihm die Wahrheit anzuvertrauen.

»Zum Arbeitsplatz meiner Freundin.«

»Ist das widerlich, zu deiner Freundin! Ich wusste gar nicht, dass du eine hast. Und dann … als ›Mörder‹ bezeichnet zu werden, wie hältst du das aus?«

Offensichtlich hatte der Brief, von dem Murai sprach, denselben Wortlaut.

»Deiner Freundin gegenüber kannst du es ja wenigstens herunterspielen. Besser als bei mir, denn wenn du ihr alles genau erklärst, sollte das eigentlich aus der Welt zu schaffen sein.«

Fukase konnte ihm nicht sagen, dass Mihoko kein Verständnis dafür aufbrachte.

»Und bei dir, Murai?«

»Das Wahlbüro meines Vaters.«

Es sei zwar für die Präfekturwahlen etwas außerhalb der Stadt an einer Bundesstraße eingerichtet worden, liege aber in der Nähe ihres Privathauses. Dort habe an der Schaufensterscheibe ein Zettel in A4-Größe geklebt.

In puncto Auffälligkeit tendierte das ja eher zu Asamis Fall.

»Wahrscheinlich ist das nachts geschehen. Aber als die Büroleute morgens kamen, waren sie die ganze Zeit mit dem Ankleben von Wahlplakaten beschäftigt, sodass es bis zum Nachmittag niemandem auffiel. Wenn ich daran denke, wie viele Menschen diesen Brief zu sehen bekommen haben, wird mir ganz übel.«

Fukase verschränkte die Arme und nickte. Er dachte daran, wie verstört Mihoko auf das Schreiben reagiert hatte.

»Und, was hast du nun dagegen unternommen?«, fragte er.

»Mein Vater und seine Unterstützer vermuten, dass diese Schikane auf das Konto des Gegenkandidaten geht. Sie haben zwar zuerst empört gemeint, man solle es der Polizei melden, aber wenn der Inhalt dieses Schreibens an die Öffentlichkeit gelangt, wäre das nur zu unserem Nachteil, deshalb wollen wir diesmal darauf verzichten.«

»Sind denn alle damit einverstanden?«

»Aber nein! Keineswegs! Du weißt ja, Gerüchte haben es an sich, dass dem Betroffenen der Klatsch irgendwann auch zu Ohren kommt. Also bekomme ich mit, wie nach Belieben herumspekuliert wird. Das stärkste Stück ist die Version, dass ich in der Mittel- oder Oberstufe der Rädelsführer einer Mobbingclique gewesen sei, die eins der Opfer in den Selbstmord getrieben haben soll. Man bräuchte nur mal im Internet zu recherchieren, um festzustellen, dass das gar nicht sein kann. Dort kann jeder lesen, dass sämtliche Mitschüler meiner Schule ohne Ausnahme den Abschluss gefeiert haben. In so einem Fall wie diesem sieht man mal, was die Leute wirklich über einen denken. Sachen, die ich eigentlich überhaupt nicht wissen will.«

Murai leerte sein Glas in einem Zug. Anstatt die Klingel zum Bestellen zu betätigen, öffnete er die dünn bespannte Schiebetür und orderte direkt mit lauter Stimme: »Noch ein Bier!«

Während sie auf die Kellnerin warteten, kaute Fukase vor sich hin und dachte über die Angelegenheit nach. Murai als der Kopf einer Mobbingbande, deren Opfer Selbstmord beging – wenn er es nicht von ihm selbst erfahren hätte, wäre Fukase dem Gerücht wahrscheinlich auf den Leim gegangen. Andererseits war Murai auch derjenige, der seine Kommilitonen ins Chalet eingeladen hatte …

Als das Bier kam, leerte Murai das Glas mit einem Zug bis zur Hälfte, bevor er es auf den Tisch knallte. Er gab sich zwar tough, war aber offensichtlich ziemlich beunruhigt.

»Ah, ist das köstlich! Bedien dich, bevor es kalt wird …«

Fukase schob die Tempura-Platte mit den weißen Garnelen zu ihm hinüber. Murai schnappte sich sofort eine große Portion und verzehrte sie auf der Stelle, ohne die Stücke zuvor auf seinen eigenen Teller zu legen.

»Und was sagt dein Vater?«

Im Gegensatz zu Fukase und Asami fügte in seinem Fall das anonyme Schreiben seinem Vater den meisten Schaden zu.

»Vor den Mitarbeitern im Wahlbüro hat er so getan, als würde ihm das nichts ausmachen, aber zu Hause hat er mich sofort zu sich gerufen. Er hat mich gefragt, ob es damals wirklich ein Unfall war.«

»Du meinst die Sache mit Hirosawa?«

Murai nickte. Fukase war überrascht, dass der Vater auf den Unfall zu sprechen kam, bevor Murai selbst den Zusammenhang herstellte. Würden Fukases Eltern ein vergleichbares Schreiben erhalten, wäre es sehr unwahrscheinlich, dass sie es ebenfalls mit dem Unfall seines Freundes in Verbindung bringen würden.

Aber, na klar, besann er sich. Das Chalet in Madarao Kogen gehörte Murais Onkel, der verunglückte Wagen Murais Mutter. Weil das Auto die Leitplanke durchbrochen hatte und in den Abgrund gestürzt war, lag die Vermutung nahe, die Bremsen wären nicht ordnungsgemäß gewartet worden, sodass höchstwahrscheinlich eine polizeiliche Untersuchung stattgefunden hatte. Im Gegensatz zu den Eltern der anderen Kommilitonen war der Unfall bei ihnen sicher anders im Gedächtnis geblieben.

»Na ja, im weiteren Sinne kann man mich sogar als Mörder bezeichnen. Ich hätte lieber ein Taxi bestellen sollen, anstatt darauf zu bestehen, dass mich einer von euch abholt. Ich hatte zwar am Vortag selbst einen Zusammenstoß, aber da ich unverletzt geblieben bin, hätte ich ja auch gleich morgens mit euch mitfahren können. Oder ich hätte euch gar nicht erst ins Landhaus einladen sollen. Es gibt also eine Menge Gründe für Reue, aber trotzdem habe ich kein Verbrechen begangen, das ich mein ganzes Leben als Last mit mir herumschleppen muss.«

Murai stürzte ein weiteres Bier hinunter. Bei seinem Anblick wurde Fukase unbehaglich zumute.

Murai hatte nicht unrecht. Aber wenn es um die Frage nach der Schuld ging, könnte man genauso gut sagen …

Es gab auch Zeiten, wo Fukase sich selbst einredete, dass man alle Umstände zusammengenommen als Schicksal bezeichnen konnte. Diese Anfälle von Fatalismus waren rational allerdings nicht nachvollziehbar.

Aber einerseits von Reue zu sprechen und sich andererseits dabei zu betrinken, passt nicht so recht zusammen, ging ihm durch den Kopf. Seit Hirosawas Tod hatte er des Öfteren erlebt, dass Murai zu viel trank.

Letztes Jahr, als sie bei Hirosawas Eltern am dritten Todestag ihres Sohnes zum Essen eingeladen waren, hatte Murai ebenfalls reichlich Sake getrunken. Obwohl sie als Hirosawas Kommilitonen mit seinem Tod direkt in Verbindung standen, hatten seine Eltern die ehemalige Seminargruppe freundlich bewirtet.

Sie wussten, dass die Freunde ihn bei schlechter Witterung auf der kurvenreichen Straße losgeschickt hatten, um Murai abzuholen. Wovon sie keine Ahnung hatten, war, dass ihr Sohn vor dem tragischen Unfall Bier getrunken hatte. Sie haben uns neben Verwandten und alten Freunden an der Tafel Platz nehmen lassen, dachte

Fukase, uns köstlich bewirtet, obwohl sie allen Grund gehabt hätten, sich voller Hass zu wünschen: Wäre er bloß nicht mit diesem Pack mitgefahren.

Murai saß neben Hirosawas Vater, und als sie beide ihre Bierkrüge bis zur Hälfte geleert hatten, gossen sie sich gegenseitig aus den Flaschen nach.

»Yoshiki wäre schon nach einem Glas volltrunken gewesen«, sagte Hirosawas Vater plötzlich, worauf Fukase, Asami und Tanihara betreten schwiegen. Nur Murai erwiderte ihm fröhlich, dass sein Sohn im Gegensatz dazu Unmengen eines Currygerichts vertragen konnte.

»Immer wenn ich Curry esse, erinnere ich mich an Hirosawa«, fügte er hinzu und gab dann eine Geschichte zum Besten: Als er mal bei seiner Freundin Curry aß, zitierte er Hirosawa, dass Curry zu Hause am besten schmecke, worauf sie sich darüber empörte, dass er ihre Kochkunst so gering schätze. Oh, das habe bestimmt für Ärger gesorgt, entgegnete der Vater und wischte sich die Tränen aus den Augen, während Hirosawas Mutter mit erstickter Stimme abwehrte, ihr Curry sei doch nichts Besonderes, und sogleich mit den leeren Bierflaschen in der Küche verschwand.

Fukase brachte trotz zahlreicher gemeinsamer Erlebnisse kaum ein Wort heraus, erinnerte lediglich an Hirosawas Vorliebe für Curry, das Rakugo und den mit Honig gesüßten Kaffee. Die Eltern hatten Sushi und Tempura in großen Mengen aufgetischt, aber er empfand so sehr Mitleid mit ihnen, dass er nur ein wenig in den sauer eingelegten Beilagen herumstochern konnte.

Tanihara neben ihm hingegen langte mehrfach ordentlich bei den Gerichten zu, die in der Mitte des Tisches arrangiert waren. Asami stopfte sich zwar nicht wie die beiden anderen den Mund voll, bediente sich aber trotzdem pausenlos. Die Schüsseln wurden zusehends leerer, was Fukase beschämte. Hätten sie sich nicht wenigstens ein bisschen zurückhalten können?

Im Gegenteil, Murai wurde noch unverfrorener: »Es ist zwar unhöflich, in Anbetracht der großartigen Tafel hier davon zu sprechen, aber ich würde auch einmal gern Ihr selbst gemachtes Curry probieren.«

Bei seinem nächsten Besuch, fügte er hinzu. Vielleicht war es nur so dahergeredet, aber man nahm ihn beim Wort.

Hirosawas Mutter hatte indessen gekühltes Bier aus der Küche gebracht, und während sie sofort die Flasche öffnete und Murai nachschenkte, antwortete sie: »Na, dann kommt doch nachher zum Abendessen vorbei. Ich werde mir die größte Mühe geben. Einverstanden?«

Niemand wagte es abzulehnen, als sie sich fragend in der Runde umschaute. Sie wusste, dass die vier ganz in der Nähe in einem Businesshotel am Bahnhof Zimmer gebucht hatten.

Nach der Feier war Fukase kurz in die Unterkunft zurückgekehrt, bevor er sich abends auf den Weg zu Hirosawas Elternhaus machte. Es lag auf einer Anhöhe mit Blick auf die Stadt. Der Anstieg war ziemlich steil, und die Beine ermüdeten schnell. Aber noch bevor das Eingangstor zum Grundstück in Sicht kam, stieg Fukase der Duft des Currys in die Nase, und seine Schritte beschleunigten sich wie von selbst. Bestimmt ist Hirosawa als kleiner Junge auch so gerannt, als er das Curry roch. Mit diesem Gedanken betrat Fukase das Haus.

Auch beim Currygericht hatte Murai das Bier im gleichen Tempo wie Hirosawas Vater hinuntergestürzt. Fukase selbst hatte zum Glück nicht reden müssen. Insofern war er Murai sogar für sein Benehmen dankbar gewesen.

Aber jetzt im Separee fühlte er sich bei diesem Anblick höchst unwohl. Vielleicht weil er wusste, dass Asami, im Gegensatz zu Murai, seit dem Unfall jeden Alkohol ablehnte.

Fukase war bereits bei der Totenfeier aufgefallen, dass Asami nichts getrunken hatte. Zuerst glaubte er, dass er sich nur wegen Hirosawas Eltern zurückhielt, aber nun hatte er von seiner Kollegin Kida erfahren, dass Asami auch sonst keinen Tropfen anrührte. Als bereute er es, damals getrunken zu haben, und würde nun mit seiner Abstinenz Abbitte leisten wollen.

Wenn du das Wort »Reue« in den Mund nimmst, solltest du dir erst mal über den Begriff klar werden!, hätte Fukase Murai am liebsten angefahren.

Doch es war Murai, der Fukase unverwandt anstarrte.

»Was denkst du, Fukase, wer könnte dahinterstecken?«, fragte er mit gesenkter Stimme.

Hat er mich etwa doch im Verdacht? Fukase hatte zwischenzeitlich völlig vergessen, dass er mit dieser Befürchtung hergekommen war.

»Ich weiß es nicht. Um ehrlich zu sein, wäre es mir lieber, wenn es nichts mit dem Unfall zu tun hätte. Mir wäre sogar die Vorstellung lieber, wenn irgendein Stalker, der meiner Freundin nachstellt, diesen Mist geschrieben hätte, um sie und mich auseinanderzubringen. Aber seitdem ich nun erfahren habe, dass es Asami und dich ebenso erwischt hat, kann ich mir das nicht mehr einreden.«

»Hast du Asami denn getroffen?«, entgegnete Murai verblüfft.

Fukase erzählte ihm in Kürze, was sich an der Narasaki Highschool zugetragen hatte. Aber auch er war überrascht: Wieso hatte Murai nicht längst von Asami persönlich erfahren, was vorgefallen war?

»Und was ist mit Tanihara?«

»Tja, bisher habe ich nichts dergleichen von ihm gehört. Aber vielleicht will derjenige auch ihm Schaden zufügen.«

Demnach hatte Murai sich noch nicht an Tanihara gewandt. Fukase dachte erneut darüber nach, weshalb er selbst als Erster kontaktiert worden war. Doch dann kam ihm ein unerwartet simpler Grund in den Sinn: Er war nun mal derjenige, der mangels anderer Freizeitbeschäftigungen am meisten Zeit von ihnen hatte.

»Ein Außenstehender würde es als reinen Unfall betrachten. Du glaubst also, dass es einer von uns vieren war?«, fragte Murai unvermittelt.

Damit hatte Fukase nicht gerechnet, wo er sich doch gerade entlastet wähnte.

»Aber nein! Das würde doch gar keinen Sinn ergeben«, protestierte er.

»Keine Ahnung. Derjenige wollte damit vielleicht nur einen Verdacht zum Ausdruck bringen.«

Murai warf Fukase einen bedeutungsvollen Blick zu und griff nach den Essstäbchen.

»Gegen wen denn? Und was für einen Verdacht?«

Murai schwang die Stäbchen wie einen Taktstock in der Luft, während er erklärte: »Na ja, zum Beispiel Asami. Es war im vierten Semester, da wurde er als Nachhilfelehrer gefeuert. Die Eltern sollen sich beschwert und einen neuen Lehrer angefordert haben, da ihr Sohn sich mit Asami nicht gut vertrug. Sein Nachfolger wurde dann Hirosawa, der sich mit dem Bengel offenbar besser verstand und ihm zu einem erfolgreichen Schulabschluss verholfen haben soll.«

Fukase fiel wieder ein, dass Hirosawa eine Zeit lang als Nachhilfelehrer gejobbt hatte, aber Asami war in diesem Zusammenhang nie erwähnt worden. Hirosawa hatte es bestimmt aus Rücksichtnahme verschwiegen, aber für Asami muss das eine demütigende Erfahrung gewesen sein.

»Willst du damit andeuten, dass Asami Hirosawa deswegen grollte und ihn aus Rache um die Ecke gebracht hat? So ein Quatsch!«

Er sah Asami vor sich, wie er damals ohne zu zögern aufs Fahrrad gestiegen und in der Dunkelheit die Bergstraße hinuntergerast war. Unvorstellbar, dass Asami eifersüchtig auf Hirosawa gewesen sein sollte. Sicherlich,

Asami hatte Hirosawa gebeten, Murai abzuholen. Aber derjenige, der am stärksten darauf gedrängt hatte, war Tanihara.

»Na gut. Und was ist mit Tanihara? Er hat immerhin Baseball mit Hirosawa gespielt und könnte sich von ihm ausgestochen gefühlt haben – irgendetwas in der Art, von dem wir nichts wissen.«

»Wie, Baseball?«

»Du weißt gar nichts davon? Hirosawa wurde von Taniharas Mannschaft als Ersatzspieler engagiert, und seitdem sind sie sich beim Training oder auf Turnieren begegnet, habe ich gehört.«

»Ach ja, stimmt …«

Fukase gab vor, sich nun daran erinnern zu können, aber tatsächlich hatte er nicht das Geringste davon gewusst. Deshalb hatte Tanihara auch im Auto, als sie auf dem Weg nach Madarao Kogen waren, ganz selbstverständlich ein paar Namen von Mitspielern erwähnt, weil es außer ihm jemanden gab, der diese kannte. Aus diesem Grund war Tanihara auch nicht weiter überrascht gewesen, als Hirosawa ihm erzählte, dass er Profi-Baseballspieler hatte werden wollen.

Ihm wurde schwer ums Herz, als ihm klar wurde, dass Hirosawa mit den anderen in engem Kontakt gestanden hatte auf Gebieten, von denen er selbst keine Ahnung hatte. Und das auch noch von Murai zu erfahren, verletzte ihn noch mehr. Die anderen vier hatte etwas verbunden, bei dem er außen vor geblieben war. Beinahe hätte sich Fukase gewünscht, als Hirosawas bester Freund verdächtigt zu werden, die anonymen Briefe geschrieben zu haben. Aber von Murai kam nichts mehr zu diesem Thema. Er legte bloß abermals die Stäbchen beiseite.

»Nun, ich möchte auch nicht darüber spekulieren, dass einer von uns vieren die Anschuldigungen verbreitet. Natürlich komme ich nicht infrage. Meine Freundschaft mit Hirosawa beschränkte sich darauf, dass wir außerhalb der Uni nur gelegentlich mal zum Curryessen verabredet waren.«

Auch das hörte Fukase zum ersten Mal. Murai, der sich aufs Auskundschaften neuer Lokale verstand, hatte Hirosawa mitgenommen, sobald er ein gutes Curry-Restaurant aufgetrieben hatte. Wieso hat mich Hirosawa nie dazu eingeladen?, fragte er sich.

»He, Fukase, hörst du mir noch zu?«

Aufgeschreckt fuhr sich Fukase übers Gesicht.

Murai sprach weiter: »Was ist denn, wenn dieser Schmutzfink, der uns die Schmähbriefe schreibt, eine Privatdetektei engagiert und Beweise gegen uns in der Hand hat, um uns des Mordes zu beschuldigen?«

»Um Himmels willen!«

»Das habe ich auch gesagt. Als mein Vater mich gefragt hat, ob wir denn auch wirklich nichts zu verbergen hätten. Ich habe natürlich nicht erwähnt, dass Hirosawa Alkohol getrunken hat. Wir haben uns doch nach der Trauerfeier felsenfest geschworen, dass wir das Geheimnis für uns behalten. Aber ist das wirklich das einzige Geheimnis?«

»Was meinst du damit?«

»Du bist ja damals erst später zu der Unfallstelle gestoßen.«

»Ja, es gab nur zwei Fahrräder. Deshalb musste ich im Landhaus zurückbleiben.«

»Aber trotzdem bist du dorthin gelaufen.«

»Ich habe einen Anruf von Asami bekommen. Er sagte, dass ein Auto die Leitplanke durchbrochen habe und abgestürzt sei.«

»Das Gleiche hat Asami mir am Telefon berichtet. Ich habe mir ein Taxi gerufen und bin zum Unfallort gefahren. Da ich zur gleichen Zeit wie die Polizei eingetroffen bin, hatte ich keine Gelegenheit mehr, mit den beiden zu reden.«

Fukase, der noch später am Ort des Geschehens eingetroffen und dort zusammengebrochen war, wusste noch weniger Bescheid über die Umstände als Murai.

»Hör mal, Fukase, ich frage mich, ob das Auto wirklich schon in den Abgrund gestürzt war, als Asami und Tanihara an der Unfallstelle eintrafen.«

Fukase begriff nicht, worauf Murai hinaus wollte, hatte jedoch das ungute Gefühl, dass er da nicht weiter nachhaken sollte. Stattdessen nahm er den letzten Bissen Sashimi vom Teller und steckte ihn sich in den Mund. Um vom Thema abzulenken, war er sogar drauf und dran, für sich selbst ein Bier zu bestellen, obwohl er wusste, dass es für ihn qualvoll ausgehen würde.

Irgendwann waren die Kaffeebohnen für die Firma aufgebraucht. Er überlegte, lediglich zum Kauf von Nachschub das Clover aufzusuchen. Falls er es so einrichtete, dass er an einem Sonntagnachmittag hinging, wenn dort reger Betrieb herrschte, würde ihn die Wirtin vielleicht nicht allzu sehr mit Fragen löchern, weshalb er nicht mehr kam. Er könnte allerdings auch gleich von sich aus harmlose Gründe anführen, etwa, dass er zu viel auf der Arbeit zu tun habe oder an einer Magenverstimmung leide.

Doch als er sich ausmalte, wie er, an der letzten Tasse Kaffee nippend, der Wirtin eine elegante Ausrede auftischte, schüttelte er entschieden den Kopf. Sind die Dinge in meinem bisherigen Leben jemals so verlaufen, wie ich sie mir vorgestellt habe? Um neue Kaffeebohnen zu kaufen, musste es ja nicht einmal unbedingt das Clover sein. Er hatte schnell über das Internet herausgefunden, dass es nicht allzu weit von seinem Arbeitsplatz entfernt einen anderen Coffee-Shop gab, der ebenfalls Kaffeebohnen verkaufte. Um dorthin zu gelangen, musste er nur nach der Arbeit die Bahn in die entgegengesetzte Richtung nehmen.

Ob sich das so anfühlte, wenn man fremdging? Er sah die Wirtsleute vom Clover freundlich lächelnd vor sich und bekam ein schlechtes Gewissen, als ob er sie hinterginge. Als er jedoch an die Kollegen in der Firma dachte, wie sie nach seinem Außendienst vergeblich auf ihren Kaffee warteten, gab er sich einen Ruck und beschloss, doch zur anderen Kaffeerösterei zu fahren.

Als er nach der Arbeit in der Schlange auf den Zug wartete, bemerkte er eine Clique von Oberschülerinnen. Sie planten einen gemeinsamen Kinobesuch am Wochenende und schwärmten von der idealen Besetzung der Heldin. Es handelte sich offenbar um die Verfilmung eines Mädchenmangas.

»Ich werde sicher weinen müssen, wenn sie stirbt.«

Basierte nicht die ganze Spannung des Films darauf, ob die Hauptfigur am Ende starb oder überlebte? So etwas sollte man wirklich nicht vorab verraten, dachte sich Fukase. Obwohl er sich den Film sicherlich nicht würde anschauen wollen, ärgerte er sich ein wenig über die Gedankenlosigkeit des Schulmädchens. Dabei fiel ihm Tanihara ein, der ähnlich veranlagt war.

Tanihara stand auf Filme und Popmusik aus dem Westen. Schon zu Uni-Zeiten hatte er sich eifrig für Previews beworben und bei der Verlosung meistens Glück gehabt. Im Seminarraum war pausenlos über Drehbücher, Darsteller und dergleichen im Stil von Filmkritiken palavert worden.

»Hör doch mal auf, alles zu verraten«, wies Murai ihn einmal zurecht.

»Wieso denn? Ihr schaut doch gar keine ausländischen Filme«, konterte Tanihara arglos. Was Fukase betraf, stimmte das. Es war keineswegs so, dass Tanihara partout den ganzen Inhalt des Films verriet. Er stoppte genau da, wo es spannend wurde, mit dem Kommentar: »Absolut sehenswert, sag ich euch.« Fukase hatte sich allerdings nicht einen einzigen der besagten Filme im Kino angeschaut. Ab und zu folgte wohl auch Asami Taniharas Empfehlungen, der schon aus Rücksicht darauf nicht die ganze Geschichte verriet.

»Du kannst doch deine üblichen Arthouse-Filme nicht mit ›Spider-Man‹ in einen Topf werfen!«

Murai meckerte ein Weilchen herum, weil er offenbar mit seiner Freundin für diesen Film im Kino verabredet war. Fukase, der lediglich den Titel kannte, aber sich den Film nie anschauen würde, sagte kein Wort dazu. Die westlichen Filme, die er jemals in seinem Leben im Kino gesehen hatte, ließen sich an einer Hand abzählen. Es waren nur Werke, auf die er selbst aufmerksam geworden war. Fukase hatte keine Freunde, die ihn zum Kino einluden. Es sei denn Hirosawa …

Einmal hatte Hirosawa den Film »Biohazard« auf DVD mitgebracht, als er Fukase zu Hause besuchte.

»Mann, den würde ich gern auf großer Leinwand im Kino sehen«, rief Hirosawa, und Fukase stimmte ihm zu. Sie beschlossen, sich die für den Herbst geplante Fortsetzung im Kino anzuschauen. Am Ende hatte Fukase den zweiten Teil nicht mal auf DVD gesehen. Er wollte sich nicht anschauen, was Hirosawa selbst nicht mehr hatte sehen können.

Plötzlich drangen die Stimmen der Schülerinnen nur noch aus weiter Ferne zu ihm durch.

Aber gab es nicht sehr viele Dinge, die Hirosawa gern getan hätte?, dachte er wehmütig.

Die Türen der eingetroffenen Bahn öffneten sich, und Fukase wurde von den Schülerinnen hinter ihm in den vom abendlichen Berufsverkehr überfüllten Waggon geschoben.

Der angesteuerte Laden für Kaffee-Spezialitäten war schnell gefunden. Es gab dort mehr Bohnensorten als im Café Clover, auch aus für ihn neuen Herkunftsländern. Er kaufte dann lediglich je 500 Gramm der Sorten *Nicaragua* und *Honduras*, die mit dem Etikett *Unsere Empfehlung* versehen waren, da es sich nur um einen Einkauf für den Betrieb handelte. Auf Vorrat zu kaufen sei nicht zu empfehlen, da das Aroma bald verfliege, hatte ihm die Wirtin vom Clover erklärt, aber die Kassiererin hier äußerte nichts dergleichen. Das war kein gemütlicher Ort, war sein erster Eindruck angesichts des Gedränges, das hier herrschte. Im Zeitschriftenregal, das neben der Verkaufsabteilung am Eingang zum Café stand, erblickte er ein halbes Dutzend Lesezirkel-Magazine.

Er hatte gar nicht vor, dort einen Kaffee zu trinken, als er den Ausschank betrat. Zu sehr nagte das schlechte Gewissen an ihm, er würde die Leute vom Clover hintergehen. Neben dem Zeitschriftenregal war eine kleine Tafel angebracht, mit der Offerte, dass in diesem Café nicht nur Getränke erhältlich seien, sondern auch Honigtoast mit wöchentlich wechselnden Sorten. Für diese Woche wurde Mandarinenhonig aus der Präfektur Ehime angepriesen.

Der Honig könnte durchaus von den Zitrusplantagen stammen, die Hirosawas Eltern bewirtschafteten. Als sie letztes Jahr anlässlich des dritten Todesgedenktags zu Besuch bei ihnen waren, wurde hausgemachte Limonade mit Honig serviert. Hirosawas Mutter hatte ihnen erzählt, dass die Imkerei zwar dem Onkel gehöre, aber er würde die Bienen im Mandarinenhain des Vaters ausschwärmen lassen.

Diesen Honig hatte Yoshiki ihm damals geschenkt, und damit hatten sie den Kaffee gesüßt. Bei der Feier war ihm die Kehle wie zugeschnürt gewesen, sodass er kein Wort herausbrachte und nur stumm zusah, wie Tanihara und Murai sich begeistert eine zweite Runde von der leckeren Limonade geben ließen und Asami sich nach der Zubereitungsart erkundigte.

»Yoshiki hat sich den Honig immer aufs Toastbrot geschmiert. Als ich ihn damit aufzog, er sei naschhaft wie Pu der Bär, hat er sich geärgert.«

Hirosawas Mutter wischte sich dabei Lachtränen aus den Augen. Fukase hatte nie Honigtoast mit ihm gegessen. Aber falls Hirosawa in jener Nacht wohlbehalten mit Murai ins Landhaus zurückgekehrt wäre, hätten sie das vielleicht alle am nächsten Morgen zum Frühstück probiert.

Er klatschte sich mit beiden Händen an die Wangen, als wollte er das Bild von Hirosawa vertreiben, der herzhaft in einen Honigtoast biss, und blinzelte sich die Tränen fort. Ihm wurden Kaffee und Toast serviert. Der Honig war in Fläschchen abgefüllt. Fukase schöpfte einen Löffel der bernsteinfarbenen Flüssigkeit aus dem Glasbehälter und rührte sie kräftig in den Kaffee.

Will ich mich überhaupt an Hirosawa erinnern? Oder ihn lieber vergessen?

Fukase träufelte den Honig auch auf den Toast, nahm einen Bissen und schaute sich um. Die dicht an dicht gestellten dunkelbraunen Holztische waren fast alle besetzt. Es lief Jazzmusik, und in der Café-Ecke herrschte eine entspanntere Atmosphäre als im hektischen Verkaufsraum. Für abends waren ungewöhnlich viele weibliche Gäste da, die an ihren Toasts knabberten, der Anteil der Männer belief sich nur auf ein Drittel.

Wenn Hirosawa hier in der Nähe gewohnt hätte, wäre er bestimmt jeden Abend hergekommen, überlegte Fukase mit einem bitteren Lächeln.

Immer wieder Hirosawa …

Fukases Blick wanderte zu den beiden Männern im Anzug, die am übernächsten Tisch saßen. Sie alberten in voller Lautstärke miteinander, um sich vor den weiblichen Gästen wichtig zu machen. Beide redeten im Kansai-Dialekt.

»Wenn das rauskommt, bist du erledigt!«, posaunte der eine.

Es hörte sich so an, als würde der andere zwei Beziehungen gleichzeitig am Laufen haben.

»Wenn ich mich in Acht nehme, wird keine der beiden etwas merken«, prahlte er. Aber was, wenn sich seine Freundin hier zufällig auch im Laden aufhielt? Fukase fand seine Angeberei widerlich. Und wenn nicht die Betroffene selbst, vielleicht hörte ihn dann eine ihrer Bekannten oder Kolleginnen. Genauso gut könnte eine der beiden älteren Damen, die neben ihm saßen, ihre Mutter sein. Bei dieser Vorstellung ließ er seiner Fantasie freien Lauf, bis alle hier anwesenden weiblichen Gäste mit der Freundin in irgendeiner Verbindung standen wie in diesem berühmten Krimi. Hatte er darüber gelächelt? Fukase rieb sich die Wange.

An was denkst du gerade?

War es Hirosawa gewesen, der ihn das gefragt hatte? Nein, Mihoko. Er seufzte. In dem Augenblick klingelte sein Handy in der Aktentasche. Er zog es heraus und entdeckte eine Nachricht von Murai, der anfragte, ob sie sich heute noch am selben Ort wie neulich treffen könnten. Fukase hatte zwar nichts weiter vor, aber wollte trotzdem nicht sofort zusagen.

Er erinnerte sich an ihr Gespräch in jenem Lokal am letzten Wochenende.

Ob das Auto wirklich schon in den Abgrund gestürzt war, als Asami und Tanihara an der Unfallstelle eintrafen?

Fukase hatte nichts auf Murais Äußerung erwidert. Er konnte nicht darauf antworten. Nach einer Weile betretenen Schweigens setzte Murai das Gespräch fort.

»Okay. Vergiss es!«

Murai schaute auf die Uhr und machte lächelnd den Vorschlag, ob sie noch zum Abschluss chinesische Nudelsuppe essen gehen sollten. Fukase hatte lediglich erwidert, er sei satt. Murai pflichtete ihm bei. Kurz darauf schob er die Papiertür auf und bat um die Rechnung.

»In dem Lokal kann man um diese Jahreszeit gut Feuertopf mit Hechtmuräne essen. Nächstes Mal sollten wir uns alle da treffen. Ich freu mich drauf! Die anderen wissen schon davon. Ich habe Asami extra gesagt, er soll dir auch Bescheid geben.«

»Ja, ich weiß.«

Ich bin tatsächlich auch dazu eingeladen worden, sagte sich Fukase, als er sich von Murai am Bahnhof verabschiedete.

Erst als er in seiner Wohnung angekommen war, hatte er genauer über Murais Bemerkung nachgedacht, die ihn die ganze Zeit beschäftigte. In seinem Zimmer legte er sich sofort, ohne den Fernseher einzuschalten, auf die Tatamis. Er fühlte sich völlig erschöpft, obwohl er sich weder körperlich verausgabt noch sonst etwas geleistet hatte. Erst jetzt fiel ihm auf, dass die Deckenverkleidung über ihm nicht einfach glatt war, sondern ein feines Gittermuster aufwies, und als er vor sich hin döste, kamen ihm Murais Worte wieder in den Sinn, die er mit aller Macht zu verdrängen versuchte.

War das Auto wirklich schon in den Abgrund gestürzt, als Asami und Tanihara an der Unfallstelle eintrafen?

Er folgte Murais Gedankenspiel: Der Wagen war demnach noch nicht hinabgestürzt und hatte noch an Ort und Stelle gestanden. Hirosawa wäre dann auf der Straße verunglückt, das Fahrzeug aber nicht in Flammen aufgegangen – und Hirosawa saß noch im Auto. Aber dann hätten sie doch als Erstes einen Krankenwagen oder die Polizei gerufen. Als Murai und Fukase jedoch dort eintrafen, befand sich das Auto bereits im Talgrund. War der Wagen aber nicht abgestürzt und lag dennoch da unten, war er dann nicht absichtlich hinuntergestoßen worden? Nur, warum sollten sie so etwas tun?

Weil die Polizei nicht erfahren durfte, dass Hirosawa angetrunken am Steuer saß. Deshalb sollte er mit dem Auto zusammen verbrennen. Aber würde das Auto garantiert in Flammen aufgehen, wenn man es den Abhang hinunterbeförderte? Vielleicht hatte Hirosawa, der gewohnheitsmäßiger Raucher war, ein Feuerzeug in der Tasche gehabt. Dann haben sie den Wagen angezündet und in die Tiefe gestürzt, um nicht der Brandstiftung verdächtigt zu werden.

Fukase sprang ruckartig auf und schüttelte energisch den Kopf. Er ging in die Küche, nahm eine Plastikflasche Wasser aus dem Kühlschrank und trank direkt daraus. Dann klatschte er sich im Spülbecken Wasser ins Gesicht, um die absurden Gedanken zu vertreiben.

Aber Murai hatte dieses Szenario entworfen, weil ihm offenbar das Gleiche im Kopf herumspukte.

Murai, der Tanihara und Asami weitaus besser kennen sollte als ich, verdächtigt die beiden, überlegte Fukase. Wenn man bedenkt, aus welchem Grund Murai auf diesen Gedanken kam, ist es nicht völlig abwegig.

Wollte sich Murai als dritter Mitschuldiger neben Tanihara und Asami vielleicht selbst der Verantwortung entziehen? Und ließ deshalb diese Andeutungen fallen, dass die beiden aus bestimmten Gründen einen Groll gegen Hirosawa gehegt hätten?

Fukase hatte versucht, sich nicht weiter mit Hirosawas Unfall zu beschäftigen.

Jetzt aber schlug Murai ihm abermals ein Treffen vor. Und das auch noch jetzt gleich. Will er mit mir über seine Vermutung sprechen? Wenn Fukase einwilligte, dann hatte Murai jemanden auf seiner Seite: zwei gegen zwei. Aber er mochte Murai nicht treffen, dessen Verdacht war einfach zu absurd, und er wollte sich nicht von ihm vereinnahmen lassen.

Aber was, wenn wieder etwas geschehen war?

Fukase griff zu seinem Handy und tippte eine kurze Nachricht: *Ist was passiert?*

Die Nachricht kam, kurz nachdem er einen Schluck Kaffee getrunken hatte.

Tanihara wurde auf die Bahngleise gestoßen.

Fukase ließ das letzte Drittel vom Toast liegen und leerte nur seine Tasse, bevor er sich erhob. Der Geschmack des mittlerweile kalt gewordenen Kaffees mit dem Honig darin wühlte ihn noch mehr auf.

Hatte ich tatsächlich geglaubt, die Sache sei erledigt?, fragte er sich. Der Brief, in dem er als »Mörder« verleumdet wurde, war an Mihoko, die erste Freundin in seinem Leben, adressiert und hatte seine Beziehung zu ihr zerstört. Die Rache des Absenders hatte sich damit erfüllt. Die Attacke mit dem Brief wurmte ihn mächtig, da er sich keinen Reim darauf machen konnte, dennoch hatte er die anderen informiert. Asami und Murai hatten zwar die gleichen rufschädigenden Schmähbriefe erhalten, aber dies bedrohte nicht ihr Leben.

Aber auf die Gleise gestoßen zu werden? Wie mochte es Tanihara jetzt wohl gehen?

Während der Zugfahrt recherchierte Fukase auf seinem Smartphone nach Zugunglücken, aber in den Nachrichten der letzten Tage wurden keine tödlichen Unfälle in Verbindung mit Zügen erwähnt.

Das Lokal, bei dem er beim ersten Besuch das Gefühl hatte, er würde in eine fremde Stadt reisen, um dorthin zu gelangen, erreichte er diesmal mühelos.

Er atmete tief durch, bevor er das Lokal betrat. Er nannte Murais Namen und wurde wie beim vorigen Mal von der Kellnerin in ein Separee im hinteren Teil geführt.

Als er die Papiertür aufschob, saß Murai bereits da. Und auch Asami, der ihm gegenüber Platz genommen hatte. Wie lange mochten sie schon hier sein? Das Glas Bier, das vor Murai stand, war halb geleert, während der Becher Oolong-Tee vor Asami noch unberührt schien. Zu essen gab es lediglich Sojabohnen als kleine Vorspeise.

Fukase zwängte sich durch den Spalt und schob die Tür hinter sich zu.

»Was ist mit Tanihara?«, fragte er Murai noch im Stehen.

»Nun setz dich erst mal! Es war ja nicht lebensgefährlich«, erwiderte Murai lässig, worauf sich Fukase erleichtert neben Asami setzte.

»Ist bei dir in der Schule alles okay?«

Asami erwiderte, dass die Notenkonferenzen abgeschlossen seien. Fukase hörte einerseits heraus, dass sich für ihn die Situation dort wohl wieder beruhigt hatte und es andererseits ein günstiger Zeitpunkt sei, um früher aus der Schule zu kommen.

»Nun, lasst uns erst mal was bestellen. Reden können wir danach«, sagte Murai und schlug die Speisekarte auf.

Fukase hatte zwar keinen Appetit, erklärte aber trotzdem, dass er wieder Oolong-Tee nehme und die gleichen Gerichte wie letztes Mal. Asami runzelte die Stirn und schaute die beiden abwechselnd an. Er schien nicht gewusst zu haben, dass sie sich allein getroffen hatten.

»Wir waren letzten Freitag schon mal hier. Wegen dieser besagten Anschuldigung«, erklärte Fukase.

Es sollte zwar so klingen, als hätten sie nichts zu verbergen, aber dann stockte er sofort.

Diese besagte ... Er hatte sich verplappert. Asami konnte doch überhaupt nicht wissen, dass Fukase über den Vorfall an der Schule informiert war.

»Kida hat mir gegenüber angedeutet, was dir passiert ist, als ich neulich eine Bestellung ausgeliefert habe«, setzte er schnell hinzu.

Asami stöhnte auf und verbarg das Gesicht in den Händen.

»Wahrscheinlich nicht nur angedeutet.«

»Es tut mir leid ...«

Fukase entschuldigte sich dafür, obwohl es doch Kida gewesen war, die ihn zu sich bestellt und alles ausgeplaudert hatte.

»Das ist jetzt auch egal. Tatsache ist doch, dass jeder von uns so einen Schmähbrief erhalten hat«, schaltete sich Murai ein und öffnete die Schiebetür, um die Kellnerin zu rufen. Er fragte Asami, was er für ihn bestellen solle, worauf dieser erwiderte, das überlasse er ihm. Murai orderte die gleichen Gerichte wie beim vorigen Mal. Als die Schiebetür wieder geschlossen war, wartete Fukase noch einen kurzen Moment, bevor er den beiden seine Frage stellte:

»Hat Tanihara denn auch so ein Schreiben bekommen?«

»Weshalb sollte nur er davon verschont bleiben? ... Aber erzähl du mal, was da genau vorgefallen ist. Du bist doch der Einzige, der sich mit ihm danach getroffen hat«, sagte Murai an Asami gewandt.

Diesmal runzelte Fukase die Stirn. Sind Murai, Asami und Tanihara denn nicht enge Freunde? Angenommen, die Clique splittete sich in zwei und einen, dann wäre er davon ausgegangen, dass vielmehr Murai und Tanihara sich regelmäßig trafen.

Die Kellnerin brachte Fukases Oolong-Tee und ein paar einfache Speisen. Asami vergewisserte sich erst, ob die Schiebetür ganz geschlossen war, bevor er sich an Fukase wandte.

»Das Schreiben war in Form eines anonymen Briefs an die Abteilung für allgemeine Angelegenheiten zu seiner Firma geschickt worden.«

Soweit habe ihm Tanihara davon am Telefon berichtet, zwei Tage bevor er selbst die Zettel am Wagen vorfand. Deshalb hatte er dann Vermutungen angestellt, dass die Angelegenheit nur Tanihara persönlich beträfe, er von jemandem schikaniert würde, vielleicht sogar in der Firma. Tanihara jedoch behauptete, dass er sich außer auf Hirosawas tödlichen Unfall auf nichts besinnen könne, was man auch nur im Entferntesten als Mord bezeichnen könnte. Und dann stellte er noch die Verbindung zu den Kommilitonen her. Nur weil Asami noch nichts über einen Brief aus seiner Umgebung erfahren habe, würde das noch lange nicht bedeuten, dass der nicht schon längst in der Schule oder der Elternvertretung gelandet sei.

Allerdings hatte es bei Tanihara nicht allzu schlimme Auswirkungen. So ein großer Konzern erhielt wohl häufiger solche anonymen Schreiben wie dieses, dennoch wurde er zum Büro für allgemeine Angelegenheiten bestellt und zu der Sache befragt. In diesem Gespräch habe Tanihara Hirosawas Unfall erwähnt.

»*Wie?* Er hat das in seiner Firma rumerzählt?«, fragte Murai mit überschnappender Stimme.

Auch Fukase war schockiert. Er selbst hatte es zwar Mihoko anvertraut in dem Glauben, dass sie Verständnis für ihn aufbringen würde, aber falls Fukase in die gleiche Situation geraten wäre wie Tanihara, hätte er gegenüber seinem Vorgesetzten Hirosawas Namen mit keiner Silbe erwähnt. Er hätte verlegen geantwortet, dass er keine Ahnung habe, was es mit diesem Brief auf sich haben könnte.

»Besser so, als wenn er denen irgendeine idiotische Geschichte aufgetischt hätte. Besser, ihnen genau mitteilen, was er damals der Polizei erzählt hat, und erklären, dass er sich darüber hinaus keiner Schuld bewusst sei«, sagte Asami.

Und was ist mit dir? Fukase warf Asami einen Seitenblick zu. Du selbst bist doch deinen Kollegen, die die angeklebten Zettel mit eigenen Augen gesehen haben, eine Erklärung schuldig geblieben, oder? Weil du schon wusstest, dass so ein Brief auch mit Taniharas Namen verschickt wurde, hast du es sofort mit dem Unfall in Verbindung gebracht. Trotzdem wolltest du deinen Kollegen weismachen, dass es der von der Schule suspendierte Schüler war oder dessen Eltern.

War das die richtige Haltung für einen Lehrer?

»Hat er denn seine Firma überzeugen können?«, fragte Fukase nach.

»Ich habe nicht genau erfahren können, wie das Gespräch verlaufen ist, aber am Ende kamen sie wohl zu dem Schluss, er solle es nicht so ernst nehmen.«

Erneut versetzte es Fukase einen Stich, dass er mit seiner Aufrichtigkeit schlechter fahren würde. Warum war es ihm damals nicht in den Sinn gekommen, wenigstens die Sache mit dem Alkohol zu verschweigen, als er Mihoko alles anvertraute?

Weil er nicht derjenige gewesen war, der Hirosawa zum Trinken animiert hatte. Ich habe keine Schuld, Hirosawa ist nicht meinetwegen verunglückt, hatte er sich wieder und immer wieder gesagt. Und um das klar herauszustellen, musste er ihr gegenüber die Sache mit dem Alkohol erwähnen – womit er sich erst recht in ein schlechtes Licht gerückt hatte.

»Tja, dann ist ja wohl zumindest bei ihm die Rechnung des Briefschreibers nicht ganz aufgegangen.«

Murais Bemerkung versetzte Fukase einen Schock.

»Deshalb die Bahngleise?« Ihm lief ein Schauer über den Rücken.

»Soweit wissen wir es noch nicht«, erwiderte Asami mit ruhiger Stimme.

Es wurden weitere Speisen serviert. Nun waren alle bestellten Gerichte auf dem Tisch arrangiert, und niemand würde ihr Gespräch unterbrechen.

»He, erzähl doch mal genauer von dem Stoß auf die Gleise! Angenommen derjenige wusste, dass seine erste Aktion keine Konsequenzen haben wird, und hat sofort die nächste gestartet – könnte es dann nicht doch jemand aus der Firma gewesen sein?«, fragte Murai aufgeregt nach.

Die Schlussfolgerung klang in Fukases Ohren etwas zu simpel, aber sie war auch nicht völlig von der Hand zu weisen. Er hatte durch den Schmähbrief Mihoko verloren, während Tanihara nicht der Einzige war, der zunächst gar keinen Schaden erlitten hatte. Dennoch, der nächste Angriff galt zuerst ihm.

»Vielleicht dienen wir nur zur Ablenkung, und der Täter hat es eigentlich allein auf Tanihara abgesehen? Bei seinen Nachforschungen über Tanihara ist er dann auf den Unfall gestoßen, und er benutzt uns nur, um eine falsche Fährte zu legen …?«

Murai beharrte stur auf seiner fixen Idee. Falls er damit richtiglag, hatte Fukase dafür mit einem schmerzlichen Verlust bezahlen müssen. Er bekam Kopfschmerzen.

»Warte! Nicht so voreilig! Tanihara ist am Sonntag vom Bahnsteig gestoßen worden. Da ist er wie sonst auch auf dem Heimweg von einem Spiel mit der alten Baseballmannschaft gewesen«, wandte Asami ein.

»Warum sagst du mir das nicht eher?«, beschwerte sich Murai.

»Du quatschst doch dauernd dazwischen.«

»Na, wenn ich den Mund halten soll, dann erzähl du doch die ganze Geschichte.«

Murai schmollte eingeschnappt und schob sich einen großen Happen frittierte Shrimps in den Mund.

»Es geschah also am Sonntag.«

Ob Asami auch so forsch seinen Unterricht abhielt? Fukase richtete sich auf, um seinen Bericht aufmerksam zu verfolgen.

Am Sonntagnachmittag wurde im Stadion in der Stadt Saitama ein Match ausgetragen zwischen Taniharas alter Baseballmannschaft, den Bombers, und einem Team aus dem Nachbarort, den Fighters.

Taniharas zwei Homeruns verhalfen den Bombers zu einem Überraschungssieg, den sie anschließend zunächst in einer Kneipe nahe dem Stadion feierten. Die zweite Party sollte nicht unweit davon in einer Karaoke-Bar stattfinden, aber da Tanihara am nächsten Vormittag eine wichtige Sitzung in der Firma hatte, ließ er die Feier sausen und machte sich auf den Heimweg nach Tokio.

Das war gegen neun Uhr abends. Als er auf dem Bahnsteig auf seinen Zug wartete, erhielt er plötzlich von hinten einen Stoß und stürzte auf die Gleise. Als er völlig benommen seine heikle Situation erkannte, sah er den Zug näher kommen und konnte sich mit knapper Not in den Schutzraum des Gleisbetts retten.

Asami unterbrach seinen Bericht, um einen Schluck Tee zu trinken.

»Zum Glück war es so eine Art von Bahnsteig. Hat sich Tanihara dann bei dir gemeldet und gesagt, du solltest dich auch in Acht nehmen?«, hakte Murai nach.

»Ja«, nickte Asami und stellte das Glas ab.

Fukase wurde einen Moment lang vor Angst ganz flau im Magen.

»Deshalb hast du mir also eine Nachricht geschickt. Und weil du uns sofort treffen wolltest, sollte ich auch Fukase Bescheid sagen. Um von der Sache mit Tanihara zu berichten und uns zu warnen, dass wir auf der Hut sein müssen, ja?«, fragte Murai.

»Ja, so ist es.«

»Das ist aber merkwürdig. Jetzt haben wir ja schon Mittwoch. Was hättest du denn getan, wenn inzwischen auch mir oder Fukase etwas zugestoßen wäre? Passte es dir gut in den Kram, uns erst heute Bescheid zu sagen? Warum hast du so lange gewartet? Wäre es nicht besser gewesen, wenn Tanihara seine Mail gleich an uns alle geschickt hätte?«

»Nein, so war das gar nicht. Sorry, ich habe mich unklar ausgedrückt. Ich selbst habe erst heute Mittag den Anruf von Tanihara bekommen. Als ich ihm ein sofortiges Treffen vorschlug, meinte er, ich solle zu ihm nach Hause kommen. Ich habe dann früher Feierabend gemacht und bin zu seiner Wohnung gefahren. Nach dem Besuch habe ich mich dann gleich bei dir gemeldet und bin direkt hierher gekommen.«

»Ja, aber wieso ist Tanihara denn nicht mitgekommen? Ist er etwa doch verletzt?«, hakte Murai nach.

»Tanihara hat ein paar Schürfwunden, nichts Ernstes, aber nervlich ist er völlig am Ende. Er traut sich nicht mehr nach draußen. Seit Montag ist er auch nicht mehr zur Arbeit gegangen.«

»Ist er so leicht unterzukriegen? Er ist doch eigentlich der robuste Typ, der alles auf die leichte Schulter nimmt.«

»Mann, er wäre fast vom Zug überrollt worden!«

Asamis Stimme schnappte über. Er schrie so laut, dass Fukase zusammenzuckte. Er stellte sich vor, wie ein Zug auf ihn selbst zugerollt kam.

Höchstwahrscheinlich hatte Murai die gleiche Schreckensszene vor Augen gehabt, als Asami den Vorfall schilderte. Murai wäre sicherlich genau wie Tanihara augenblicklich zur Seite gerollt und damit dem Tod knapp entronnen, überlegte er. Aber wenn mir das passiert wäre …

Fukase durchlief erneut ein Schaudern.

»Aber er kann sich ja nun nicht sein ganzes Leben lang in seiner Wohnung verbarrikadieren«, sagte Asami.

Murai leerte sein Glas.

»Deshalb habe ich ihm auch geraten, zur Polizei zu gehen«, sagte Asami mit einem Seufzen.

Murai und Fukase starrten ihn entsetzt an.

»Na ja, heute wird er das nicht tun. Ich habe ihm versprochen, ihn zu begleiten. Es stimmt zwar, dass Tanihara sich fürchtet, aus dem Haus zu gehen, aber, um ehrlich zu sein, hätte ich ihm auch sonst nicht von unserem Treffen erzählt.«

»Wenn ihr beide zur Polizei geht, was geschieht dann mit mir und Fukase?«

»He, Moment mal!« Fukase wollte erst etwas klarstellen. »Wollt ihr von der Polizei Rat einholen wegen des Schmähbriefs und erzählen, dass Tanihara vom Bahnsteig gestoßen wurde? Oder habt ihr vor, alles zu gestehen wegen der Sache damals?«, wollte er von Asami wissen.

»Welche Sache?«, fragte dieser zurück.

Was soll denn diese Frage? Fukase spürte Wut in sich aufsteigen.

»Die Sache mit dem Alkohol.«

»Ja, aber wir haben uns doch darauf geeinigt, das Geheimnis mit ins Grab zu nehmen«, schaltete sich nun Murai ein. »Ich habe niemandem etwas gesagt, weder meinen Eltern noch meiner Freundin. Auch in Zukunft werde ich es nie erwähnen. Was meint ihr, was dann für ein Wirbel entsteht, wenn wir alles ehrlich erklären würden! In dem Brief steht zwar, dass wir Mörder seien, aber nicht, dass man uns umbringt, wenn wir kein Geständnis ablegen, oder?«

»Murai!«

Asami ermahnte Murai, dessen Stimme zunehmend lauter wurde, und legte den Zeigefinger an die Lippen. Es war zwar ein Separee, aber die Trennwände waren dünn. Von einer anderen Kammer drang Gelächter zu ihnen.

»Ja, schon gut. Sorry.«

Murai richtete sich aus seiner zusammengesunkenen Haltung auf und verschränkte die Beine anders.

»Natürlich erwähnen wir die Sache mit keinem Wort.« Asami senkte demonstrativ die Stimme.

»Nun, dann ist doch alles klar. Wir wollen vermeiden, die Sache mit dem Unfall noch einmal aufzuwühlen, aber der Angriff gegen Tanihara war lebensgefährlich, und wir müssen uns wohl oder übel eingestehen, dass uns das Gleiche auch passieren könnte. Der Täter muss unbedingt gefasst werden. Vielleicht gibt es Fingerabdrücke von ihm auf den Zetteln, also werde ich auch meine als Beweisstücke abliefern«, sagte Murai, der nun auch die Idee begeistert aufgriff, gemeinsam zur Polizei zu gehen.

Fukase schwieg und überlegte, ob er sich dafür den Brief von Mihoko geben lassen sollte.

»Warte! Ich habe Tanihara erst mal zugesagt, gemeinsam zur Polizei zu gehen, um ihn zu beruhigen, aber ich bin mir ehrlich gesagt nicht sicher, was ich tun soll. Das ist der Grund, warum ich mich vorher mit euch beraten wollte.«

Asami schaute Murai und Fukase abwechselnd an. Fukase beschlich eine Ahnung, weshalb Asami zögerte.

»Du hast dich doch vorhin darüber aufgeregt, wie hinterhältig es gegenüber Tanihara war. Wieso zögerst du noch?«, fragte Murai.

»Aus Rücksicht auf jemanden, der Hirosawa nahestand?«, vermutete Fukase.

Asami nickte zögernd. »Aber falls es so ist, wie Murai sagt, dass der Täter es nur auf Tanihara abgesehen hat und wir bloß als Statisten fungieren, wäre es besser, schnellstmöglich zur Polizei zu gehen. Wenn es jemanden gibt, der einen Groll gegen Tanihara persönlich hegt, wird es schwierig sein, ihn aufzuspüren, wenn er sich dem Opfer gar nicht offen stellt. Aber wahrscheinlicher ist es wohl, dass der Täter uns vieren einen Schmähbrief geschrieben hat, weil er uns alle hasst. Aber was ist dann sein Motiv?«

»Mir fällt nur Hirosawas Unfall ein«, sagte Murai. »Nun, wer könnte uns wegen Hirosawas Tod so hassen, dass er uns auch am liebsten umbringen würde?«

»Etwa doch seine Eltern?«

»Das ist doch undenkbar!«, rief Fukase empört.

Er hatte Hirosawas Eltern insgesamt viermal getroffen. Kurz nach dem Unfall, bei der Totenwache und der anschließenden Bestattung, zum ersten Todestag und letztes Jahr zum dritten. Besonders bei den beiden Gedenkfeiern wurde ihnen eine herzliche Gastfreundschaft zuteil. Obwohl es nicht selbstverständlich war, dass sie das Haus betreten durften.

»Na ja, ich möchte auch keinen von Hirosawas Eltern mit der Tat in Verbindung bringen. Sie haben uns so freundlich empfangen. Außerdem waren die Zettel, die am Büro meines Vaters und Asamis Auto hingen, alle per Hand angeklebt worden, obwohl man die Anschuldigung auch mit der Post hätte schicken können. Ich kann mir nicht vorstellen, dass für diese Aktion jemand extra aus Ehime anreisen würde«, gab Murai zu bedenken.

Fukase nickte stumm.

»Dann kämen also als Nächstes seine Freundin oder andere Bekannte infrage«, schlug Murai vor. »Oder was meint ihr?«, fügte er leise an. Er klang alles andere als überzeugt.

Ob enge Vertraute von Hirosawa letzten Endes zu solchen Racheakten fähig wären? Fukase versuchte es sich vorzustellen: Angenommen, ich selbst wäre nicht zum Landhaus mitgefahren, wie würde ich reagieren? Hirosawa ist mein bester Freund gewesen, mein engster Vertrauter. Der dann bei einem Verkehrsunfall ums Leben kam. Könnte ich meine Kommilitonen dafür hassen, dass sie ihn trotz des Unwetters und schlechter Straßenverhältnisse haben fahren lassen, obwohl sie genau wussten, dass er seinen Führerschein noch nicht lange hatte und zu wenig Fahrpraxis besaß? Aber würde ich dann solche Drohbriefe verschicken? Geschweige denn, jemanden von ihnen sogar umbringen wollen? Außerdem …

»Ja, aber warum dann jetzt erst?«, wandte Asami ein.

Das Gleiche hatte sich auch Fukase immer wieder gefragt, seit ihm der Schmähbrief gezeigt worden war. Plötzlich kam ihm ein Gedanke.

»Vielleicht weil derjenige erst kürzlich davon erfahren hat.«

Aus irgendeinem Grund waren ihm sowohl die Schulmädchen abends auf dem Bahnsteig als auch die Geschäftsmänner mit dem Kansai-Dialekt im Café deutlich in Erinnerung geblieben.

»Obwohl wir es streng geheim gehalten haben, hat vielleicht doch einer von uns versehentlich darüber gesprochen. Und das hat dann zufällig ein Bekannter von Hirosawa aufgeschnappt. Oder was, wenn es sogar Hirosawas Eltern zu Ohren gekommen ist? Dann wäre es völlig unerheblich, wie freundlich sie zu uns im letzten Jahr gewesen sind. Sie könnten nun doppelt verbittert darauf reagieren, dass sie getäuscht wurden, anstatt gleich nach dem Unfall die Wahrheit zu erfahren.«

»Wir waren doch immer auf der Hut. Schwer vorstellbar, dass es jemand mitbekommen hat. Das Wichtigste ist aber doch, dass wir selbst den Täter finden. Auch wenn es schwierig ist, sollten wir zunächst abwarten, ob es jemand aus Hirosawas engstem Kreis ist, wie zum Beispiel seine Freundin oder seine Eltern. Und dann können wir immer noch überlegen, was zu tun ist«, schlug Asami vor, worauf Fukase nickte. Er hatte die gleiche Idee.

»Aber was sollen wir unternehmen, wenn es tatsächlich seine Eltern waren?«, fragte Murai.

»Dann sollten wir sie zur Rede stellen. Wieso sie das getan haben und was sie von uns für eine Wiedergutmachung erwarten.«

»Wie kannst du so gelassen bleiben? Tanihara ist beinahe getötet worden.«

»Vielleicht weil Asami zu neunzig Prozent davon ausgeht, dass es nicht die Eltern sein können, und sich erst mal vergewissern will«, gab Fukase zu bedenken.

Diesmal nickte Asami.

»Auf dem Bahnsteig wird ein großes Gedränge geherrscht haben, aber Tanihara kennt sich dort bestens aus. An einem solchen Ort wäre es ihm doch ganz bestimmt aufgefallen, wenn sich ihm Hirosawas Eltern genähert hätten, selbst wenn sie sich mehr oder weniger getarnt hätten. Zumal er ein gutes Personen- und Namensgedächtnis hat, oder?«

Fukase kam plötzlich etwas in den Sinn, was ihm damals gar nicht so deutlich geworden war. Es war auf der Trauerfeier zum ersten Todestag gewesen, als sich jemand bei ihnen dafür bedankte, dass sie die weite Anreise auf sich genommen hatten. Fukase hatte sich höflich vor der ihm fremden älteren Frau verneigt, aber Tanihara konnte sich erinnern, dass sie es war, die die Gruppe bei der Totenwache empfangen hatte. Auch bei vielen der anderen Anwesenden wusste er erstaunlicherweise, in welcher Beziehung sie zu Hirosawa gestanden hatten, alte Klassenlehrer oder ehemalige Freunde aus der Highschool-Zeit.

»Aber widerspricht sich das nicht?«, gab Murai zu bedenken. »Tanihara konnte sich an die meisten Leute erinnern, die zu Hirosawas Totenwache erschienen waren. Wenn jemand von ihnen auf dem Bahnsteig gewesen wäre, hätte er ihn doch erkannt. Er hätte denjenigen vermutlich nicht angesprochen, aber doch irgendwie alarmiert sein müssen, ihn an diesem Ort anzutreffen. Denn das war ja, nachdem der Brief in seiner Firma eingetroffen war. Vor allem würde man sich dann nicht ganz vorn an die Bahnsteigkante stellen. Aber er hat überhaupt nicht achtgegeben, und deshalb wurde er auf die Gleise gestoßen. Der Täter war jemand, der Hirosawa nahestand. Aber wie nah? Auf der Beerdigung scheint derjenige ja nicht gewesen zu sein.«

Fukase und Asami wussten beide nichts darauf zu sagen.

»Sollten wir jetzt nicht Tanihara aufsuchen und uns mit ihm unterhalten?«, fuhr Murai fort. »Asami, du hast ihn doch noch nicht direkt gefragt, ob er jemanden auf dem Bahnsteig erkannt hat, oder?«

»Stimmt, aber ich weiß nicht, ob das so eine gute Idee ist«, erwiderte Asami stirnrunzelnd.

»Man bildet sich doch die schlimmsten Sachen ein und fühlt sich noch elender, wenn man in einer Situation wie dieser allein gelassen ist. Ob er aktuell eine Freundin hat, die ihm Gesellschaft leistet? … Nein, als ich neulich mit ihm sprach, sagte er mir, er habe auf eine ein Auge geworfen. Das würde ja bedeuten, er ist single. Also, ich sehe da kein Problem. Sollen wir ihm eine SMS schicken, dass wir zu ihm kommen? Aber lasst uns erst mal aufessen. Wir könnten ihm Rindfleisch-Donburi mitbringen«, sagte Murai.

Fukase bemühte sich, Murais Gedankengängen zu folgen, der hintereinander weg entschieden hatte, was zu tun sei, und aß zunächst die restlichen Speisen, die in Reichweite standen.

»Ich schicke ihm eine SMS. Sonst wundert er sich, denn ich habe ihm ja nicht erzählt, dass ich euch treffe«, schlug Asami vor.

Ohne Murais Antwort abzuwarten, begann er eine Nachricht zu schreiben. Fukase entging nicht, wie einen Moment lang Argwohn in Murais Augen aufblitzte.

Murai zweifelte wohl immer noch daran, was sich in den Bergen direkt nach dem Unfall ereignet hatte.

Eine Stunde später erreichten sie Taniharas Wohnung, die ihm die Firma zur Verfügung gestellt hatte.

Fukase rechnete damit, einem völlig aufgelösten Tanihara zu begegnen, aber als dieser ihnen die Tür öffnete, wirkte er ganz munter. Er schien jedoch völlig ausgehungert zu sein und nahm erfreut das Rindfleisch-Donburi entgegen, das Murai ihm vom Restaurant mitgebracht hatte.

»Ich habe es ohne eingelegten Ingwer zubereiten lassen«, sagte Murai.

»Ihr seid meine Rettung!«, rief Tanihara und hielt sein Gesicht über die Plastiktüte, um den Duft einzuatmen. Hirosawa mochte roten Ingwer, erinnerte sich Fukase und sah ihn vor sich, wie er sich genussvoll über ein von rotem Ingwer gefärbtes Donburi-Gericht hermachte.

»Typisch Fukase! Mir ist gerade der Kaffee ausgegangen«, sagte Tanihara mit einem Blick auf Fukases Hand.

Die eigentlich für die Firma gedachten Kaffeebohnen, die Fukase bei sich hatte, verströmten ein Aroma, das dem Donburi-Duft in nichts nachstand. Notgedrungen holte er eine der beiden Packungen aus der Tüte und überreichte sie Tanihara. Auch wenn er ihm wegen seines schrecklichen Erlebnisses einiges nachsah, stieß ihn Taniharas unverändert besitzergreifendes Wesen ab.

»Könntest du ihn zubereiten?«

Gleich hinter dem Eingangsbereich des Einzimmer-Apartments befand sich eine Kochnische, wo auf dem Kühlschrank eine Kaffeemaschine stand.

Na ja, immer noch besser, als wenn er mich abweisend empfangen hätte, dachte Fukase und ging sofort zum Spülbecken. Er setzte die Maschine in Gang und spähte ins Geschirrregal neben dem Kühlschrank, wo fünf Becher in unterschiedlicher Größe und Dekor standen. Einer davon war der Becher, den Tanihara auch im Seminar benutzt hatte.

Automatisch reihte er fünf Becher nebeneinander auf, stellte dann aber hastig einen davon zurück. Er schaute nach, ob es irgendwo Zucker gab, entdeckte aber nur Sojasoße und Mayonnaise. Ach, nicht so schlimm, besann er sich, denn im Seminar hatte nur Hirosawa seinen Kaffee stark gesüßt. Anscheinend stimmte auch die Wassermenge nicht so recht. Zweimal trug er in jeder Hand einen randvollen Becher zum Tisch, wo die anderen drei bereits saßen.

»Er hat auf dem Bahnsteig wirklich niemanden von der Trauerfeier wiedererkannt«, rief Murai Fukase zu.

Während Fukase weiter Kaffee zubereitete, hörte er im Hintergrund, wie Murai Tanihara eine Kurzfassung von dem lieferte, was sie im Lokal besprochen hatten.

»Er stand mit der jungen Frau aus dem Baseball-Verein zusammen. Und da er sie einladen wollte, während der Feiertage um das Ahnenfest einen Kurzurlaub mit ihm zu verbringen, hatte er sich sogar vorsichtshalber umgeschaut, ob keiner aus dem Bekanntenkreis in der Nähe stand«, erzählte Murai weiter.

»Irgendwann bin ich nämlich mal einer Tante von mir begegnet«, ergänzte Tanihara, der das Donburi in sich hineinschaufelte. Der Appetit schien ihm jedenfalls nicht vergangen zu sein.

»Aber er hat den Verdacht, dass diese junge Frau damals Hirosawas Freundin gewesen sein könnte«, platzte Murai heraus.

Tanihara nickte mit vollem Mund.

»Wie? Hirosawa hatte eine Freundin?«, fragte Fukase überrascht.

Er konnte sich nicht erinnern, dass Hirosawa jemals eine Freundin erwähnt hätte. Aber er hatte auch nicht gefragt … weil er glaubte, in ihm einen Kumpel mit gleichen Interessen gefunden zu haben.

»Na klar hatte er eine. Stimmt doch, Asami, oder?«, wollte Murai wissen.

»Meinst du?« Asami machte ein skeptisches Gesicht.

»Auf der Fahrt nach Madarao Kogen hat er doch im Souvenirladen einen Kitty-Anhänger gekauft. Als ich ihn fragte, ob es für seine Freundin sei, behauptete er glattweg, für seine kleine Schwester.«

»Ja, stimmt.«

Asami klatschte in die Hände. Auch Fukase erinnerte

sich daran, wie er allein am Brotstand zurückblieb, als Tanihara und Asami Alkohol besorgen gingen und Hirosawa weglief, um ein Souvenir zu kaufen.

»Er hatte aber gar keine Schwester.«

Tanihara legte die Stäbchen beiseite und senkte den Kopf. *Er war ihr einziges Kind* – Fukase erinnerte sich, dass er den Satz mehrmals auf der Trauerfeier gehört hatte.

»Aber bei der Beerdigung war doch kein Mädchen anwesend, das es hätte sein können …«

Fukase versuchte sich zu erinnern.

Von schlechtem Gewissen geplagt, hatten sich die vier zunächst ganz nach hinten verzogen, wurden dann aber von Hirosawas Angehörigen aufgefordert, weiter nach vorn zu gehen, um direkt neben der Familie Platz zu nehmen, gewissermaßen stellvertretend für seinen Freundeskreis. Von dort aus hatte Fukase in seiner Benommenheit mitverfolgt, wie die Trauergäste Weihrauch anzündeten, aber es war keine infrage kommende weibliche Person darunter.

»Vielleicht wusste sie zum Zeitpunkt der Beerdigung noch gar nicht, dass Hirosawa tot war. Wir hätten ja selbst auch ganz woanders sein können, wenn er allein in den Sommerferien irgendwo verunglückt wäre. Sein Handy war verbrannt, und heutzutage werden im Studentensekretariat keine Auskünfte mehr über die Adresse des Elternhauses weitergegeben«, erklärte Asami.

Das kann durchaus sein, überlegte Fukase. Bis zu Hirosawas Unfall hatte auch er keine Adresse der Eltern seines Freundes gehabt. Außerdem … Angenommen, ich würde plötzlich sterben, dann würde Mihoko auch nicht auf meiner Beerdigung erscheinen, selbst wenn wir noch zusammen wären. Denn es gäbe niemanden, der sie darüber unterrichten würde. Selbst wenn sie es über das Café Clover erfahren würde, wüssten die Besitzer nicht, wie sie meine Eltern erreichen könnten.

Mit wem mochte Hirosawa zusammen gewesen sein? Fukase fiel plötzlich ein, dass Hirosawa am Auto wartend etwas in sein Handy getippt hatte, als sie aus dem Wassermühlen-Restaurant traten. Vielleicht eine SMS an seine Freundin? Wie lecker das Curry mit Schwein hier sei oder so was in der Art. Aber wieso war ihm das nicht weiter aufgefallen?

»Vielleicht hat Hirosawa damals, als er abends losgefahren ist, seiner Freundin eine SMS geschickt. Und dabei auch erwähnt, dass er Alkohol getrunken hat«, sagte Fukase.

Alle drei wandten sich ihm zu.

»Meinst du, dass Hirosawa ihr während der Fahrt geschrieben hat?«, fragte Murai.

»Na ja, vielleicht fühlte er sich zu müde zum Weiterfahren. Ich habe ihm für die Fahrt einen Kaffee gemacht. Er hat dann am Straßenrand angehalten, um ihn zu trinken, und dabei die SMS verschickt.«

Hirosawa hatte sich damals ohne weiteres Murren auf den Weg gemacht, aber in Wahrheit musste es in ihm gegrummelt haben. Er könnte seine Freundin auch direkt angerufen haben, überlegte Fukase. Vielleicht waren es gar nicht sie drei gewesen, mit denen er als Letzte gesprochen hatte.

»Hört mal…« Fukase richtete sich auf und wandte sich an die anderen. »Wollt ihr nicht mir die Tätersuche überlassen? In meiner Firma machen wir Kollegen reihum Urlaub, da könnte ich gleich die nächste Woche freinehmen. Was haltet ihr davon?«

Fukase senkte gleich wieder den Kopf. Sein Blick glitt zu seinem Becher, aus dem er kaum getrunken hatte. Die Farbe des Kaffees verriet einem nichts über sein Aroma. Vielleicht war es in diesem Fall genauso: Obwohl er sich selbst immer für Hirosawas Freund gehalten hatte, wusste er dennoch beschämend wenig über ihn.

Hatte er wirklich eine Freundin gehabt? Mit wem verstand er sich gut bis zum vierten Jahr an der Uni? Wie hat er seine Studentenzeit verbracht? Wie war es bei den Jobs? In den AGs? Auf der Oberschule? In seiner Kindheit? Ob er dabei nun dem Täter auf die Spur kam oder nicht – er wollte einfach mehr über Yoshiki Hirosawa erfahren.

Zurückverfolgen, was für ein Leben er geführt hat.

4

Ich möchte gern zurückverfolgen, was für ein Leben Yoshiki Hirosawa geführt hat.

So hatte es Fukase zwar seinen ehemaligen Kommilitonen verkündet, aber als er allein zu Hause war und ein Konzept zu entwerfen versuchte, kam er ziemlich bald ins Stocken. Er legte sich auf eine noch nicht so verschlissene Tatamimatte und starrte an die Zimmerdecke. Wie schön wäre es, wenn Hirosawas Leben dort wie auf einer Leinwand vor ihm abliefe.

Sicherlich würde auch ich in dieser Biografie auftauchen. Aber der Film würde kurz sein, nur wenige Monate umfassen, in denen wir gemeinsam dasselbe Seminar besucht haben. Ein bis zwei Szenen. Dennoch, wenn ich den Film von meinem jetzigen Standpunkt aus chronologisch zurückspule, werde ich nach und nach einiges in seinem Leben zurückverfolgen können, dachte Fukase zunächst leichthin, aber dann wurde ihm schließlich bewusst, dass ihm all die anderen unbekannten Szenen fehlten, um eine zusammenhängende Geschichte daraus zu machen.

Er konnte sich nicht daran erinnern, Hirosawa bis

zum siebten Semester auf dem Campus bewusst wahrgenommen zu haben. Es lag wohl daran, dass Fukase sich an der Uni auf das Notwendigste beschränkt hatte, obwohl er anfangs bereit gewesen war, sich der neuen Situation zu öffnen. Immerhin hatte er gehofft, in diesem neuen Umfeld auf Gleichgesinnte zu stoßen und Freundschaften zu schließen.

Wenn Hirosawa zu jener Zeit im selben Seminarraum gesessen hätte, wäre er sicher auf ihn aufmerksam geworden.

Bereits beim ersten Mal, als er Hirosawa dann inmitten der anderen Seminarteilnehmer entdeckte, empfand er sofort Sympathie für ihn, obwohl er dessen Vorlieben und Charakter überhaupt noch nicht kannte.

Da sie in derselben Fachrichtung an der Uni studierten, müssten sie sich eigentlich in den Vorlesungen der ersten Semester über den Weg gelaufen sein. Einen Studienwechsel oder längeren Auslandsaufenthalt hatte Hirosawa nie erwähnt, geschweige denn überhaupt etwas über sein Studentenleben vor ihrer Begegnung erzählt.

Einmal hatten sie über seine Jobs geredet. Fukase erinnerte sich an eine Umzugsfirma. Typisch Hirosawa, kam ihm damals in den Sinn. Das Gehalt sei gut, aber wenn er einen Führerschein hätte, wäre die Bezahlung noch besser, meinte er, klang aber nicht sonderlich frustriert.

Dann hatte er ein Jahr als Nachhilfelehrer nebenbei Geld verdient. Das habe ihm Spaß gemacht, aber er war entlassen worden, als sein Schüler, ein Drittklässler der Junior Highschool, an der Oberschule seiner Wahl schließlich die Aufnahmeprüfung bestand. Mehr wusste Fukase nicht über Hirosawas Job als Nachhilfelehrer. Als Fukase im Gegenzug von seiner Aushilfsarbeit im 24-Stunden-Supermarkt berichtet hatte, war Hirosawa sofort auf eine bestimmte Instant-Currysoße zu sprechen gekommen, worauf sie sich nur noch über Currygerichte ausgelassen hatten.

Fukase stand auf und stöberte in der Schublade der Kommode, auf der sein Fernseher stand. Er fand einen Kugelschreiber, aber weder ein Notizheft noch einen Schreibblock. In was für einer Firma arbeite ich eigentlich?, fragte er sich bestürzt, aber dann kam doch noch ein nagelneues Schreibheft zum Vorschein. Ursprünglich hatte er sich das Heft mit dem mokkabraunen Schutzumschlag dafür angeschafft, um eventuell Informationen über Kaffee, die er im Clover aufgeschnappt hatte, aufzuschreiben, aber es war noch ganz leer.

Er griff zum Kugelschreiber:

Yoshiki Hirosawa hat in einer Umzugsfirma gejobbt.

Yoshiki Hirosawa hat als Nachhilfelehrer gejobbt.

Yoshiki Hirosawa war verrückt nach Currygerichten.

Er begann einen weiteren Satz mit *Yoshiki Hirosawa …*

Als Fukase in die Firma eingetreten war, kannte er die üblichen Teamschulungen für Neulinge nur aus dem Fernsehen. Aber da es keinen weiteren Kollegen gab, der mit ihm zusammen anfing, hatte sein Chef ihm eine spezielle Aufgabe gestellt.

Er sollte innerhalb einer Stunde hundert Sätze im Stil

von *Ich bin …* beziehungsweise *Ich habe …* notieren: Name, Geburtsort, Hobbys, Sternzeichen, Blutgruppe und so weiter … In der Beziehung fielen ihm zwar Aussagen über sich ein, aber darüber hinaus wusste er nicht, was er noch schreiben sollte. Während er grübelte, verging die Zeit. Als Notlösung erwähnte er einige Kaffeesorten – *Ich mag Kaffeebohnen der Sorte Mandheling* –, obwohl er bereits generell erwähnt hatte, dass er Kaffee mochte. Nach dem gleichen Schema erwähnte er Filme und Buchtitel. Ebenso Lieblingsspeisen. Nachdem er sich zu seiner Vorliebe für Sushi bekannt hatte, nannte er einige Fischsorten. Schließlich schaffte er es mit Ach und Krach, hundert Sätze aufzulisten.

Als er sich seine Antworten noch einmal durchlas, schämte er sich für die Anhäufung von Belanglosigkeiten. Hätte er noch gut fünf Minuten mehr gehabt, hätte er wohl alles wegradiert. Aber es blieb ihm nicht mal mehr Zeit, zum Radiergummi zu greifen, da kam der Chef schon direkt auf ihn zu und verkündete, die Stunde sei um. Als er den Fragebogen entgegennahm und aufmerksam seine Antworten las, blieb Fukase nichts weiter übrig, als mit gesenktem Kopf auf die Tischplatte zu starren. Nachdem der Chef einige Punkte laut vorgelesen hatte, nannte er ihn beim vollen Namen. Fukase sprang sofort auf, stellte sich in Positur und antwortete laut und deutlich mit »Ja«.

»Ich denke, wir werden uns gut verstehen.«

Sofort wich die Spannung aus seinen Schultern, während er zugleich neuen Elan in sich aufsteigen spürte. Er fühlte sich bestätigt als Mensch, einschließlich der banalen Anteile seiner Persönlichkeit.

Doch nach ein paar Tagen kam er zu dem Schluss, dass es trotz des wohlmeinenden Kommentars seines Chefs vermutlich völlig egal gewesen wäre, was er schrieb. Es war gewiss als Test gedacht, seine eigene Meinung in der Geschäftswelt zu äußern. Trotzdem hatte er das Gefühl, dass ein Bogen Papier ausreichte, um alles über die Persönlichkeit von Kazuhisa Fukase auszusagen. Ein wenig heißes Wasser über das Papier gegossen, und man würde einen Klon seiner selbst herausspülen. Wie bei einem Computerspiel, nur ein wenig mehr Blut in den Adern.

Jetzt war er davon überzeugt, dass er Hirosawas Wesen ebenso heraufbeschwören könnte, wenn er das Notizheft mit Angaben über ihn füllte. Wichtig oder unwichtig – er würde einfach alles aufschreiben, was mit Hirosawa zu tun hatte, ohne bestimmte Kriterien zugrunde zu legen.

Unterdessen wollte er sich mit Leuten treffen, die ihn kannten.

Und genau da liegt das Problem, wurde ihm bewusst. Es gibt überhaupt keine Anhaltspunkte. Wenn ich über Hirosawas Handy verfügen würde, könnte ich mich bequemerweise an seinem Adressbuch orientieren, aber das ist bei dem Unfall verbrannt, und selbst wenn es unbeschadet erhalten geblieben wäre, hätte die Polizei es den Angehörigen aushändigen müssen.

Immerhin kenne ich seinen Heimatort, wenn auch nur flüchtig.

Um zu Hirosawas Elternhaus in einem Küstenort der Präfektur Ehime zu gelangen, musste er nach Matsuyama fliegen und von dort aus mit der Bahn fahren. Es war sein dritter Besuch dort, aber zum ersten Mal kam er allein. Ihm wurde schmerzlich bewusst, dass er zuvor die Organisation den anderen überlassen hatte, sie hatten sowohl die Tickets besorgt, als auch mit den Eltern Kontakt aufgenommen. Er stieg im selben Businesshotel namens Nagisa ab wie damals für die Trauerfeier und deponierte zunächst dort sein Gepäck. Als er später den ihm bekannten Weg bergauf ging, hatte er überhaupt keine Erinnerung mehr an die Umgebung, sodass ihm Zweifel kamen, ob er hier überhaupt richtig war.

Eigentlich wollte er seine ehemaligen Kommilitonen erst kontaktieren, wenn er die Ergebnisse seiner Recherche präsentieren konnte. Aber da er die Telefonnummer der Familie Hirosawas nicht kannte, hatte er vorher Asami von seinem Vorhaben unterrichten müssen.

»Wie, du fährst zu seinen Eltern?«

Es war nicht verwunderlich, dass Asami, als sie in der Besucherecke im Lehrerzimmer saßen, sein Missfallen zum Ausdruck brachte. Obwohl Fukase eigentlich darauf brannte, mehr über Yoshiki Hirosawa zu erfahren, ging es doch in erster Linie darum, den Täter zu finden, der ihnen die Schmähbriefe geschickt und Tanihara auf die Gleise gestoßen hatte. Falls es jemand war, der Hirosawas Tod rächen wollte, dann waren seine Eltern die Hauptverdächtigen. Selbst wenn sie nicht direkt daran beteiligt waren, wäre es denkbar, dass sie stattdessen jemanden beauftragt hatten. Es müssten nicht mal Personen aus dem Bekanntenkreis sein. Leute, die derartige Aufträge billig anboten, um schnell zu Geld zu kommen, fanden sich haufenweise im Internet.

»Auch wenn Hirosawas Eltern nicht infrage kommen, sollte ich sie erst einmal aufsuchen und mit ihnen reden. Das ist doch für den Anfang in Ordnung, nicht wahr? Oder kennst du sonst jemanden außer uns, mit dem Hirosawa an der Uni befreundet war?«

»Daran kann ich mich eben nicht erinnern«, erwiderte Asami.

»In einer AG oder bei einem Job vielleicht? … Ach, schon gut, verzeih!«

»Ich weiß es wirklich nicht.«

Schließlich hatte Asami auch keinen anderen Vorschlag parat und nannte ihm die Adresse und Telefonnummer von Hirosawas Eltern.

Als Fukase am Abend dort anrief, war die Mutter am Apparat. Nachdem er ihr zögernd erklärt hatte, er sei ein ehemaliger Kommilitone von Yoshiki, riet sie eine Weile herum und nannte zuerst Tanihara, dann Asami und schließlich entschuldigend Murai, aber Fukases Name wollte ihr nicht einfallen.

»Ach, jetzt hab ich's! Fukase-kun!«

Gänzlich vergessen hatte sie ihn also doch nicht. Sie schien sich auf etwas Bestimmtes besinnen zu wollen, aber erkundigte sich dann bloß: »Und, geht es dir gut?«

Er war ihr schon dafür dankbar, dass sie so freundlich reagierte. Derart ermutigt, äußerte er ihr gegenüber den Wunsch, am darauffolgenden Wochenende Yoshikis Grab besuchen zu wollen, da er beruflich in Shikoku zu tun habe. Es war eine Notlüge. Andernfalls hätten die Eltern eventuell misstrauisch werden können und sich gefragt, was für einen Grund es für seinen Besuch bei ihnen gebe. Ihm war unbehaglich dabei zumute, denn er fand, dass sogar kleine Lügen zu einer Situation führen konnten, aus der man nicht mehr herauskam, ohne großen Schaden anzurichten.

Wie auch immer, Hirosawas Mutter gab ihm zu verstehen, dass sie sich auf seinen Besuch freue. Ob das der Wahrheit entspricht, wird sich erst noch zeigen, dachte er.

Fukase brach jedes Mal der Schweiß aus, wenn er unter Spannung stand, während er bei Hitze nicht so sehr zum Schwitzen neigte. Aber auf dem Weg bergauf musste er sich mehrmals mit dem Taschentuch übers Gesicht wischen. Ich hätte mir besser ein Handtuch um den Hals legen sollen, dachte er und blieb stehen, als plötzlich ein Kleinlaster im Begriff war, im Rückwärtsgang an ihm vorbeizufahren. Fukase flüchtete hastig an den Straßenrand, wo er breitbeinig über dem offenen Abwassergraben stand, als der Transporter nur knapp vor ihm zum Stehen kam. Ein kleinerer Pkw mit eingeklapptem Seitenspiegel drängte sich am Laster vorbei. Auf Fukases Dienstrouten gab es auch einige schmale Straßen, aber so eng wie diese waren sie nicht.

Yoshiki Hirosawa ist an kurvenreiche, enge Straßen gewöhnt.

Er nahm sich vor, den Satz später zu notieren, dabei kam ihm eine andere Straße in den Sinn: die Serpentinenroute von Madarao Kogen zum Chalet. Der Ort, wo Hirosawa mit dem Auto vom Weg abgekommen und tödlich verunglückt war. Fukase wusste, dass Hirosawa kurz vor dem vierten Studienjahr in den Semesterferien seinen Führerschein gemacht hatte. Ob er danach überhaupt noch einmal dazu gekommen war, diese Straßen hier zu Hause mit ihren engen Kurven zu fahren?

Oder war es gar nicht die mangelnde Fahrpraxis gewesen, die zum Unfall geführt hatte, sondern doch der Alkohol? Er würde müde werden, wenn er trinke. Hirosawa selbst hatte davon gesprochen, und auch sein Vater hatte es erwähnt, als sie das vorige Mal dort zu Besuch waren.

Dann wäre es kein Mord gewesen.

Am liebsten wäre Fukase auf der Stelle umgekehrt, aber stattdessen blickte er zum Himmel, der zu allem Überfluss die gleiche Tönung hatte wie damals in Madarao Kogen.

»Ach, du bist es, Fukase-kun!«

Erschreckt drehte er sich um. Es war Hirosawas Mutter, die mit dem Fahrrad den Berg hochstrampelte. Er verneigte sich hektisch vor ihr, worauf sie abstieg, um ihn zu begrüßen.

»Ich bin davon ausgegangen, dass du dir am Bahnhof ein Taxi nehmen würdest. Es ist doch so heiß. Ich hätte dich sonst mit dem Auto abgeholt.«

Sie löste eine Hand vom Lenker und fächelte ihm kühle Luft zu. Es war das erste Mal, dass er ihr Gesicht ganz aus der Nähe sah.

Yoshiki Hirosawa ähnelt seiner Mutter.

Aus der Supermarkt-Tüte im Fahrradkorb lugte eine Flasche Cola heraus.

»Wenn ich mich nicht irre, bist du doch derjenige, der nicht trinkfest ist, oder?«

Sie hatte das gleiche Lachen wie Hirosawa. Demnach erinnerte sie sich doch an ihn. Unmöglich, dass diese freundliche Frau derart böse Rachegefühle hegte.

Zu Hirosawas Grabstätte, die noch höher lag als sein Elternhaus, schlängelte sich ein Pfad. Sie befand sich in einer Tempelanlage, die in den Berghang hinein angelegt war. Jedes Grab hier war zum Meer ausgerichtet.

Mit offenen Augen legte Fukase die Hände zum Gebet zusammen. Es gab viele Fragen, die er Hirosawa gern gestellt hätte, aber er wollte nicht zum Grabstein sprechen. Sein Vater kniete ein wenig abseits im Windschatten und zündete Räucherstäbchen an. Er wirkte wie ein Fels. Die Statur hat er von ihm geerbt, dachte Fukase und starrte auf den breiten Rücken.

Am Familienaltar im Haus hatte er Weihrauch abbrennen dürfen, und dann wurde ihm gekühlter Gerstentee serviert. Als er danach gemeinsam mit den Eltern das Haus verlassen wollte, kam unerwartet jemand zu Besuch, worauf Fukase sich nur mit dem Vater auf den Weg zur Grabstätte machte.

Unterwegs sprachen sie kaum ein Wort. In seiner Erinnerung hatte sich die Unterhaltung bei seinem letzten Besuch etwas fröhlicher gestaltet, aber dann fiel ihm ein, dass damals Tanihara und Murai dabei gewesen waren.

Offenbar hatte Hirosawas Vater mit dem Feuerzeug zu kämpfen. Fukase hörte das nervöse Ratschen des Zündrädchens. Er ging zu ihm hinüber, kauerte sich vor ihn und hielt seine Hände schützend davor, um die Meeresbrise abzuhalten. Auch das half nicht, aber dann legte sich plötzlich der Wind, und das Räucherwerk ließ sich entzünden.

»Prima, endlich geschafft. Danke für die Hilfe!«

Der Vater lächelte verlegen, als er sich erhob. Er teilte das Bündel Räucherstäbchen und reichte Fukase eines davon.

Nachdem sie schweigend mit geschlossenen Augen am Grab Andacht gehalten hatten, drehte sich Hirosawas Vater um und schaute in die Ferne aufs Meer. Jenseits der Häuserreihen erstreckte sich der Ozean mit kleinen versprengten Inseln, die zu schweben schienen.

»Herrlich, die Landschaft.«

Fukase äußerte spontan seine Gedanken. Es herrschte eine sengende Glut, aber wegen der Brise ließ es sich in der prallen Sonne gut aushalten.

»Ich mag sie auch, diese Landschaft, aber ich glaube, Yoshiki hat sie wohl irgendwann als zu einengend empfunden.«

Sein Name fiel, bevor er sich nach dem Verstorbenen erkundigt hatte. Fukase versuchte die Miene des Vaters zu ergründen, aber der hielt seinen Blick weiterhin aufs Meer gerichtet.

»Wenn Ausländer die Seto-Inlandsee sehen, halten sie sie angeblich für einen Fluss.«

»Davon habe ich auch schon gehört. Unser Sozialkundelehrer in der Mittelstufe hat uns davon erzählt.«

»Dann hat Yoshiki das also nicht erfunden … Fukase-kun, du arbeitest in einer Firma für Büroartikel?«

Der Vater wandte sich nun direkt an ihn. Offenbar erinnerte er sich daran, dass Fukase bei der letztjährigen Gedenkfeier kurz über seine Arbeit gesprochen hatte.

»Ja, genau. Ich bin für den Betrieb hauptsächlich im Außendienst tätig«, erwiderte er.

»Ach so? Wunderbar. Yoshiki wollte nämlich nach dem Studium erst mal für ein Jahr ins Ausland reisen.«

»Hm …«

»Wie, du wusstest gar nichts davon?«

Der Vater schaute wieder aufs Meer und fuhr fort: »Was soll das!, habe ich geschimpft. Wir haben uns gestritten. Dafür habe ich dich nicht auf die Uni geschickt, damit du danach deine Zeit vergeudest. Wenn man ins Ausland reisen will, sollte man dafür besser die Studentenzeit nutzen … Ich habe ihn so lange finanziert, damit er das Leben noch einmal richtig genießen kann. Warum musste er ausgerechnet nach dem Studium ins Ausland reisen wollen. Wir sind immer davon ausgegangen, dass er hierher zurückkommt und im Rathaus oder woanders eine Anstellung findet.«

Während Fukase ihm zuhörte, dachte er, dass sein

Vater das Gleiche gesagt hätte. Allerdings hatte Fukase nie vor, nach dem Studium ins Ausland zu reisen. Wieso war Hirosawa so erpicht darauf gewesen?

»Wann hat er denn davon gesprochen?«

»Als er im dritten Studienjahr zum Neujahrsfest nach Hause kam.«

Das war also, bevor sie sich kennengelernt hatten. Da sein Vater so entschieden dagegen war, hatte Hirosawa den Plan zu dieser Zeit vielleicht schon wieder aufgegeben, dachte Fukase.

»Ich hätte nicht so wütend darauf reagieren sollen. Yoshiki hat ja nicht behauptet, dass er niemals arbeiten wolle. Es wäre nur für ein Jahr gewesen. Ich frage mich, wohin er gern gereist wäre und was ihm dort vorschwebte … Ich hätte ihm zumindest zuhören sollen.«

Es gab also auch etwas, das Hirosawas Vater versäumt hatte, von seinem Sohn zu erfahren. Fukase hätte selbst gern mehr darüber gewusst. Ob Hirosawa jemandem davon erzählt hatte?

»Können Sie mir vielleicht die Kontaktdaten von den Leuten geben, mit denen Hiro… ich meine Yoshiki-kun sich gut verstanden hat?«

Fukase beschloss, Hirosawas Vater den Grund für seinen Besuch mitzuteilen, freilich ohne die Schmähbriefe sowie die Sache mit Tanihara zu erwähnen.

»Ich habe mich schon immer damit schwergetan, Kontakt zu anderen Leuten zu knüpfen. Yoshiki-kun war mein erster richtiger Freund. Aber je mehr ich mich zu erinnern versuche, wie er war, desto trauriger stelle ich fest, dass ich eigentlich so gut wie nichts über ihn weiß. Manchmal kommt es mir beinahe so vor, als hätte ich mir all den Spaß, den ich mit ihm hatte, nur eingebildet.«

»Was war denn euer schönstes Erlebnis? Kannst du mir davon erzählen?«

Auch Hirosawas Vater hatte offenbar den Wunsch, mehr über die Studienzeit seines Sohnes zu erfahren.

Von einem schönsten Erlebnis zu berichten, fiel Fukase schwer. Denn es waren seiner Meinung nach ganz alltägliche Dinge, die sie genossen hatten: Filme, Rakugo, Rindfleisch-Donburi …

»Es klingt vielleicht belanglos, aber wir haben uns gern beim Kaffee gemeinsam die Zeit vertrieben. Er hatte eines Tages Mandarinenhonig mitgebracht und mir vorgeschlagen, damit den Kaffee zu süßen. Das war wirklich köstlich.«

Schweigend hörte der Vater zu und sah Fukase dabei unverwandt in die Augen, als hoffte er dort das Spiegelbild seines Sohnes zu erblicken. Fukase bedauerte es, nur so kümmerlich über seinen besten Freund Auskunft geben zu können. Wäre Tanihara an seiner Stelle gewesen, hätte er ihn beim Baseballspielen geschildert. Das hätte den Vater bestimmt noch mehr gefreut.

»Ach, sieh an! Du warst das also?«

Ein Lächeln erhellte seine Miene.

»Wie?«

»Mein älterer Bruder hat sich in unserem Mandarinenhain eine Bienenzucht aufgebaut, und meine Frau hatte dann eine Riesenportion Honig an Yoshiki geschickt. Sie meinte, er äße ihn gern als Brotaufstrich. Aber weil ich gemeckert habe, es sei viel zu viel für einen allein, hat sie ihn angerufen, um sich zu vergewissern. Nach dem Telefonat hat sie mir triumphierend erzählt, Yoshiki habe ihr gesagt, dass ein Freund sich sehr über den Honig gefreut habe, der ihm übrigens immer wahnsinnig leckeren Kaffee servieren würde. Dann hat sie spekuliert, es sei vielleicht ein Mädchen, und die Stirn gerunzelt. Ich dachte schon, sie sei eifersüchtig. Ich habe sie dann ein bisschen aufgezogen und gemeint, Kaffee trinke man doch meistens mit einem geliebten Menschen zusammen.«

»Ja, aber …«

Fukase spürte, wie er rot wurde, und wischte sich mit dem Handrücken den Schweiß aus dem Gesicht. Der Vater lachte amüsiert, aber es legte sich der Anflug eines Schattens über sein Gesicht.

Vielleicht hörte er gerade den Protest seines Sohnes: Hey, verschone mich mit diesem Quatsch! Ich bin keiner von der Sorte!

»Los, wir wollen gleich meiner Frau erzählen, warum du hier bist. Wenn wir zu Hause sind, kann ich dir auch die Kontaktdaten von Yoshikis Bekannten geben, die hier in der Gegend leben.«

Der Vater hob den Eimer an, der zu seinen Füßen stand. Mit einer Kelle schöpfte er das restliche Wasser heraus und goss es behutsam über den Stein. Fukase fühlte sich, als hätte er gerade ein Vorstellungsgespräch geführt und vor dem Vater die Prüfung bestanden.

»Danke sehr«, sagte er über seine Schulter hinweg, während er auf den mit Wasser übergossenen Grabstein blickte, der nun frisch glänzte.

Fukase ging von Hirosawas Elternhaus den Weg bergab zum öffentlichen Sportplatz. Nachmittags um fünf versammelten sich dort Grundschüler, um Baseball zu spielen. Es waren nur sieben Kinder. Reichte das für ein ordentliches Training? Er steuerte auf eine Bank an der dritten Base zu und setzte sich. Das war der am Telefon vereinbarte Treffpunkt.

Nach einem kurzen Seitenblick zur Bank rief Yoichi Matsunaga, der den Kindern auf dem Feld Bälle zuschlug, den Namen Subaru in die Runde. Ein Junge löste sich von seiner Position und erhielt von Matsunaga den Baseballschläger. Offenbar vertrat er jetzt den Trainer. Er sah noch kurz zu, wie Subaru einen Ball schlug, dann begab er sich zu Fukase.

»Tut mir leid, so mitten im Training«, entschuldigte sich Fukase und wollte sich erheben.

Er solle ruhig sitzen bleiben, sagte ihm der andere und nahm neben ihm Platz.

»Ich muss mich entschuldigen, dass ich dich hierher bestellt habe, aber später am Abend kann ich leider nicht.«

Matsunaga sei ein Freund aus Kindertagen aus der Nachbarschaft, der den Getränkehandel seiner Familie weiterführe, hatte Hirosawas Vater Fukase erzählt. Als er ihn dort direkt aufsuchen wollte, erklärte Matsunagas Mutter ihm, dass ihr Sohn samstagnachmittags die Jugend-Baseballmannschaft im Ort trainierte, und rief ihn auf dem Handy an, um ihn zu informieren.

»Ein Kommilitone von Yoshiki? Worum geht's denn?«

»Es ist so … Ich würde gern von jemandem, der Hirosawa gut kannte, mehr über ihn erfahren.«

Fukase fühlte sich Matsunaga gegenüber leicht unterlegen, allein weil dieser Hirosawa so vertraulich beim Vornamen nannte.

Allerdings musste es ja nicht unbedingt mit Vertrautheit zu tun haben, sondern konnte genauso gut mit der Lebensphase zusammenhängen, in der sich die beiden begegnet waren. In der Grundschule wurde ich auch von meinen Klassenkameraden Kazuhisa beziehungsweise Kazuhisa-kun gerufen. Sogar von Mitschülern, mit denen ich sonst nichts zu tun hatte. Die Grundschüler sprechen sich vermutlich so vertraut an, weil man in einem kleinen Ort wie diesem auf diese Weise die einzelnen Familienmitglieder namentlich unterscheidet.

»Hast du denn vor, eine Gedenkschrift anzufertigen? Wir haben auch mal eine Zeit lang mit dem Gedanken gespielt. Damals waren wir alle ziemlich geschockt, da wir uns nicht im Traum hätten vorstellen können, dass ein gleichaltriger Klassenkamerad sterben könnte. Einige von uns wollten dann Erinnerungsmaterial wie Briefe, Fotos und so weiter sammeln, aber dann schaffte es doch niemand, sich darum zu kümmern, und am Ende wurde dann nichts draus.«

Fukase traute sich nicht zu fragen, ob Matsunaga

nicht noch einmal einen Versuch starten wolle. Aber die Idee klang gut.

»Ehrlich gesagt, schwebt mir so etwas vor. Es kommt etwas spät, denn inzwischen ist viel Zeit vergangen. Ich weiß zwar noch nicht, welche Form das annehmen wird, aber auf jeden Fall würde ich gern eine Menge Leute dazu befragen.«

Er könnte erst mal alles zusammentragen, was sich brauchbar anhörte, um später tatsächlich aus dem Material etwas zu machen. Sofern die anderen, ohne argwöhnisch zu werden, ihm alles Mögliche aus Hirosawas Leben erzählten.

Fukase holte sein Notizbuch und einen Stift aus der Tasche. Er hatte vorgehabt, am Abend im Hotel alle Informationen zusammenzufassen, aber bis dahin hatte er vielleicht schon wieder einiges vergessen. Deshalb drehte er für die Notizen das Heft auf den Kopf und benutzte es von der Rückseite her. Als er die leeren Seiten aufschlug, begann Matsunaga zu erzählen:

»Diese Episode darf auf keinen Fall fehlen.«

Es war in der vierten Grundschulklasse, als Hirosawa und Matsunaga sich dem Jugend-Baseballteam Sunnies im Ort anschlossen. Als die Schüler über die einzelnen Sportgruppen informiert wurden, hatten sich die meisten Jungen für Fußball entschieden, so auch Matsunaga, aber da sein Vater die Sunnies trainierte und sein zwei Jahre älterer Bruder auch in die Mannschaft eintreten musste, blieb ihm keine andere Wahl, als auf seinen

Wunsch zu verzichten. Da er aber nicht gern allein dort anfangen wollte, bat er Hirosawa, sich ihm anzuschließen. Immerhin standen sie sich schon so weit nahe, dass sie sich jeden Morgen an der Straßenecke trafen, um gemeinsam zur Schule zu gehen. Hirosawa war zwar nie der Allerbeste im Sport, aber rennen konnte er gut.

Noch dazu war Matsunaga davon überzeugt, dass Hirosawa seine Bitte nicht ablehnen würde. Und wie erwartet, willigte dieser auch sofort ein, den Sunnies beizutreten.

In jenem Jahr waren es mit den beiden insgesamt vier Jungen aus der vierten Klasse, die Baseball lernen wollten. Da außer ihnen nur vier Sechstklässler und drei Fünftklässler im Team mitspielten, wurden Hirosawa und Matsunaga ohne vorheriges Training gleich beim Wettkampf eingesetzt.

Schon beim ersten regulären Match hatte Hirosawa großartig gespielt.

»Ich wusste ja, dass er Power hat, aber sogar mein Vater war völlig baff.«

Hirosawa, der das rechte Außenfeld verteidigte, verhinderte einen Homerun. Er fing den Ball direkt aus der Luft und schleuderte ihn sofort in hohem Bogen exakt zum Catcher an der Home Base.

»Mann, was für ein Wurf!«

Während Matsunaga begeistert davon erzählte, beobachtete Fukase den Jungen vor sich auf dem Spielfeld, der sich auf der rechten Position befand. Eine ähnliche Situation, doch der Junge fing den Ball erst nach zweimaligem Auftippen und warf ihn nur zum nächststehenden Mitspieler. Erst über die Zwischenstation erreichte der Ball schließlich die Home Base. Fukase interessierte sich zwar weder für Highschool-Baseball noch für Profispiele, doch ihm war klar, dass Hirosawas Aktion damals ein großartiger Einstand gewesen sein musste.

»Auch bei den Leichtathletik-Wettkämpfen in der Grundschule hat er es im Schlagball-Weitwurf bis zu den Landesmeisterschaften in Shikoku gebracht, wo er in der sechsten Klasse Dritter wurde.«

»Und wie war er als Batter?«

»Genauso überragend. In jedem Spiel schaffte er garantiert einen Homerun. Die Abpraller beherrschte er ebenfalls ausgezeichnet. Als er in der sechsten Klasse Pitcher wurde, hatte er ein großes Repertoire verschiedener Würfe. Yoshiki war vielseitig begabt, auch wenn er auf den ersten Blick so harmlos wirkte.«

Fukase hatte immer geglaubt, dass Hirosawa, der zwar groß und athletisch gebaut war, sich jedoch sehr lässig gab, früher als gutmütiger Tollpatsch behandelt wurde. Jemand, der wie er selbst nicht sonderlich erpicht war auf jede Form von sportlicher Aktivität. Von wegen!

»Toll! Aber wenn er so aktiv war, war er doch in der Schule bestimmt bei allen beliebt, oder?«, fragte ihn Fukase ein wenig gequält und blickte zu Matsunaga, um zu sehen, wie dieser reagierte. Aber Matsunaga schien in Gedanken ganz bei Hirosawa und der damaligen Zeit zu sein.

»Sagte ich doch. Aber alle stehen auf Fußball. Wenn

du einigermaßen sportlich bist und Fußball im Verein spielst, dann interessieren sich alle dafür, und die Mädchen gründen sogar Fanclubs. Baseball hingegen findet überhaupt keine Beachtung.«

Ob das wirklich so war? Fukase dachte an seine Grundschulzeit zurück. Tatsächlich war der Anführer der Klasse ein Junge gewesen, der zur Fußball-AG gehörte.

»Deshalb bin ich dann auf der Junior Highschool zur Fußball-AG gewechselt.«

»Hirosawa auch?«

»Nein, er blieb beim Baseball.«

Stimmt! Hirosawa selbst hatte es im Chalet in Madarao Kogen erwähnt, dass er auf der Junior Highschool im Baseball-Team gespielt hatte.

»Und wieso hast du nicht versucht, ihn wieder zu überreden?«

»Na ja, wenn man auf die Junior Highschool kommt, kann man doch erwarten, dass jeder für sich selbst entscheidet, was er gern machen möchte. Ich habe ihn jetzt nicht ausdrücklich dazu aufgefordert, gemeinsam in die Fußball-AG einzutreten, nur weil man deswegen bei Mädchen beliebter ist.«

Damals seien sie nicht mehr so eng befreundet gewesen, zumal jeder auf eine andere Oberschule ging. Da Matsunaga auf der Junior Highschool nie zu den Stammspielern der Fußballmannschaft gehörte, war er auf der Highschool wieder in die Baseball-AG eingetreten. Hirosawa aber hatte da schon zum Volleyball gewechselt, sodass sie sich auch beim Sport nicht mehr über den Weg gelaufen seien.

»Später dann, wenn ich ihm einmal zufällig begegnete, haben wir immer nur kurz geplaudert. Das letzte Mal, dass ich ihn traf, war im Sommer ein Jahr vor seinem tödlichen Unfall. Als ich ihn fragte, ob sein neues Leben ihm Spaß mache, sagte er, es hätte sich gar nicht so viel verändert, allerdings würde er nun gern zu Abendspielen gehen.«

»Abendspiele? Meinte er Baseball?«

»Es gibt ja auch noch andere.«

Matsunaga stand auf und formte seine Hände zum Trichter.

»Los, zehn Minuten Pause!«, rief er den Schülern zu.

Er wollte wohl damit andeuten, dass ihr Gespräch nun langsam zu einem Ende kommen sollte. Fukase schloss sein Notizheft.

»Vielen Dank. Ich wusste gar nicht, dass Hirosawa dermaßen aktiv Baseball gespielt hat. Ich bin froh, dass du es mir erzählt hast.«

»Ach, nicht doch.«

Matsunaga kratzte sich verlegen den Kopf, dann kam ihm offenbar plötzlich eine Idee. Er holte sein Handy aus der Jackentasche.

»Ich frage mal den Typen, der mit Hirosawa auf die gleiche Highschool gegangen ist, ob er ein bisschen Zeit erübrigen kann.«

»Ach, wirklich? Wenn möglich, morgen am Nachmittag.«

»Morgen ist doch Sonntag. Wenn schon, denn schon. Sollen ruhig alle kommen, wenn sie Zeit haben.«

»Das wäre …«

Noch bevor Fukase den Satz zu Ende brachte, tippte Matsunaga schon die Nachricht auf seinem Smartphone. Es wäre eigentlich besser, wenn ich mit jedem einzeln sprechen würde, überlegte Fukase. Dann bliebe es nicht nur oberflächlich, sondern er könnte sich eingehender über Hirosawa austauschen.

»Es sind bestimmt alle gerade unterwegs. Da können wir froh sein, wenn wir so kurzfristig zumindest drei Leute zusammentrommeln können. Übernachtest du bei den Hirosawas?«

»Nein, ich habe ein Zimmer im Nagisa am Bahnhof.«

»Soll ich dir besser per SMS oder per Mail Bescheid geben, ob es klappt?«

Fukase zögerte kurz, aber es würde so einfacher sein, wenn Matsunaga das Treffen arrangierte. Er zog sein Handy aus der Tasche.

»Noch eine Sache …«, begann Matsunaga, während er weitertippte, ohne hochzuschauen. »Wo wir nun schon darüber sprechen – ich kann mir nicht vorstellen, dass Yoshiki beim Autofahren Mist gebaut hat.«

Fukase ging erneut den Weg zu Hirosawas Elternhaus hinauf. Er war dort zum Abendessen eingeladen.

Die im Westen stehende Sonne brannte im Rücken, sein Polohemd klebte ihm feucht am Körper. Bei diesem unbehaglichen Gefühl fielen ihm Matsunagas

Worte beim Abschied wieder ein. Obwohl Hirosawa damals erst sechs Monate zuvor den Führerschein gemacht hatte, gebe es einige unter seinen Bekannten, die darin nicht den Grund für den Unfall sehen wollten. Auch Matsunaga, der zwar sein bester Schulfreund gewesen war, aber seit der Junior Highschool keinen engen Kontakt mehr zu ihm hatte, glaubte nicht daran.

Als Dank an Hirosawas Vater für die Kontaktvermittlung zu Matsunaga besorgte Fukase in dessen Getränkeladen eine Flasche Wein. Der Vater wusste zwar nichts von den näheren Umständen, trotzdem erschien es Fukase irgendwie taktlos, ihm Alkohol als kleine Aufmerksamkeit zu überreichen.

Stattdessen hätte er den Eltern besser Kaffeebohnen aus dem Clover mitbringen sollen. Dann hätte er ihnen einen guten Kaffee zubereiten können. Ist das der Kaffee, von dem unser Sohn immer so geschwärmt hat?, hätten sie vielleicht gefragt und sich gefreut.

Ihr Haus kam schon in Sicht. Tatsächlich erschien ihm der Weg nun beim zweiten Mal an einem Tag nicht mehr so lang. Es war ein zweistöckiges Haus im traditionellen Stil. Das Grundstück mit dem Garten war so weitläufig, dass er sich durchaus vorstellen konnte, wie Hirosawa hier seine Schlagkraft trainiert hatte. Ein Gedanke, der ihm bisher nie in den Sinn gekommen war.

Als er an der Haustür klingelte, öffnete Hirosawas Mutter. Es duftete nach Frittiertem.

»Was für eine Hitze das heute ist! Bitte komm doch herein.«

Am Eingang übergab er ihr die Flasche Wein, bevor er sich die Schuhe auszog.

»Das wäre doch nicht nötig gewesen. Extra für meinen Mann …«

Leider konnte er nicht anbieten, sie gemeinsam mit ihm zu trinken.

»Nicht der Rede wert …«, erwiderte er verlegen.

»Sag, Fukase-kun, magst du Buchweizennudeln? Ich habe kürzlich welche als Mitbringsel von einer Reise geschenkt bekommen. Sie stammen vom Izumo-Schrein.«

»Sehr gern. Ich liebe Buchweizennudeln.«

»Das freut mich.«

Daraufhin lief Hirosawas Mutter eilig in die Küche.

Fukase betrat das Wohnzimmer. Der Vater war nicht da. Die Klimaanlage funktionierte gut. Auf dem Tisch in der Mitte stand eine Platte mit verschiedenen Tempura, Nigiri-Sushi, Oktopus und mit Essig angemachte Gurken. Offenbar waren die Gerichte passend zu den Buchweizennudeln zubereitet worden.

Die Tür wurde aufgeschoben. Der Vater kam in Unterhemd und halblangen Unterhosen herein. Er schien gerade ein Bad genommen zu haben.

»Herzlich willkommen, Fukase-kun. Hast du Yoko-chan getroffen?«

Er meinte Yoichi Matsunaga.

»Ja, er hat mir von der Zeit erzählt, als er und Hiro… ich meine Yoshiki als Kinder Baseball gespielt haben. Ihr Sohn soll in allen Techniken gut gewesen sein.«

»Das hat er über ihn erzählt …?«, murmelte der Vater

und rief dann in Richtung Küche, wobei er sich eine Träne aus dem Augenwinkel wischte: »Mutter, bring uns ein Bier!«, bevor er sich wieder an seinen Gast wandte. »Treibst du auch Sport, Fukase-kun?«

»Nein, im Sport bin ich eine Niete.«

»Und wie steht's mit Zuschauen?«

»Das auch nicht…«, erwiderte Fukase.

»Aha«, brummte der Vater lediglich, während er unter den Tisch spähte, um den Aschenbecher und eine Schachtel Zigaretten hervorzuholen.

O je, er muss die Zeit totschlagen. Wieso nur bin ich hergekommen?, fragte sich Fukase im Stillen. Ich benehme mich, als wäre ich zu einer Dinnerparty eingeladen, auf die ich keine Lust habe. Obwohl ich aus eigener Initiative hier zu Besuch bin, nehmen die Gastgeber Rücksicht auf mich, während ich sie in Verlegenheit bringe. Aber mir fällt nun mal kein Thema ein, das ich als rettenden Gesprächsstoff einbringen könnte.

»Wer war es dann, der von euch Baseball spielt?«

»Tanihara.«

Da der Vater sich auch weiterhin mit ihm unterhielt, versuchte Fukase schwungvoller zu antworten.

»Hiro… ich meine Yoshiki soll auch in Taniharas Team bei Wettkämpfen mitgespielt haben.«

Was konnte er noch zum Thema Baseball beitragen? Er versuchte sich an ihre Gespräche im Chalet in Madarao Kogen zu erinnern, aber sobald er an Tanihara dachte, kam ihm sofort in den Sinn, dass ihn jemand vom Bahnsteig auf die Gleise gestoßen hatte.

Die Zimmertür ging auf.

»Na, unterhaltet ihr euch gut? Schade, dass ich so viel in der Küche zu tun habe.«

Die Mutter kam mit einem Tablett voller Speisen herein. Sie arrangierte die Glasschüssel mit den Buchweizennudeln und Brühe auf dem Tisch.

»Oh, etwas Besonderes«, sagte der Vater mit Blick auf die Nudeln.

»Frau Miyata hat sie von ihrer Reise zum Izumo-Schrein mitgebracht.«

Fukase betrachtete ebenfalls die Soba-Nudeln. Stimmt, sie waren dreimal so dick wie die, die er normalerweise aß.

»Vater, Fukase-kun hat uns Wein mitgebracht.«

Es schmerzte Fukase, dass sie sich gegenseitig immer noch mit Vater und Mutter anredeten.

»Das wäre doch nicht nötig gewesen.«

Fukase hatte das Gefühl, dass es nicht damit getan war, lediglich mit einem freundlichen Lächeln darauf zu reagieren.

»Ach, ich selbst vertrage zwar keinen Alkohol, aber ich mag die ausgelassene Stimmung, wenn um mich herum getrunken wird. Umso mehr werde ich die köstlichen Gerichte hier genießen.«

»Na, ich hoffe, es reicht«, sagte die Mutter freudestrahlend.

»Wir erlauben uns dann, den Wein zu trinken«, sagte der Vater.

Die Mutter ging sofort in die Küche, um die Flasche

zu holen. Sie stellte drei passende Gläser nebeneinander, von denen sie für sich und ihren Mann zwei mit Wein füllte, während sie Fukase Cola eingoss.

»Na dann«, sagte der Vater und hob sein Glas, worauf die Mutter und Fukase ihm folgten.

Keiner machte Anstalten, einen Trinkspruch auszusprechen, aber alle mussten vermutlich gerade an Yoshiki denken.

»Ach übrigens, da vorhin Tanihara erwähnt wurde …«, wandte sich die Mutter nun an Fukase, als er sich gerade ein Stück Tempura auftun wollte.

»Ja?«

»Neulich kam ein Anruf von einem Mitschüler aus Yoshikis Highschool-Zeit. Er bat uns, ihm die Adressen seiner Kommilitonen mitzuteilen, da er ihnen schreiben wolle. Ich habe ihm erst mal Taniharas Adresse gegeben und frage mich, ob die Post bei ihm angekommen ist. Weißt du das zufällig, Fukase-kun?«

Fukase legte die Stäbchen beiseite und versuchte die Fassung zu wahren.

War dieser andere etwa der anonyme Verfasser der Schmähbriefe?

Yoshiki Hirosawa hatte auf der Highschool einen Freund namens Furukawa.

Als Fukase von Hirosawas Elternhaus zum Hotel am Bahnhof hinuntergelaufen und in sein Zimmer zurückgekehrt war, schlug er sein Notizbuch auf dem schmalen Schreibtisch auf.

»Was für eine Stimme hatte der Anrufer denn?«, hatte er gefragt, als Hirosawas Mutter von dem Anrufer erzählt hatte.

Daraufhin hatte sie, ohne den Sinn seiner Frage genau zu verstehen, leicht verblüfft erwidert, es sei eine ganz normale Männerstimme gewesen.

Fukase verspürte kurz den Impuls, ihr die Sache mit den Schmähbriefen anzuvertrauen, aber dann hätte sie seine Frage vielleicht als Vorwurf verstehen können, weil sie Taniharas Adresse weitergegeben hatte.

»Wie heißt er denn?«

»Furukawa-kun. Sie waren angeblich beide die drei Jahre auf der Highschool zusammen in einer Klasse.«

Er hatte offenbar nicht seinen vollständigen Namen genannt.

»Sind Sie ihm schon mal begegnet?«

»Ich habe keinen einzigen von Yoshikis Highschool-Freunden kennengelernt.«

Die West Highschool, die er besucht hatte, sei die beste öffentliche Oberschule in der Region. Sie liege fünfzehn Kilometer von hier entfernt in einem Nachbarort. Deshalb habe Yoshiki manchmal nach der Schule auf dem Heimweg Freunde besucht, aber mitgebracht habe er nie jemanden, erklärte ihm die Mutter.

Fukase bat sie daraufhin, ihm das Jahrbuch des Abschlussjahrgangs der Highschool zu zeigen.

»Tja, das ist es ja. Wir haben es auch gesucht, aber nicht gefunden.«

Sie sei sich nicht sicher, wann es verschwunden war.

Sie habe es zwar gesehen, als Yoshiki es am Tag der Abschlussfeier mitgebracht hatte, aber sie wüsste nicht genau, ob es dann hier zu Hause geblieben sei oder ob er es beim Wechsel auf die Universität mitgenommen habe. Nach dem Tod ihres Sohnes habe sie nach dem Jahrbuch gesucht, um es sich anzuschauen, aber es nirgends entdecken können, weder im Haus noch unter den verpackten Sachen, die aus seiner Mietwohnung stammten.

»Ist Tanihara-kun denn in irgendeiner Weise belästigt worden?«, fragte Hirosawas Mutter offenbar besorgt über Fukases Schweigen.

»Ach, aber nein, verzeihen Sie. Morgen werde ich einige von Yoshikis Klassenkameraden treffen, und da wollte ich mir im Voraus einen Eindruck von der Schule verschaffen. Ich weiß auch gar nicht, ob dieser Furukawa-kun tatsächlich Kontakt zu Tanihara aufgenommen hat, aber ich kann mich bei ihm danach erkundigen.«

Lag es daran, dass er ohne Unterbrechung mit lauter Stimme gesprochen hatte? Sein Magen knurrte und gab Geräusche von sich wie im Zeichentrickfilm. Es klang so absurd, dass die Mutter in Lachen ausbrach.

»Wir können doch weiteressen, während wir uns unterhalten«, sagte der Vater, der die ganze Zeit über geschwiegen hatte, amüsiert, worauf jeder zu seinen Stäbchen griff.

Damit wechselte das Thema zu Fukases Arbeit, und die Eltern kamen auf ihren schlecht funktionierenden

Drucker zu sprechen, den Fukase sich nach dem Essen einmal ansehen sollte.

Er musste dann lediglich den PC einschalten, die Verbindung überprüfen und das Wartungsprogramm des Druckers durchlaufen lassen, aber als der Vater ihm glücklich dankte, freute sich Fukase mit ihm.

»Das habe ich nämlich immer Yoshiki machen lassen.«

Die Bemerkung traf Fukase unerwartet und schnürte ihm das Herz zusammen.

Was für eine abwegige Idee war es doch, hierherzukommen, um sie als potenzielle Absender der Schmähbriefe zu entlarven!

Yoshiki Hirosawa wurde getötet.

Er strich den Satz mehrmals durch, bis die Zeichen unleserlich waren.

Sollten wir nicht doch alles gestehen? Zugeben, dass wir den nicht besonders trinkfesten Hirosawa quasi zum Biertrinken genötigt und dann nachts bei schlechtem Wetter auf eine enge Serpentinenstraße geschickt haben, obwohl alle wussten, dass er noch nicht so geübt im Autofahren war.

Tanihara ist zwar in eine lebensbedrohliche Situation geraten, aber vielleicht wollte ihn der Angreifer eigentlich gar nicht umbringen. Soll ich, um weiteres Unglück zu vermeiden, nicht länger nach einem Schuldigen suchen, sondern stattdessen die Wahrheit gestehen?

Das müsste nicht mal bei der Polizei sein, sondern ich könnte doch gegenüber Hirosawas Eltern alles zugeben und sie aufrichtig um Verzeihung bitten. Und damit in Kauf nehmen, dass der Täter es erfährt? Oder würden es Hirosawas Eltern nicht doch eher für sich behalten, wenn sie die Wahrheit kennen würden?

Es wäre hart, es ihnen von Angesicht zu Angesicht zu sagen. Sollte ich ihnen nicht besser einen Brief schreiben?

Als er die Schublade öffnete, hörte er sein Handy summen, das am Rand des Tischs lag. Es war eine SMS von einer nicht gespeicherten Adresse. Die Nachricht stammte von der ehemaligen Klassenkameradin, die Matsunaga benachrichtigt hatte: Man wolle sich morgen zu zweit mit ihm treffen. Der Absender hieß jedoch nicht Furukawa mit Nachnamen. Es war kein Vorname angegeben, aber der Text klang wie von einer Frau verfasst.

Fukase hatte das Gefühl, dass es bei der Tätersuche wenig sinnvoll war, sich mit ihnen zu treffen. Andererseits konnte er nicht gerade behaupten, genug über Hirosawas Leben in Erfahrung gebracht zu haben. In seinem Notizheft waren bislang gerade mal drei Seiten vollgeschrieben.

Ach ja, besann sich Fukase und fügte unter den Angaben von Zeit und Ort einen weiteren Satz hinzu: *Wenn es Ihnen nichts ausmacht, bringen Sie doch bitte Ihr Jahrbuch aus der Abschlussklasse mit!*

Am nächsten Morgen wurde er um 6.30 Uhr vom Alarmton des Handys aus dem Schlaf gerissen – zur gleichen Zeit wie an einem gewöhnlichen Arbeitstag, da er vergessen hatte, die Weckfunktion auszuschalten.

Am Abend hatte er hundert Zeilen aufgeschrieben, die mit *Yoshiki Hirosawa …* begannen, war kurz unter die Dusche gegangen und musste dann binnen weniger Minuten eingeschlafen sein. Als er am Morgen erwachte, lief der Fernseher immer noch. Mihoko hatte sich immer darüber beschwert, wie er bei eingeschaltetem Fernseher und Licht überhaupt schlafen könne. Seit dem verhängnisvollen Abend, als sie ihm den Schmähbrief gezeigt hatte, war sein Schlaf eher unruhig. Der Weg auf den Berg und wieder hinunter schien jedoch seine Wirkung gehabt zu haben. Außerdem verspürte er eine gewisse Zufriedenheit.

Obwohl dieser ehemalige Mitschüler namens Furukawa ihn weiterhin beschäftigte, hatte er das befriedigende Gefühl, nun etwas mehr über Hirosawas Freunde aus Kindertagen zu wissen. Schon allein dadurch hatte Hirosawa in seiner Vorstellung mehr Gestalt angenommen. Vor allem aber hatte er nun einen guten Draht zu seinen Eltern, wodurch sich seine Anspannung gelöst hatte.

Er schloss wieder die Augen, entschied sich aber dann doch, aufzustehen, sich anzukleiden und einen Spaziergang zu machen. Da er nur eine Übernachtung ohne Frühstück gebucht hatte, konnte er sich genauso gut im nächsten 24-Stunden-Supermarkt etwas zu essen besorgen und sich ein angenehmes Plätzchen zum Picknicken suchen.

Als er im Laden um die Ecke eine Dose Eiskaffee und Sandwiches gekauft hatte, ging er diesmal nicht bergauf, wo Hirosawas Elternhaus lag, sondern lief in entgegengesetzter Richtung auf der Nationalstraße zum Meer.

Yoshiki Hirosawa ist mit dem Fahrrad zur Highschool gefahren.

Er ließ sich auf dem Smartphone die West Highschool auf einer Karte anzeigen und schaute sich die Umgebung an, wo Hirosawa vermutlich die Küste entlanggeradelt war.

Das Wasser in der Seto-Inlandsee war in seiner Vorstellung immer eher grünlich gewesen, doch nun sah er bis zum Horizont eine stille, tiefblaue Fläche vor sich, auf der sich der Sommerhimmel spiegelte. Ob Hirosawa sich gedacht hatte, wie schön das Meer doch war? Nein, für ihn muss das eine ganz normale Landschaft gewesen sein, Floskeln wie »Wie schön ist doch das Meer« oder »Die frische Brise tut gut« hörte man vermutlich eher von Touristen.

Fukase bog von der Autostraße ab in die Gasse zum Deich, setzte sich auf eine Anhöhe, wo er aufs Meer schauen konnte, und holte die Sandwiches aus der Verpackung. Angenommen, er wäre in diesem Ort geboren, ob er mit Hirosawa in dieselbe Schule gegangen wäre?

Hätten sie sich nach Schulschluss oder an Ferientagen auch hier mit Blick aufs Meer mit Brötchen und Onigiri den Bauch vollgeschlagen und sich ihre Zukunft ausgemalt?

Fukase, ich habe vor, für ein Jahr ins Ausland zu gehen.

Hätte er mir dann nicht seine Zukunftsträume verraten? In welches Land wollte Hirosawa wohl reisen?

Als Fukase in Hirosawas Elternhaus den alten Laptop der Familie öffnete, um den Drucker zu überprüfen, kam er auf die Idee, es könnte noch einen Suchverlauf von seinem Freund im Browser geben. Aber gleich darauf besann er sich, dass dort auch Privatangelegenheiten der Eltern gespeichert sein könnten, und er beschloss, sich nur auf die unbedingt notwendigen Schritte zu beschränken.

Aber was, wenn es einen Suchverlauf zu Hirosawas Unfall gäbe …

Moment mal!, rief er sich zur Vernunft und trank einen Schluck vom Eiskaffee.

Obwohl Hirosawas Smartphone verbrannt war, gab es vielleicht noch das Notebook, das er während des Studiums benutzt hatte. Dort müsste dann eigentlich im Mailordner seine Korrespondenz zu finden sein. Allerdings kannte Fukase lediglich die Mobilnummer seines Freundes. Aber selbst wenn dieser Furukawa zu Hirosawas engsten Freunden gezählt und Hirosawa laut Tanihara wirklich eine Freundin gehabt hatte, dann hatten sie miteinander doch bestimmt nur übers Handy kommuniziert. Er musste sich also die Informationen über eine Freundin bei dem Treffen mit Hirosawas ehemaligen Klassenkameraden beschaffen.

Fukase trank den Eiskaffee aus, erhob sich von seinem Platz mit einem letzten Blick aufs Meer und reckte sich. Er machte sich darauf gefasst, heute eine weitere unbekannte Seite seines Freundes kennenzulernen.

Fukase war in seinem Leben noch nicht oft in Hotels abgestiegen. Als er jetzt in der Lobby des Hotels wartete und sich neugierig umschaute, hatte er fast das Gefühl, sich in einer Botschaft zu befinden. Ein Ort nur für Touristen. Ein Businesshotel, das die Einheimischen nicht einmal für Feiern wie einem Hochzeitsbankett oder zum Jahresabschluss nutzten. Kein Wunder, dass der lokale Dialekt hier nirgends zu hören war.

Es wurde einem überhaupt nicht bewusst, dass man sich in einer fremden Stadt aufhielt, wenn man hier mit Freunden säße, in ein anregendes Gespräch vertieft, dachte sich Fukase. Beinahe hätte er vergessen können, dass er sich in der Ehime-Präfektur befand, vor allem als er die drei Frauen am Nebentisch belauschte, die sich laut im Kansai-Dialekt unterhielten.

»Sind Sie … äh … bist du Fukase?«

Von der Dreiergruppe abgelenkt, hatte er gar nicht die beiden Frauen bemerkt, die sich seinem Platz genähert hatten.

»Ja, der bin ich.«

Er erhob sich hastig und nahm Haltung an, als stünde er Verhandlungspartnern gegenüber. Ihm brach sofort der Schweiß aus, als die beiden sich über seine Reaktion amüsierten. Aber dann besann er sich, dass sie genauso alt waren wie er selbst, und er brachte es gerade noch zustande, sich ihnen vorzustellen.

Die beiden Frauen nannten ihre Namen: Mayu Ueda und Aoi Yoshihira. Ihre saloppe Freizeitkleidung deutete darauf hin, dass sie von hier stammten, keine Hotelgäste waren.

Mayu, von der Fukase die Mail erhalten hatte, war diejenige, die außer ihrer Handtasche einen Nylonbeutel über der Schulter trug, der offenbar ihr Jahrbuch des Abschlussjahrgangs enthielt, während Aoi nun das Kommando übernahm: »Setzen wir uns erst mal.«

Als er von ihnen erfuhr, dass die Eierkuchen hier sehr lecker seien, bestellte Fukase, obwohl er keinen Hunger hatte, auch für sich eine Portion ohne Füllung und dazu eine Tasse Kaffee.

»Mayu, du warst doch mit Hirosawa-kun von der Grundschule an bis zur Highschool in denselben Schulen, deshalb erzähle du zuerst, ja?«

Die Anwesenheit von Einheimischen veränderte die Stimmung hier schlagartig, sodass Fukase fast ein schlechtes Gewissen bekam, dass er auch nur einen Augenblick hatte glauben können, dass ein Businesshotel das Territorium von Fremden sei. Andererseits hatte er das Gefühl, seinem toten Freund, so wie er ihn kannte, allein schon dadurch näherzukommen, dass Aoi ihn ganz vertraut Hirosawa-kun nannte. Aufgeregt fieberte er dem Gespräch entgegen, denn schon bald würde er mehr über Hirosawas Leben erfahren.

»Bitte erzähl mir alles über Hirosawa!«

Er wandte sich erwartungsvoll an Mayu, aber diese kratzte sich etwas verlegen an der Stirn.

»Ich bin ehrlich gesagt nur mitgekommen, weil Yoko mich darum gebeten hat, aber ich kann eigentlich nicht mehr berichten als Aoi, denn ich war mit Yoshiki nur einmal in derselben Klasse, im dritten Jahr der Junior High.«

Trotzdem nannte sie Hirosawa nur bei seinem Vornamen.

»Es muss ja nichts Kompliziertes sein. Eher so in der Art: Yoshiki Hirosawa war ein Mensch, der … Was fällt dir zu ihm ein, wenn du fünf solche Sätze schreiben müsstest?«

»Wie bei einer Klassenarbeit im Japanisch-Unterricht? Soll es nicht doch ein wenig anspruchsvoller klingen?«

»Hm … na ja … oder wie bei einem Assoziationsspiel? Du denkst dir Fragen aus, deren Antworten auf Hirosawa gemünzt sind.«

»Zuerst mal: groß. Oder besser gesagt, hochgewachsen.«

Mayu hatte schwungvoll begonnen, aber dann kam nichts mehr von ihr. Sie schien nachzudenken.

»Er war sehr gut in der Schule«, fuhr sie dann fort. »Das habe ich erst später mitbekommen, als wir in einer Klasse waren. Der Mathelehrer hatte uns eine schwierige Aufgabe in Form eines Rätsels gestellt, und falls einer von uns die Lösung herausbekam, würde er uns an dem

Tag die Unterrichtsstunde zum freien Lernen zur Verfügung stellen, aber niemand hatte sich daraufhin gemeldet. Dann hat der Lehrer Hirosawa direkt angesprochen, ob er es nicht mal versuchen wolle. Ich weiß noch, wie überrascht ich war, dass der Lehrer ihm das zutraute. Dazu aufgefordert, hat er dann ganz locker angefangen, die Aufgabe zu lösen. Ich wusste vorher nicht, dass er ein so heller Kopf war, weil er nie mit seinen guten Noten geprahlt hat. Er war ein sehr zurückhaltender Mensch, könnte man sagen.«

Typisch Hirosawa, dachte Fukase.

»Und dann war er ein guter Pitcher beim Baseball ... Und er war sehr sanftmütig ...«

Eines Tages hatte der Anführer der Klasse die anderen dazu anzustiften versucht, einen schwächlichen Jungen zu schneiden.

»Ich wollte da nicht mitmachen, aber wenn ich mich dagegen ausgesprochen hätte, wäre ich ihre nächste Zielscheibe gewesen. Deshalb mussten ihm alle widerwillig folgen. Allein Yoshiki hat den armen Jungen weiterhin ganz normal gegrüßt.«

Fukase versetzte sich in dem Moment weniger in die Lage seines Freundes Hirosawa, sondern in die des schikanierten Jungen. Er stellte sich vor, wie dieser sich über die Unterstützung gefreut haben musste. Es berührte ihn zutiefst, als würde er selbst von Hirosawa in Schutz genommen werden.

»Aber ist Hirosawa denn dadurch nicht selbst zur Zielscheibe geworden?«

»Ja, er wurde als Verräter beschimpft, aber wegen Hirosawas Körpergröße hat der andere klein beigegeben und ihn nicht weiter provoziert.«

Fukase konnte Mayus Einschätzung gut nachvollziehen.

»Das hat doch nichts damit zu tun, wie groß jemand ist!«, platzte Aoi heraus, die bis dahin schweigend zugehört hatte. »Glaubt ihr ernsthaft, er hat dem Anführer nur deshalb Paroli geboten, weil er ihm körperlich überlegen war?«

Während sie »ihr« sagte, war Aois Blick nur auf Fukase gerichtet. Er wollte nicht von ihr hören, dass so etwas doch nur eine faule Ausrede für die eigene Feigheit sei.

Das weiß ich selbst nur allzu gut!, dachte er. Auch Mayu weiß es vermutlich. Aber es gibt Situationen, wo ich mich genauso fühle und wo ich mir denke: Wenn ich doch bloß fünf Zentimeter größer wäre und kräftiger, dann würde ich mich ordentlich zur Wehr setzen. Aber das ist natürlich Quatsch, so viel würde das wahrscheinlich nicht ausmachen. Ich sollte nur einfach nicht so feige sein.

»Das Ansehen spielt schon eine große Rolle. Nicht alle können wie du so offenherzig ihre Meinung sagen«, konterte Mayu, die offensichtlich solche Vorwürfe von Aoi gewohnt war.

»Mit solchen Rechtfertigungen kann man sich immer ganz bequem durchs Leben lavieren, ohne anzuecken«, fuhr Aoi unbeirrt fort, ohne dass ihr Ton schroff klang.

Sie war klein und mager, nicht sonderlich hübsch, sondern sah eher durchschnittlich aus.

Wenn sie schon immer so vehement ihren Gerechtigkeitssinn zum Ausdruck gebracht haben sollte, hatte sie vermutlich einen schweren Stand in der Klasse. In meiner Klasse gab es doch auch so eine Mitschülerin, besann sich Fukase auf die Zeit in der Junior Highschool.

Eines Tages, als er in die Schule kam, war ihm eine sonderbare Stimmung entgegengeschlagen. Alle ignorierten ihn. Er bemerkte es schon nach der ersten Pause. Generell gab es sowieso nur ganz wenige Mitschüler, die ihn am Morgen begrüßten. Er war es gewohnt, dass die meisten anderen beim gemeinsamen Betreten des Klassenzimmers kommentarlos an ihm vorbeigingen, ohne mit ihm einen Blick zu wechseln. Das geschah nicht aus Bosheit, sondern eher aus Gedankenlosigkeit. An diesem Tag jedoch wurde er mit voller Absicht gemieden. Jedem noch so unsensiblen Menschen wäre es aufgefallen, dass man einen großen Bogen um Fukase machte oder sogar vor ihm zurücktrat, als gäbe es ein Gesetz, dass man sich ihm im Radius von einem Meter nicht nähern durfte. Wenn sie ihn bloß ignorieren wollten, hätten sie doch auch wie bisher schweigend an ihm vorbeigehen können. Er wusste nicht, wer der Anstifter war und was ihm an Fukase missfiel, aber er sagte sich, dass er diese Schikane einfach eine Woche über sich ergehen lassen sollte, dann würde sich schon alles wieder regeln. Er setzte eine gleichgültige Miene auf, und tat so, als ließe ihn diese Behandlung völlig kalt.

»Ich finde das unerhört!«, rief dann plötzlich ein Mädchen mitten im Japanisch-Unterricht, schlug unvermittelt mit den flachen Händen auf den Tisch und erhob sich. Fast klang es so, als verstehe sie nicht, warum dieser unzulängliche Lehrer nicht selbst darauf zu sprechen kam, dass man Fukase absichtlich schnitt. Der Unterricht wandelte sich augenblicklich zur Klassenversammlung, wo außer dem Mädchen nach und nach alle Mitschüler die Hände hoben, als es bei der Befragung darum ging, diejenigen ausfindig zu machen, die Fukase zuvor absichtlich ignoriert hatten. Ohne den Rädelsführer preiszugeben, stand die gesamte Klasse auf und verbeugte sich widerwillig mit einer expliziten Entschuldigung vor Fukase, womit das Mobbing aufhörte.

Nach dem Unterricht kam die Mitschülerin zu ihm und sagte: »Beim nächsten Mal musst du dich schon selbst zur Wehr setzen, wenn dir was nicht behagt. Sonst passiert dir das nämlich immer wieder.«

Damals hätte er in seinem Frust viel lieber sie geschlagen als den Anstifter des Mobbings.

»Fukase, du findest mich sicher unangenehm«, hörte er Aoi sagen.

Unwillkürlich zuckte er und zog seine Hand zurück. Wenn er sich an die verschwitzte Stirn gefasst hätte, wäre das vielleicht als Zustimmung ausgelegt worden.

»Vielen Dank für Ihre Geduld, lassen Sie es sich schmecken!«

Die Kellnerin kam wie gerufen. Die duftenden Eierkuchen wurden serviert. Fukase hatte seinen nur mit

Butter bestellt, während die der beiden Frauen mit Sahnehäubchen und knallroten Erdbeeren garniert waren.

»Lasst uns erst mal essen!«, forderte Mayu Aoi energisch auf.

Sie kannte ihre Einstellung gut, hatte aber wohl nicht damit gerechnet, dass diese Fukase gegenüber gleich bei der ersten Begegnung so offen auftreten würde.

»Die Eierkuchen in diesem Hotel sind schon seit Langem ziemlich beliebt. Sobald der Pancake-Boom ausbrach, haben sie die Eierkuchen auf der Hotel-Speisekarte umbenannt. Yoshiki hat bestimmt auch gern welche gegessen«, erzählte Mayu.

Es sehe köstlich aus, kam Fukase Mayu entgegen, die offensichtlich dringend das Thema wechseln wollte.

Aber Aoi ließ sich nicht beirren. »Nicht immer handeln wir so, wie wir es eigentlich für richtig halten. Die meisten von uns sind sich dessen bewusst. Es kann sein, dass jemand sich bessert, wenn er auf seine unbewussten Handlungen hingewiesen wird. Aber wenn ihm sein negatives Verhalten vor Augen geführt wird, das er selbst schon erkannt hat, führt das eher dazu, dass man ihn beschämt oder er noch sturer reagiert.«

Im Gegensatz zu Mayu und Fukase, die sich über ihre Eierkuchen hermachten, hatte Aoi ihr Essen noch nicht angerührt und sprach weiter.

Sie meint, dass Worte und Handlungen nicht immer deckungsgleich sind? Fukase spürte Wut in sich aufsteigen und vermied es, Aoi anzuschauen, stattdessen konzentrierte er sich aufs Essen.

»Das klingt wie ein Widerspruch, ich weiß. Es ist übrigens gar nicht meine persönliche Meinung, sondern Hirosawa-kun hat das mal zu mir gesagt.«

Fukase legte sein Besteck ab und blickte hoch.

»Endlich schaust du mich mal an. Du kannst ja gern weiteressen, aber hör gut zu, was ich dir von Hirosawa erzähle.«

»Tut mir leid …«, sagte er so leise, dass er sich nicht sicher war, ob sie ihn gehört hatte.

Aoi und Hirosawa hatten das erste Jahr auf der Highschool zusammen in einer Klasse verbracht. Ab dem Trimester kam es zu Mobbing unter den Schülern. Ein Junge, der in der Junior Highschool noch eher zurückhaltend auftrat, wurde zunehmend beliebter und stand nun bei Sportveranstaltungen und Kulturfesten im Mittelpunkt. Dies missfiel einem Mitschüler aus der alten Schule, der jetzt auf der Highschool anfing, ihn zu provozieren. Da Aoi aus einer anderen Mittelschule stammte, hatte sie die Brisanz zunächst gar nicht bemerkt, aber dann gab es einen Vorfall, der unverzeihlich war.

»Der missgünstige Junge hat den anderen, den er sonst immer beim Vornamen rief, plötzlich mit einem unbekannten Nachnamen angesprochen. Dann hat er höhnisch gelacht und gerufen: ›Ach entschuldige bitte, ich habe mich vertan, das war ja dein Name in der Junior High.‹«

Er hat den anderen bloßgestellt, weil dessen Eltern sich hatten scheiden lassen, und sich darüber lustig gemacht.

Auch wenn ich nicht wie Aoi bin, finde ich so ein Verhalten niederträchtig, dachte Fukase. Wie aber soll man sich in einem solchen Fall verhalten? Ihm klarmachen, dass sein Benehmen falsch ist und er das lassen soll?

»Und, was hast du gesagt?«

»Nur weil du vielleicht nicht mehr ganz so beliebt bist wie an der Junior Highschool, brauchst du deine Wut doch nicht an ihm auszulassen.«

Sie hatte ihn frontal angegriffen. Das provozierte natürlich zum Gegenschlag.

»Und wie hat er reagiert?«

»Nun, er ist auf mich zugekommen und hat meinen Tisch umgeworfen.«

Der Typ hatte sich offenbar noch einigermaßen unter Kontrolle gehabt, aber trotzdem musste sie ziemliche Angst gehabt haben.

»Eine Tischecke hat mich am Oberschenkel getroffen, ein Stuhl ist umgekracht. Schulbücher und Schreibzeug sind durch die Gegend geflogen. Niemand ist mir zu Hilfe gekommen. Nicht mal die, die ich für meine Freunde gehalten habe. Sogar der Junge, den ich in Schutz genommen habe, hat bloß aus der Ferne zugeschaut. Mir hat es die Sprache verschlagen. Fast hätte ich zu weinen angefangen. Und da ist dann Hirosawa gekommen.«

Weder hatte er geschrien, dass sie damit aufhören sollten, noch sich schützend vor sie gestellt. Er hatte einfach den umgeworfenen Stuhl aufgerichtet und die heruntergefallenen Sachen auf den Tisch zurückgelegt. Der Junge, der ausgerastet war, hatte dann mit einer abfälligen Geste den Klassenraum verlassen. Danach wurde weder Aoi jemals wieder angerempelt noch das Mobbing fortgesetzt.

Fukase sah Hirosawa, wie er wortlos die Schulbücher aufhob, deutlich vor sich. Sein breiter Rücken konnte schon einschüchternd wirken. Aber Fukase begriff, dass Hirosawas Auftreten nichts mit seiner Statur zu tun hatte. Hirosawa lag es völlig fern, über Gut und Böse zu urteilen. Er wollte einfach nur den Konflikt und das Mobbing aus der Welt schaffen. Ohne zu zaudern, den entscheidenden Schritt zu machen, falls er dadurch Abhilfe zu schaffen vermochte. So war er.

Deshalb hatte er damals das Bier getrunken.

Deshalb hatte er sich bereit erklärt, Murai abzuholen.

Fukase bekam einen Kloß im Hals, aber Aoi war noch nicht fertig mit ihrer Erzählung. Sie wollte gleich nach dem Vorfall Hirosawa für seine Unterstützung danken und hatte ihm deshalb eine Mail geschickt, worauf sich ein engerer Kontakt zwischen ihnen entspann. Aoi, die ihr Herz auf der Zunge trug, war das Mailen manchmal zu umständlich, und sie rief ihn ab und zu direkt an.

Ist Aoi etwa seine Freundin gewesen?, überlegte Fukase. Dann könnte es durchaus sie gewesen sein, die die Anschuldigungen verschickte, nachdem sie etwas über die wahren Umstände seines Unfalls herausbekommen hat.

Wenn sie bei uns keine Reue erkennen kann, würde sie bestimmt ohne zu zögern zur Tat schreiten. Das würde auch erklären, weshalb sie heute von vornherein so streitlustig aufgetreten ist.

»Aoi-chan, bist du mit Yoshiki auch ausgegangen?«, fragte Mayu.

Vielleicht ahnte sie Fukases Gedanken, oder aber sie wollte es einfach bloß selbst wissen. Beide starrten Aoi gespannt an.

»Nein«, kam es von Aoi, die mit den Tränen zu kämpfen schien. »Ich mochte ihn sehr. Ich wollte es ihm immer gestehen, zum Beispiel am Valentinstag, aber ich habe es nicht getan.«

Nicht, dass sie es nicht gekonnt hätte.

»Aber du sagst doch sonst immer alles, was du denkst, Aoi. Weshalb warst du da so zurückhaltend?«

Mayu erinnerte ihn in ihrer redseligen Art an die Wirtin des Clover, und insgeheim feuerte er sie an: Na los, bohr weiter …

»Weil ich dachte, wenn ich ihm meine Gefühle gestehen würde, könnte er darauf eingehen.«

Ihre Antwort klang etwas anmaßend, aber Aoi brachte nur ein trauriges Lächeln zustande. Schweigend warteten die beiden, bis sie weitersprach.

»Ich habe zuerst geglaubt, Hirosawa und ich hätten die gleiche Farbe. Ich meine jetzt nicht unbedingt Rot als Vertreter der Gerechtigkeit. Wenn ich jemandem begegne, vergleiche ich ihn unwillkürlich mit einer Farbe. Jemand hat eine ähnliche Farbe wie man selbst, der andere eine Kontrastfarbe oder Komplementärfarbe, man verfährt dabei so, wie man im Kunstunterricht den Zwölf-Farben-Kreis lernt, weil es einem das Gefühl gibt, man kann dann sogar mit den Leuten gut auskommen, die gar nicht zu einem passen. Tut mir leid, das ist eine komische Art, die Menschen zu vergleichen.«

»Nein, gar nicht!«

Auch Fukase hatte sein Leben gelegentlich mit Farben verglichen.

»Seit der Junior Highschool habe ich oft darüber nachgedacht«, fuhr Aoi fort. »Es gab jedoch keinen einzigen Menschen, der die gleiche Farbe hatte wie ich. Aber Hirosawa hat sich gegen das Mobbing gestellt, und wir haben angeregt über Filme und Bücher sprechen können, deswegen glaubte ich, dass wir dem äußeren Anschein nach zwar unterschiedliche Farben hatten, aber innerlich wären wir vielleicht verwandt. Diese Idee kam mir, als ich mal Smarties knabberte. Falls ich ihm bunte Schokoladen-Dragees zum Valentinstag schenkte, würde er vielleicht erkennen, was ich ihm damit sagen wollte. Aber mit der Zeit, als ich Hirosawa immer besser kennenlernte, fand ich uns schließlich doch zu verschieden. Mir wurde plötzlich bewusst, dass ich einem großen Missverständnis aufgesessen war … Mayu, wenn du Hirosawa mit einer Farbe vergleichen würdest, welche würdest du wählen?«

Mayu reagierte im ersten Moment irritiert und verschränkte die Arme vor der Brust, aber nach kurzem Nachdenken antwortete sie: »Orange. So wie die Kappen der Sunnies. Ich meine die Jugend-Baseballmannschaft.«

»Ich beneide dich, du kanntest ihn von Kindheit an. Ich habe Hirosawa-kun nie Baseball spielen sehen. Fukase-san, welche Farbe würdest du ihm zuordnen?«

Ihm war klar, dass es nun an ihm war zu antworten, aber er kreuzte ebenso wie Mayu die Arme vor der Brust, um nachzudenken. In Assoziation zu Orange kamen ihm als Erstes das Gelb von Honig und Curry in den Sinn. Aber wenn es um seine innere Farbe geht, passt es doch nicht, besann er sich. Es muss eine sein, die weiter und größer wirkt.

»Blau. So wie das Meer oder der Himmel.«

»Das trifft es auch gut. Aber ich dachte eher an etwas Transparentes. Da der klarsichtige Hirosawa auch dunkle, kräftige Farben in sich aufnahm, habe ich fälschlicherweise geglaubt, er würde die gleiche Farbe haben wie ich. Vorausgesetzt, er hätte keine andere Freundin gehabt, wäre er wohl, wenn ich ihm meine Gefühle offenbarte, darauf eingegangen, so wie er es bei jedem machte. Er würde sich dann meiner Farbe anpassen, dachte ich. So war er eben. Aber die Farbe von jemandem anzunehmen, der so wie ich eigensinnig und verhasst war, wollte ich ihm dann doch nicht zumuten. Deshalb habe ich den Kontakt zu ihm beendet, als wir jeder in eine andere Klasse kamen.«

»Hat Yoshiki denn gar nichts dazu gesagt?«, erkundigte sich Mayu.

»Er hat nur einmal gefragt, wieso ich den Kontakt abgebrochen habe, worauf ich ihm antwortete, ich würde nicht zu einem transparenten Menschen passen, und das hat er verstanden.«

»Ehrlich? Bist du dieser Meinung? Ich kann das überhaupt nicht begreifen.« Mayu kamen fast die Tränen, aber Fukase konnte Aois Gefühle gut nachvollziehen.

»Ich würde gern wissen, ob es in Hirosawas Studentenzeit jemanden gab«, murmelte Aoi mit gesenktem Kopf. Fukase kam der Gedanke, dass Mayu von Matsunaga angeschrieben worden war, um über Hirosawa Auskunft zu geben. Aber war es nicht Aoi, die sie begleitete, um zu erfahren, ob er eine Freundin hatte? Was für ein Studentenleben er geführt hatte? Sie sucht nach dem fehlenden Puzzleteil, um das Bild von ihm zu vervollständigen, überlegte er. Vermutlich verfolgt sie das gleiche Ziel wie ich. Also sollte ich auch ganz ehrlich sagen, was ich weiß.

»Ich habe bis fast zum Schluss nicht das geringste Anzeichen bemerkt, aber damals im Souvenirshop hat er so ein Kitty-Band gekauft, wie es junge Frauen mögen, woraus man schließen könnte, dass er eine feste Freundin hatte. Ich könnte also die gleiche Frage auch euch stellen.«

»Schon gut. Danke. Es würde mich freuen, wenn er eine Freundin hatte. Ich hoffe, bei ihr hat Hirosawa von sich aus seine Gefühle für sie offenbart«, erwiderte Aoi und zerschnitt nun auch ihren Eierkuchen, auf dem mittlerweile die Sahne geschmolzen war. Sie viertelte ihn und spießte ein Stück, das eigentlich für einen Bissen zu groß war, auf die Gabel, um es sich in den Mund zu schieben. Das sollte wohl bedeuten, dass sie erst mal nicht mehr weitersprechen wollte.

»Ach ja, ehe ich's vergesse…«, sagte Mayu. Sie nahm den Nylonbeutel, den sie unter den Tisch gelegt hatte, und reichte ihn Fukase. Er wog schwer. Darin befanden sich drei Jahrbücher von den jeweiligen Abschlussklassen in der Grundschule, Junior Highschool und Highschool. Wunderbar! Er hatte eigentlich nur mit dem letzten von der Oberschule gerechnet. Außerdem enthielt das eine Jahrbuch aus der Grundschule gesammelte Aufsätze zum Schulabschluss.

»O danke, das wird mir weiterhelfen.«

Ich könnte die Jahrbücher später Hirosawas Eltern zeigen, dachte er.

»Hat Yoshikis Vater dich darum gebeten, so etwas wie eine Gedenkschrift für seinen Sohn zu verfassen?«

Hat Matsunaga ihr das erzählt?, überlegte Fukase. Das wäre wohl etwas übertrieben, es als Auftrag von Hirosawas Vater auszugeben. Hatte Mayu deshalb von Hirosawas guten Leistungen und den Mobbing-Vorfällen berichtet?

»Na ja, ich bin mir nicht sicher, ob ich so etwas hinbekomme.«

»Ach, jetzt stell dein Licht nicht unter den Scheffel. Du hast doch an einer angesehenen Uni studiert. Du bist darum gebeten worden, und das bedeutet, dass du Yoshikis engster Freund unter allen Trauergästen warst.«

»Na ja, wenn du meinst…«

Ich bin mir da nicht so sicher, dachte er bedrückt.

»Noch eine Frage. Yoshiki sollte einen Freund mit dem Auto abholen und ist dabei verunglückt. Ihr habt es dann bitter bereut, kein Taxi gerufen oder ihn vom Fahren abgehalten zu haben. Ich habe gehört, dass ihr euch deswegen bei Yoshikis Eltern entschuldigt habt, stimmt das?«, fragte Mayu.

Fukase nickte stumm. Obwohl sie ihn anlächelte, als handle es sich um eine ganz harmlose Plauderei, begann er zu schwitzen.

»Als ihr darüber gesprochen habt, ob überhaupt jemand den Freund abholen sollte und falls ja, wer – war da das Einzige, was euch einfiel, Yoshiki zu schicken?«

»Wieso?«

»Das ist nicht unbedingt meine Meinung, sondern eine Art Gerücht, das hier in Umlauf gebracht worden ist. Yoshiki sei ein so gutmütiger Mensch gewesen, dass er nicht habe ablehnen können. Nun, wie soll ich sagen: Alle, die ihn kannten, geben euch die Schuld daran, dass Yoshiki sterben musste. Aber trotzdem soll sein Vater euch gebeten haben, eine Gedenkschrift zu verfassen? Das erscheint uns ein bisschen komisch.«

»Aber nein! Ich ... ich meine wir ... bereuen es zutiefst, was in jener Nacht geschehen ist, und sind unendlich traurig über seinen Tod. Zumindest ich ... Für mich war er der einzige gute Freund in meinem Leben ...«

Er ballte die Fäuste, die auf den Knien lagen. Obwohl er sich zusammenzureißen versuchte, liefen ihm die Tränen über die Wangen.

»Verzeih meine unhöfliche Bemerkung. Also dann verfasse eine schöne Gedenkschrift. Wenn du fertig bist, kannst du die Alben an Yō-chan zurückschicken. Lass dir Zeit.«

Mayu drängte Aoi zum Aufbruch. Fukases Tränen schienen sie eher unangenehm zu berühren, statt ihr Mitleid zu erregen. Aoi sagte kein Wort. Da sie keinen

Einwand erhoben hatte, schien auch sie den Gerüchten in der Stadt Glauben zu schenken. Fukase wusste, er müsste sich bei ihnen für ihr Kommen bedanken, aber mehr als ein leichtes Nicken brachte er nicht zustande.

Erst jetzt bemerkte er, dass sie zur Kasse gingen, um ihre jeweilige Rechnung zu bezahlen.

Selbst wenn ich anbieten würde, die Rechnung zu übernehmen, würden sie sich bestimmt nicht von einem Kerl einladen lassen, der ihnen den geliebten Jugendfreund und Klassenkameraden geraubt hat.

Habe ich es missverstanden, dass sie mir allein deshalb verzeihen, weil Hirosawas Eltern mich so freundlich behandeln? Haben wir uns darin getäuscht, Hirosawas beste Freunde gewesen zu sein, nur weil wir bei der Trauerfeier direkt neben den Familienangehörigen sitzen durften?

Habe ich ernsthaft geglaubt, man würde beim Teetrinken launige Anekdoten erzählen? In Wahrheit hat uns niemand vergeben. Es spielt demnach gar keine Rolle, ob sie wissen, dass Alkohol im Spiel war oder nicht. Auch unabhängig davon sind sie überzeugt, dass wir Hirosawa in den Tod getrieben haben.

Was für einen Sinn hat es dann noch, wenn der Urheber der Schmähbriefe entlarvt wäre …

Sollte ich besser unverrichteter Dinge nach Hause fahren?, überlegte er, aber als ihm bewusst wurde, dass er bis zum nächsten Treffen nur noch knapp zehn Minuten Zeit hatte, raffte er sich auf. Es war ein Ort ausgesucht worden, wo man sich beim Lunch unterhalten konnte. Ein chinesisches Restaurant in der Einkaufspassage am Bahnhof.

Der Laden war wegen der Mittagszeit überfüllt, aber als er nach »Okamoto« fragte, führte man ihn in einen Tatami-Raum im ersten Stock. Es war zwar kein Separee, aber sie waren hier fast die einzigen Gäste. Hinten saß lediglich noch ein einzelner Mann an einem Tisch. Als Okamoto Fukase erblickte, winkte er ihm mit einem freundlichen Lächeln zu.

Es war der Kapitän der Volleyballmannschaft, Shōma Okamoto, mit dem Mayu das Treffen arrangiert hatte. Mit seinem hellhäutigen, hübschen Gesicht wirkte er wie ein Popstar. Er wird bestimmt von allen angehimmelt, dachte Fukase und nahm befangen ihm gegenüber am Tisch Platz.

Obwohl sie gleichaltrig waren, käme er oberflächlich betrachtet als Freund nie infrage.

Als er die ebenmäßigen Gesichtszüge seines Gegenübers betrachtete, bemerkte er plötzlich, dass Okamoto seinerseits Fukase musterte. Sehe ich noch verheult aus? O je … Er rieb sich energisch die Wangen.

»Warst du bei der Beerdigung?«

»Ja, war ich … Warum?«

Auf Fukases Frage hin kratzte sich Okamoto verlegen am Kopf. »Darf ich etwas Unhöfliches sagen?«

Fukases Brust schnürte sich vor Angst zusammen, aber er war bereit, sich alles genau anzuhören. »Nur zu!«, erwiderte er.

In dem Augenblick kam der Kellner. Okamoto klappte

die Speisekarte erst gar nicht auf, sondern erklärte, dass die Nudelsuppe hier hervorragend sei, worauf Fukase das gleiche Gericht wie er bestellte.

»Mach es dir doch bequem.«

Von Okamoto aufgefordert, löste Fukase den steifen Fersensitz und kreuzte die Beine.

»Als ich bei der Beerdigung von den anderen Trauergästen erfahren habe, dass ihr Hirosawas Studienfreunde seid, habe ich mich für ihn gefreut.«

Fukase schaute auf und blickte Okamoto fest in die Augen. Gefreut, sagt er?

»Ihr wart alle sehr ernst, aber wenn man sich euch als Studenten vorstellt, an der angesehenen Uni, klug, schick und strahlend, dann kann man sich denken, wie die Mädchen auf euch fliegen. Und zu der Clique hat er also gehört.«

Fukase hatte nicht die geringste Ahnung, wovon er sprach.

»In der Highschool hingen wir die meiste Zeit in einer lustigen Truppe zusammen. Auf Klassenfahrten, Schulfesten und so weiter … Wir wollten immer, dass Hirosawa mit dabei ist, aber er hat unsere Einladungen ständig ausgeschlagen, weil er schon mit jemand anderem verabredet sei. Dieser andere Typ war völlig unscheinbar und schien keine anderen Freunde zu haben. Hirosawa in seiner Gutmütigkeit brachte es nicht übers Herz, ihn einfach so im Stich zu lassen, wenn der wie ein streunender Hund an ihm hing. Aber der andere hat sich als sein engster Freund aufgespielt. Obwohl er zu gar nichts taugte. Meinetwegen sollte dieser Einfaltspinsel sich an Hirosawa klammern, aber er selbst hielt sich überdies für was Besseres.«

Okamotos Worte trafen Fukase wie Pfeile ins Herz – obwohl gar nicht von ihm die Rede war.

»Ja, genauso war es! Wie eine plumpe, hässliche Tussi, die mit einer Designertasche rumläuft. Dabei hatte man den Eindruck, dass dieser Typ Hirosawa noch nicht mal sonderlich mochte. Er wollte einfach bloß um jeden Preis mit jemandem zusammen sein, der was hermachte, um selbst nicht zu den Langweilern gezählt zu werden. Und Hirosawa war nun mal der Einzige, der sich seiner angenommen hat.«

Deshalb hatte sich Okamoto also über Tanihara, Murai und Asami gefreut. Darüber, dass Hirosawa angemessene Freunde gefunden hatte.

»Aber dieser Langweiler mochte Hirosawa vielleicht doch sehr gern.«

Meinetwegen soll er ruhig merken, dass alles, was er über den anderen erzählt hat, auf mich genauso zutrifft. Oder vielleicht erzählt Okamoto die Geschichte sogar nur deshalb, weil ihm eine gewisse Parallele zwischen jenem Freund und mir aufgefallen ist.

»Ich weiß nicht. Sollte man sich dann nicht besser zurückziehen? Es wäre doch ein Freundschaftsbeweis, den anderen in Ruhe zu lassen, wenn man begreift, dass man ihn daran hindert, einer angesehenen Clique anzugehören.«

Ob Hirosawa auch so gedacht hat?, fragte sich Fukase.

Wollte er vielleicht lieber mit Tanihara und den anderen zusammen sein als mit mir? Hat er mir deshalb nichts davon erzählt, dass er in Taniharas Baseball-Team mitgespielt hat und mit Murai zum Curryessen gegangen ist?

»Ich würde diesen ehemaligen Freund trotzdem gern treffen. Kannst du mir seinen Namen verraten?«

»Meinetwegen, aber was ich dir erzählt habe, bleibt unter uns, ja? Er heißt Furukawa … Taishi Furukawa.«

Okamoto zeichnete die Schriftzeichen des Namens mit dem Finger auf den Tisch.

Zwischendurch hatte Fukase schon so eine Ahnung beschlichen, dass er es sein könnte.

»Ach ja, der Typ wohnt übrigens gar nicht hier. Er ist Hirosawa bis zur Uni gefolgt.«

Er sei jedoch bei der Aufnahmeprüfung durchgefallen und habe sich an einer anderen privaten Hochschule in Tokio eingeschrieben. Nach dem Abschluss war er dann offenbar nicht mehr in die Heimat zurückgekehrt.

Ihre Uni befand sich nicht direkt in der Innenstadt von Tokio, aber für Okamoto war das gesamte Kantō-Gebiet ein und dasselbe. Furukawa war nicht zu Hirosawas Beerdigung erschienen.

»Hast du denn seine Kontaktdaten?«

»Nein, ich nicht. Aber es gibt jemanden, der sie haben könnte … Ich war ja mit Furukawa auf der Junior Highschool, da könnte ich jemanden fragen.«

Okamoto begann sofort eine SMS in sein Smartphone zu tippen. Während Fukase ihn dabei beobachtete, dachte er nach.

Soll ich ihn bei dieser Gelegenheit fragen, ob wir uns ähnlich sind? Nein, nicht nötig, es ist auch so offensichtlich. Taishi Furukawa ist mir ganz bestimmt ähnlich. Um es mit Aois Worten auszudrücken: Wir besitzen die gleiche Farbe.

Als Fukases Handy klingelte, hatte er bereits den Flughafen Matsuyama erreicht. Er stellte die Papiertüte mit den zwei großen Gläsern Mandarinenhonig auf dem Boden ab, um das Handy hervorzuholen: Okamoto hatte ihm eine SMS mit der Mobilnummer von Furukawa gesendet.

Er wollte ihn am liebsten sofort kontaktieren, aber es gab noch Wichtigeres zu tun.

Die Person, die er zuvor treffen musste… hatte er gerade im Jahrbuch der Abschlussklasse auf der Highschool entdeckt.

5

Auf dem Flug nach Hause beruhigte sich Fukase ein Stück weit wieder. Wäre er erst in seiner Wohnung dazu gekommen, das Jahrbuch von Hirosawas Abschlussklasse durchzublättern, hätte er sicher noch mitten in der Nacht zum Telefon gegriffen. Selbst auf der Fahrt im Shinkansen hätte er – ungeachtet der lästigen Funkunterbrechungen in den Tunneln – den anderen sofort von seiner ungeheuerlichen Entdeckung berichtet.

Ungeheuerlich? Als er im Flugzeug versuchte, seine Fassung wiederzuerlangen, indem er alle Informationen zu der Person, die er auf einem Foto im Jahrbuch entdeckt hatte, für sich sortierte, erblickte er plötzlich sein eigenes Spiegelbild im Fenster. Es war jemand aus Tokio, der damals mit Hirosawa auf der Highschool den Abschluss gemacht hatte. Aber hieß das auch, dass diese Person diejenige war, die die anonymen Briefe verfasst hatte? Ihm war, als würde sein in der reglosen Fensterscheibe gespiegeltes Alter Ego sich diese Frage etwas bedächtiger stellen als sein aufgewühltes Ich.

Hatte diese Person Tanihara auf die Gleise gestoßen? War dies möglich, wo doch Tanihara beileibe kein

Schwächling war? Geschah es von Anfang an im Alleingang? Oder wäre es auch möglich, dass diese Person einen Komplizen hatte?

Bei diesem Gedanken tauchte ein anderes Foto aus dem Jahrbuch in seinem Kopf auf. Taishi Furukawa. Man durfte diesen Kerl nicht außer Acht lassen, der in der Oberschule eng mit Hirosawa befreundet war, ihm dann bis zur Universität folgte und nach dessen Tod die Eltern anrief, um sich die Kontaktdaten der ehemaligen Kommilitonen geben zu lassen.

Allerdings hatte es keinen Zweck, voreilige Schlüsse zu ziehen. Traf er selbst sich nicht auch durch anfängliche Vermittlung der Eltern mit weiteren Jugendfreunden Hirosawas, um mehr über dessen Leben zu erfahren? Ein Treffen mit Furukawa würde ihn vermutlich wieder zu einer anderen Person führen.

Obwohl ich schon ahne, wer das sein könnte, darf ich Furukawa nicht auslassen. Wieso versuche ich mich eigentlich selbst davon zu überzeugen, dass ich Furukawa unbedingt treffen muss?

Fukase drehte sich kurz vom Flugzeugfenster weg, nur um sogleich erneut sein Gesicht in der Scheibe spiegeln zu lassen.

Die Antwort lag längst klar auf der Hand.

Entweder Okamoto, der ihm die Mobilnummer gegeben hatte, oder ein anderer ehemaliger Klassenkamerad musste Furukawa informiert haben, denn als Fukase, zu Hause angekommen, bei ihm anrief und seinen Namen nannte, war Furukawa keineswegs überrascht. Fukase hatte sogar den Eindruck, dass der andere seinen Anruf erwartet hatte. Außerdem war aus Furukawas Bemerkungen herauszuhören, dass er offenbar Nachforschungen über ihn angestellt haben musste. Auf seine Frage, ob sie sich vielleicht mal treffen könnten, willigte Furukawa ohne zu zögern ein. Es musste nur noch ein geeigneter Treffpunkt ausgemacht werden, aber Fukase wusste nicht, wo Furukawa wohnte. Das Gleiche sollte eigentlich auch umgekehrt gelten, aber …

»Ich kann zu deiner Firma kommen. Nishida Bürobedarf, richtig?«

Wie bitte? Fukase konnte sich eine Bemerkung gerade noch verkneifen. Er wollte sich seine Entrüstung nicht anmerken lassen. Stattdessen gab er sich betont gelassen und bestellte ihn in das Ladencafé, wo er neulich eine neue Ration Kaffeebohnen gekauft hatte. Es hätte noch gefehlt, dass Furukawa damit herausgeplatzt wäre, dass Fukase doch dort neulich Honigtoast gegessen habe, aber zu seiner Erleichterung sagte der andere nichts dergleichen.

Furukawa war vor ihm am verabredeten Treffpunkt. Er saß ganz hinten in dem überfüllten, hauptsächlich von Frauen frequentierten Café und sah dem schmächtigen Jungen auf dem Foto immer noch sehr ähnlich. Fukase trat näher, um sich zu vergewissern, aber dann kam ihm in den Sinn, ob er Furukawa eventuell auch erkennen würde, ohne jemals ein Foto von ihm gesehen zu haben, allein aufgrund Okamotos Beschreibung.

»Äh … Hallo, entschuldige die Verspätung!«

Obwohl sich Fukase vorgenommen hatte, angriffslustig auf den anderen zuzugehen und sich nicht vereinnahmen zu lassen, weil er nicht wusste, wie viel Informationen der über ihn beschafft hatte, brach ihm der Schweiß aus. Aber nun kam ihm ein dünnes Stimmchen entgegen, das im Trubel fast unterging.

»Ach, das macht doch nichts …«

Furukawa erhob sich halb vom Stuhl und verneigte sich. Jeder schaute den anderen mit einer Miene an, die offen ließ, ob er ein freundliches Lächeln zeigte oder nur die Mundwinkel verzog. Dann nahmen sie vis-à-vis Platz, und die Kellnerin kam sofort an den Tisch, um die Bestellung aufzunehmen. Ohne die Speisekarte aufzuschlagen, orderte Fukase lediglich eine Tasse Kaffee, worauf Furukawa das Gleiche bestellte.

Während er an dem Glas mit gekühltem Wasser nippte, musterte Fukase sein Gegenüber. Obwohl sie sich für einen kurzen Moment angeschaut hatten, senkten sie praktisch gleichzeitig wieder den Blick. Wahrscheinlich beäugte jeder den anderen auf die gleiche verstohlene Weise. So geht das nicht, ermahnte sich Fukase, holte tief Luft und setzte sich aufrecht, um Furukawa direkt ins Gesicht zu schauen. Als sich nun ihre Blicke erneut kreuzten, wich auch Furukawa nicht mehr aus.

Trotzdem wusste Fukase nicht so recht, wie er in der angespannten Atmosphäre das Gespräch beginnen sollte. Schließlich war er derjenige gewesen, der angerufen hatte.

»Die haben hier einen köstlichen Toast, der wird mit einem speziellen Honig serviert.«

Fukase deutete zu der kleinen schwarzen Tafel neben dem Zeitschriftenständer.

Honig von Kirschblüten aus Yoshiko/Präfektur Nara, stand dort geschrieben.

Obwohl er mehr aus Verlegenheit den Toast erwähnt hatte, überkam ihn jetzt ein richtiger Heißhunger darauf.

»Es gibt also auch Kirschblütenhonig. Klingt lecker«, nuschelte Furukawa.

Als der Kaffee gebracht wurde, bestellte Fukase noch zwei Portionen Toast dazu.

Er strich sich reichlich von der goldgelben Masse, die etwas heller in der Farbe war als beim Mandarinenhonig, auf sein Brot. Furukawa wollte den Honig offenbar erst probieren, denn er gab einen Klecks davon auf den weißen Tellerrand.

»Du bist bestimmt oft mit Hirosawa hier gewesen, oder?«, sagte Furukawa, den Blick auf den Teller geheftet.

Es war ein Schlag, den Namen aus Furukawas Mund zu hören, denn er hatte es sich vorbehalten wollen, das Gespräch auf seinen toten Freund zu lenken. Lapidar entgegnete er: »Nein, ich bin neulich zum ersten Mal zufällig hier gelandet.«

»Er hat gern Honig gegessen. Auch in seiner Wohnung stand ein riesiges Glas mit Honig, von dem ich mir etwas mit nach Hause genommen hatte. Es steht jetzt noch in meinem Kühlschrank«, erzählte Furukawa unbekümmert, während er mit der Teelöffelspitze Kreise mit dem Klecks Honig zeichnete. Fukase überlegte, ob er ihn fragen sollte, wie vertraut er mit Hirosawa gewesen sei. Ob er auch während der Studienzeit mit ihm zu tun gehabt habe, als Hirosawa bereits mit Fukase befreundet war. Aber die Frage erübrigte sich.

»Bist du jetzt schockiert? Hast du geglaubt, du wärst sein einziger Freund gewesen?«, fragte er ohne jeden Spott in der Stimme. Trotzdem schoss Fukase das Blut ins Gesicht.

»Das ist doch …«

… völlig absurd, dachte er, ohne den Satz laut zu beenden. Gib dem anderen nicht zu verstehen, er könne in dein Herz schauen. Fukase neigte den Kopf absichtlich zur Seite, als wollte er sagen: Ich weiß nicht, wovon du redest. Es war ihm in diesem Moment egal, ob es schlecht geschauspielert war. Doch Furukawa scherte sich nicht um Fukases kleines Schmierentheater, sondern sprach einfach weiter.

»Da du auf derselben Uni warst wie Hirosawa, erübrigt sich vielleicht die Frage, aber ich nehme an, dass du auf der Highschool, eher noch wahrscheinlich auf der Junior Highschool, mit zu den Besten in der Klasse gehört hast.«

Fukase bejahte weder seine Frage, noch verneinte er sie, sah dem anderen dabei aber fest in die Augen.

»Du hältst die meisten anderen für Idioten. Und trotzdem hast du eine ganz schwache Position in der Klasse. Fast alle blicken auf dich herab. Die Mädchen interessieren sich nicht für dich und halten dich einfach für einen Nerd. Hört doch auf, so einer bin ich doch gar nicht!, denkst du dir. In der Art lief das ab. Eine schreckliche Zeit…« Furukawa lachte bitter. »Da ich auf dem Land aufgewachsen bin, weiß ich sehr gut, wovon ich rede. Leute, die in dieser engen Welt die Rangordnung festlegen, schikanieren erst mal diejenigen, die klüger sind als sie selbst und bessere Noten haben. Ich habe das so satt. Ich will in einer Welt leben, die mir gerecht ist. Dort hätte ich Freunde, die mich verstehen, die genauso ticken wie ich.«

Es klang, als wüsste er ganz genau über Fukases Leben Bescheid. Am liebsten hätte Fukase sich die Ohren zugehalten. Eigentlich war doch alles ganz anders, versuchte er sich einzureden. Aber in dem Moment, als er ihm begegnete, nein, schon davor hatte er es gespürt: Sind wir beide, Furukawa und ich, uns nicht vollkommen ähnlich? Wir beide sind das, was man einen unscheinbaren Typen nennt. Es geht aber gar nicht nur ums Aussehen, sondern auch um die Persönlichkeit. Wir beide sind auf die gleiche Art und Weise gebrochen.

Furukawa schien über Fukase zu sprechen, redete aber in Wahrheit von sich selbst.

Aber… bäumte sich alles in Fukase auf. Vergleich mich nicht mit dir!

»Hast du das nicht geglaubt, als du Hirosawa zum ersten Mal begegnet bist? Endlich habe ich jemanden getroffen…«

Fukase erinnerte sich an den Tag, als sie sich im Seminarraum einander vorgestellt hatten. Gegenüber Tanihara, Murai und Asami, die vor Selbstbewusstsein strotzten, fühlte er sich klein und minderwertig, während er sich in Hirosawas Gegenwart etwas entspannte. Wäre er allerdings statt Hirosawa Furukawa dort begegnet, der doch die gleiche Ausstrahlung hatte wie er selbst, wäre er wahrscheinlich von ihm gelangweilt gewesen. Er hätte es bedauert, mit ihm seine Zeit verplempern zu müssen.

Hirosawa sah nicht schlecht aus, war außerdem hochgewachsen und besaß ein heiteres Gemüt. Trotzdem wirkte er nicht einschüchternd auf seine Mitmenschen. Er besaß dieses gewisse Charisma.

Fukase wusste, dass es einer Kapitulation gleichkam, aber er nickte zustimmend.

»Im Vergleich zu Hirosawa erschienen diese Typen, die mit aller Macht eine Rangordnung zu etablieren versuchen, völlig öde. Sie können einem eigentlich leidtun, weil es ihnen an jeglicher Gelassenheit fehlt. Total kleinkariert. Hirosawa hat nie schlecht über jemanden geredet, er hat alles und jeden akzeptiert. Er war wohl von Natur aus so.«

Fukase musste wohl oder übel abermals nicken. »Deshalb konnte Hirosawa den wahren Charakter eines Menschen erkennen. Ihn interessierten nicht die Typen, die sich als die Guten aufführen, aber trotzdem alles daran setzen, die anderen niederzumachen, sondern er wollte mit Leuten wie mir, die das wahre Wesen des Menschen durchschauen, befreundet sein.«

So weit waren Fukases Überlegungen zwar nie gegangen, aber er war sich immer sicher gewesen, dass er und Hirosawa auf einer Wellenlänge lagen.

Also auch dazu konnte er nur nicken.

Ein selbstzufriedenes Lächeln umspielte Furukawas Lippen, als er sich eine große Portion Honig auf den kalten Toast schmierte und herzhaft hineinbiss.

Fukase trank ebenfalls einen Schluck Kaffee, der inzwischen nur noch lauwarm war. Brüht man den Kaffee hier anders? Die vorigen Male war ihm gar nicht aufgefallen, dass die sogenannte Spezialmischung, die man hier servierte, einen leicht seifigen Geschmack auf der Zunge hinterließ, was im Clover nie der Fall gewesen war.

»… Was?«

Durch den Kaffee abgelenkt, hatte Fukase überhört, was Furukawa gerade vor sich hin murmelte.

»Das stimmt aber gar nicht, habe ich gesagt.«

Furukawa legte den Toast beiseite und stieß einen theatralischen Seufzer aus.

»Du bist mir sehr ähnlich. Wir könnten sicherlich gut miteinander auskommen … Würde dich das nicht ärgern, wenn man das zu dir sagt?«

Es ärgert mich nicht, aber macht mich auch nicht glücklich, wollte er erst antworten, aber da er nicht sofort reagiert hatte, wurde sein Schweigen als Bestätigung ausgelegt.

»Es ist doch so«, kam ihm Furukawa zuvor. »Man denkt, Hirosawa und man selbst wären sich sehr ähnlich in ihrem Wesen, aber das hat man sich bloß eingebildet.«

Fukase wusste nicht, ob er damit gemeint war oder ob Furukawa nur von sich selbst sprach.

»Ich war zwar nicht auf derselben Uni wie er, aber wir haben uns fast jeden Tag gesehen. Wir haben im selben Apartmenthaus gewohnt. Das soll nicht heißen, dass ich ihm wie ein Stalker gefolgt bin.«

Nachdem er und Hirosawa an verschiedenen Hochschulen einen Studienplatz bekommen hatten, waren sie, die beide aus der Provinz stammten, auf gemeinsame Wohnungssuche gegangen. Da das Hauptkriterium eine billige Miete war, hatte ihnen der Makler eine WG empfohlen.

»Hirosawa hatte nichts dagegen einzuwenden, aber ich habe ihm vorgeschlagen, es sein zu lassen. Ich meinte, es würde Probleme geben, sobald er eine Freundin hat.«

Dann hatten sie jedoch zwei einzelne Wohnungen im selben Gebäude gefunden, deren Miete den finanziellen Rahmen der elterlichen Unterstützung nicht sprengte. Die Fahrzeit zur Uni war zwar für Furukawa ein wenig lang, aber da alle anderen Bedingungen günstig waren, entschieden sie sich, in dasselbe Apartmenthaus einzuziehen.

Auf dem ersten Heimflug nach Ehime hatte Furukawa seinen Freund gefragt, welchen Typ Mädchen er bevorzugen würde.

»Bisher hatte ich nie mit ihm darüber gesprochen, da es für mich kein anderes Thema gab, als aus der Provinz herauszukommen. Zumal ich in der Klasse als der absolute Langweiler galt, habe ich mir nie vorstellen können, dass irgendeine Mitschülerin mich sympathisch finden könnte.«

Hirosawa habe daraufhin überraschend den Namen einer ehemaligen Klassenkameradin genannt. Sie hatte den zweiten Platz beim Schönheitswettbewerb auf dem Schulfest gewonnen, war also sehr hübsch. Er war mit ihr im zweiten Highschool-Jahr in einer Klasse gewesen.

»Setzt du die Latte nicht ein bisschen sehr hoch an? Selbst wenn du den Mut aufbringst, sie anzusprechen, erntest du bestimmt nur höhnisches Gelächter, sagte ich zu ihm. Da hast du wahrscheinlich recht, erwiderte Hirosawa und lachte bloß.«

Dieses Gesicht von Hirosawa kannte Fukase sehr gut. Damals, als Fukase sich darüber beklagt hatte, dass die Jobsuche nicht so gut laufe. Als er geschimpft hatte, dass irgend so ein gewiefter Überflieger die Stelle bekommen habe, hatte Hirosawa auch mit diesem »Da hast du wahrscheinlich recht« reagiert und dazu sanft gelächelt. Es war bestimmt die gleiche Reaktion, der gleiche Ausdruck.

Jedenfalls hatte Hirosawa offenbar bis zu dem Zeitpunkt, wo sie die Heimat verließen, seiner unerreichbaren Angebeteten sein Interesse nicht gestanden.

»Aber auch wenn man die Heimat verlässt und in die Großstadt zieht, können überraschende Begegnungen passieren«, erzählte Furukawa weiter.

Im dritten Studienjahr zu Beginn des Frühlings hatte er dieses Mädchen in einer Bäckerei entdeckt, als er zufällig daran vorbeiging. Sie stand hinter der Kasse und hatte ihn zuerst erkannt. »Furukawa-kun?«, sprach sie ihn an. Sie würde seit dem vorigen Monat hier jobben, erklärte sie ihm.

»Ich wusste zwar, dass sie an einem Tokioter Frauencollege angenommen worden war, weil es jemand auf der Abschlussfeier erwähnt hatte, aber so ein unverhofftes Wiedersehen passiert sonst immer nur in Liebesfilmen, dachte ich.«

Dass diese zufällige Begegnung dann tatsächlich eine Entwicklung wie im Drehbuch nahm, betraf jedoch nicht Furukawa. Am gleichen Abend berichtete er Hirosawa freudig aufgeregt, was sich an diesem Tag ereignet hatte. Furukawa kriegte sich gar nicht wieder ein, denn bei so einem unscheinbaren Menschen wie ihm war es seiner Meinung nach eher unwahrscheinlich, von anderen wiedererkannt zu werden. Und selbst wenn sie ihn erkannt hätte, wäre es nur allzu normal gewesen, dass sie ihn trotzdem ignorierte. Aber stattdessen hatte sie ihm zum Abschied zugerufen: »Lass dich mal wieder blicken!«

Früher hatte er sie lediglich für ein hübsches Mädchen gehalten, jetzt aber hielt er sie auch für einen freundlichen Menschen. Und obwohl sie in der Highschool sehr beliebt gewesen war, hatte er nie gehört, dass sie einen festen Freund hatte. Jetzt glaubte Furukawa, dass sie zu denjenigen gehörte, die den wahren Charakter eines Menschen erkannten, und dass sie diese blöde Rangordnung, die in den Provinzschulen herrschte, ebenfalls satthatte. Wenn sich ihm noch einmal eine Gelegenheit bieten sollte, so hoffte er, würden sie sich vielleicht so gar anfreunden können. Diese Gedanken hatte er jedoch Hirosawa gegenüber nicht erwähnt.

»Ach, sieh mal an! Was für Zufälle es doch gibt«, hatte Hirosawa in seinem üblichen gleichmütigen Ton geantwortet. Aber dann hatte er sich nach dem Namen und der Adresse der Bäckerei erkundigt.

»Ungefähr einen Monat später hat er mich eingeladen, mit ihm gemeinsam zu Abend zu essen. Da wir fast jeden Abend zusammen aßen, dachte ich mir lediglich, es sei vielleicht eine Riesensendung von seinen Eltern gekommen mit irgendwelchen Lebensmitteln vom Land. Aber dann war *sie* plötzlich da.«

Sie hatte eine Schürze umgebunden und bereitete in Hirosawas Zimmer ein Currygericht zu. Nachdem ihm Furukawa von der Begegnung mit ihr erzählt hatte, war Hirosawa gleich am nächsten Tag zur Bäckerei gegangen, hatte ihr seine Handynummer und E-Mail-Adresse gegeben und sich mit ihr verabredet.

»Es herrschte eine gute Stimmung zwischen ihnen, als wären sie schon seit der Highschool miteinander befreundet gewesen. Aber damals hatte ich das Gefühl, dass sie es mir zu verdanken hatten, und schaffte es, mich für die beiden aus ganzem Herzen zu freuen.«

Hirosawa hatte also tatsächlich eine Freundin gehabt. Eine ehemalige Klassenkameradin aus der Highschool-Zeit. Fukase fasste den Saum des Beutels, der vor seinen Füßen lag. Darin steckte das Jahrbuch des Abschlussjahrgangs. Furukawa hatte zwar ihren Namen nicht ausdrücklich genannt, aber Fukase hatte eine Ahnung, wie sie aussah und wie sie hieß. Auch ihre Stimme sollte er kennen, und wie ihre Wangen sich röteten, wenn die Rede auf Liebesdinge kam. Aber davon wollte er Furukawa gegenüber erst mal nichts erwähnen.

Er drängte sein Gegenüber, weiterzuerzählen.

Die beiden hatten Furukawa oft zu gemeinsamen Unternehmungen eingeladen, obwohl sie auch allein Spaß hätten haben können. Er war dann mit ihnen ins Kino, zu abendlichen Baseballspielen oder ins Aquarium gegangen. Er war stolz darauf gewesen, die beiden zusammengebracht zu haben, und er bildete sich ein, dass beide seine Gegenwart wünschten. Er glaubte, dass sie drei sich gut verstanden.

»Aber dann eines Abends …«

Ein halbes Jahr, nachdem sie sich angefreundet hatten, wollten sie zu dritt ins Kino gehen. Es war mitten in einer freien Woche mit aufeinanderfolgenden Feiertagen, sodass vor dem Kartenschalter eine riesige Schlange stand. Aber da sie sich angeregt über ihre Lieblingsschauspieler und dergleichen unterhielten, störte sie das nicht weiter. Normalerweise kauften sie Drinks und Süßigkeiten nach den Tickets, aber da sich dort eine ebenso große Traube gebildet hatte, schlug Hirosawa vor, er könne sich schon mal dort anstellen. Furukawa dachte, seine Freundin würde ihn begleiten, aber sie teilte Hirosawa bloß ihre Wünsche mit und blieb mit Furukawa in der Schlange vor der Kinokasse.

Er hatte keinen Grund, ihr Verhalten misszuverstehen, sie teilte sich einfach mit ihrem Freund die Aufgaben und wartete neben Furukawa. Sie unterhielt sich mit ihm wie üblich, fragte ihn, ob er in letzter Zeit ein interessantes Buch gelesen habe, worauf er genauso wie immer reagierte. Aber plötzlich hatte er das Gefühl, beobachtet zu werden. Es waren argwöhnische Blicke, die sich auf ihn richteten; verstohlene, flüchtige Blicke, gleich aus mehreren Richtungen. Aber als er sich umschaute, sah ihn niemand direkt an. Dann hörte er in der Schlange jemanden mit einem spöttischen Unterton »Kann nicht sein!« flüstern. Furukawa holte tief Luft und überlegte, wann er sich zuletzt derart beklommen gefühlt hatte.

»Die sind doch kein Paar!«, hörte er nun und erkannte den Grund für das Kichern um ihn herum. Irgendwelche Leute, die über sie beide herzogen und sich darüber ausließen, welche Art von Beziehung sie wohl miteinander hatten. Mit einem gezwungenen Lächeln versuchte er ihr zu verstehen zu geben, dass die anderen um sie herum sich gerade über sie lustig machten, aber sie schaute lediglich verwundert zurück.

Oolong-Tee sei ihm doch lieber als Cola, sagte er zu ihr. Er wolle sich zu Hirosawa gesellen, um zu schauen, was sie noch für Getränke anboten. Damit entfernte er sich aus der Schlange, ohne ihre Antwort abzuwarten, um mit Hirosawa den Platz zu tauschen.

Die Kellnerin füllte ihre beiden Wassergläser nach. Furukawa leerte seines in einem Zug, aber auch Fukases Kehle war wie ausgedörrt, obwohl er nur zugehört hatte.

Im Stillen hatte er schon längst sich selbst an Furukawas Stelle gesehen.

»Plötzlich wurde mir bewusst, dass ich allein war. Hirosawa nahm mich ständig mit zu seinen Verabredungen, aber nur als Anstandswauwau, weil er sich ihr gegenüber zu unsicher gefühlt hätte, wenn sie unter sich geblieben wären. Zu dritt wurden wir von den anderen lediglich als Clique wahrgenommen, nicht mehr.«

Fukase nickte zustimmend. Furukawa stieß abermals einen tiefen Seufzer aus.

»Sag mir doch bitte, dass es so nicht stimmt. Ich habe ja schon im Voraus geahnt, dass ich dir bei unserem Treffen so beschämende Dinge offenbaren würde.«

Furukawa wirkte nicht aufgebracht. Eher lag in seinem Blick etwas Flehendes. Doch Fukase begriff nicht, was der andere von ihm erwartete.

»Du weißt inzwischen über Hirosawa besser Bescheid. Dazu hast du einige Leute befragt, unter anderem auch Okamoto, den Kapitän des Volleyballteams. Ich bin gleich zu Anfang unseres Gesprächs ehrlich zu dir gewesen, nicht wahr?«

Aha! Fukase dämmerte endlich, worauf der andere hinauswollte. Er wandte den Blick ab, um Furukawa nicht mehr direkt in die Augen schauen zu müssen, was dieser aber anscheinend als Zeichen deutete, dass er nun endlich begriffen hatte. Er hörte, wie Furukawa die Luft einsog, bevor er weitersprach. Am liebsten hätte sich Fukase die Ohren zugehalten.

»Keiner hätte sich darüber mokiert, wenn Hirosawa

mit seiner Freundin allein unterwegs gewesen wäre. Niemand machte sich über die beiden lustig oder tuschelte, was sie wohl für eine Beziehung haben mochten. Das heißt, er und ich rangierten nicht auf einer Stufe. Nur Hirosawa mit seiner sozialen Ader hat mich als seinesgleichen behandelt. Ich habe mir eingebildet, dass ich an seiner Seite an Ansehen gewinnen würde, aber in Wahrheit habe ich das Wohlwollen desjenigen, der tatsächlich ein Anrecht darauf hat, missbraucht. Somit habe ich stattdessen ihn auf eine niedrigere Stufe heruntergezogen. Das haben die Außenstehenden von Anfang an so wahrgenommen, nur ich habe das falsch verstanden.«

Furukawas Stimme zitterte. Ob er allerdings weinte, konnte Fukase nicht erkennen. Sein eigenes Sichtfeld verschwamm, und er verwischte die auf den Tisch fallenden Tropfen, als würde er Spuren vom Glas entfernen.

»Deshalb habe ich Hirosawa erlöst. Ihm hässliche Dinge an den Kopf geworfen, damit er mich nicht bemitleidet. Aber ich hätte nie gedacht, dass es das Letzte wäre, was ich ihm sagen würde.«

»Und was …?«

»Mit einem Heuchler wie dir will ich nichts mehr zu tun haben.«

In diesem Moment ertönte ein lautes Klirren, und Fukase meinte für einen Moment, er könnte Hirosawas Herz zerspringen hören. Aber die Kellnerin hatte ein Glas beim Abräumen der Tische fallen lassen. Fukase schoss der absurde Gedanke durch den Kopf, ob sie absichtlich diesen Krach veranstaltete, um die Umsitzenden abzulenken, weil die neugierig zu den beiden Trauerklößen herüberschielten, die unter Tränen tiefgreifende Gespräche führten.

Womöglich ist ihr das Glas aus der Hand gerutscht, weil sie selbst von dieser peinlichen Szene abgelenkt war, dachte er. Aber er und Furukawa scherten sich nicht um die Blicke der Tischnachbarn.

»Wieso hast du eigentlich Hirosawas Eltern nach unseren Kontaktdaten gefragt?«

»Ich wollte erfahren, wie Hirosawa sein letztes Jahr verbracht hat.«

Auch darin ähnelte er ihm. Fukase rieb sich kräftig die Augen und nahm sein Gegenüber nun in anderem Licht wahr: Nachdem Furukawa sich mir gegenüber offenbart hat, empfinde ich keine Abneigung mehr ihm gegenüber, was auch daran liegen mag, dass ich selbst meine Rüstung abgestreift habe. Nein, nicht abgestreift, vielmehr ist sie zerbrochen. Ich würde mich gern über ganz normale Dinge mit ihm unterhalten. Welche Filme magst du? Und welche Bücher? Magst du Kaffee? Es würde vielleicht sogar ein ganz anregendes Gespräch werden. Eventuell war es ja Furukawa, der Hirosawa dazu gebracht hat, Spaß an Rakugo zu finden.

Aber vorher gab es noch etwas, über das er Gewissheit erlangen musste.

»Warst du eigentlich enttäuscht, dass er einen Freund wie mich hatte? Vor allem weil nun wieder so ein ähnlicher Typ auftauchte, nachdem du dich von ihm zurückgezogen hattest? Hat dich das nicht wütend gemacht?«

Diesmal war es Furukawa, der schweigend nickte.

»Und, warst du es, der die Briefe geschickt hat?«

»Briefe?« Furukawa runzelte die Stirn.

Er macht mir nichts vor. Jetzt, wo das Gespräch soweit gekommen ist, braucht er nicht mehr so zu tun, als ob er nichts weiß. Ja, aber wenn er wirklich keine Ahnung hat …

Dann war sie es wohl, die die Schmähbriefe geschickt hat.

»Ach, schon gut. Es gab jemanden, der uns wegen Hirosawa schriftlich kontaktiert hat, aber wir kennen den Verfasser nicht … Könnte es seine Freundin Mizuki Kida sein?«

»Wie?« Furukawa schaute Fukase nun völlig entgeistert an. »Was redest du da?«

Als Kind war er überzeugt davon gewesen, dass auch Lehrer in den Sommerferien eine Pause machen würden. Aber das stimmte absolut nicht, bemerkte Fukase wieder einmal, als er mit dem Werkzeugkasten in der Hand über den gut gefüllten Mitarbeiter-Parkplatz der Narasaki Highschool ging.

Nach dem Treffen mit Furukawa hatte er am nächsten Morgen Asamis Kollegin Kida von der Firma aus angerufen. Mit gedämpfter Stimme teilte er ihr mit, dass er sie etwas fragen wolle, worauf sie ihm vorschlug, zu einer günstigen Zeit am Nachmittag in der Schule vorbeizuschauen. Sie verabredete ebenfalls im Flüsterton mit ihm, sie würde dem Sekretariat Bescheid geben, dass der Drucker nicht richtig funktioniere.

Asami habe heute außerhalb etwas zu tun und sei nicht in der Schule, fügte sie in sachlichem Ton hinzu.

Fukase grüßte der Form halber durchs Guckfenster des Schulsekretariats und begab sich sofort in den Druckerraum, aber Kida war nicht da, obwohl er ihr vor dem Verlassen der Firma per SMS sein Kommen angekündigt hatte. Es war auch kein anderer Lehrer in der Nähe. Das Lehrerzimmer war zwar gleich nebenan, aber Fukase holte sich den Rohrstuhl aus der Ecke und setzte sich, um auf Kida zu warten.

Bei seiner Ankunft am Flughafen Matsuyama hatte er das Jahrbuch der Abschlussklasse, das er sich von Hirosawas ehemaliger Schulkameradin Mayu Ueda ausgeliehen hatte, bereits durchgeblättert. Er hatte sich eigentlich nur vergewissern wollen, dass Taishi Furukawa darin zu finden war. Da er von Okamoto nicht erfahren hatte, welche Klasse Hirosawa und Furukawa gemeinsam besucht hatten, schaute er die Gruppenfotos der Reihe nach durch. Klasse 1 waren vermutlich Schüler aus dem naturwissenschaftlichen Zweig, denn sie bestand zu achtzig Prozent aus Jungen. Aber hier entdeckte er weder Hirosawas noch Furukawas Namen. In Klasse 2 waren die Hälfte Mädchen. Hier könnte auch Hirosawa zu finden sein, vermutete er, als er aber die Reihen durchging, entdeckte er zunächst in der Mitte ein anderes bekanntes Gesicht.

»Mizuki Kida« lautete der Name, der darunter stand. Es war zweifellos Asamis Kollegin, die Japanisch-Lehrerin. Und auf derselben Seite gab es auch ein Foto mit Hirosawa. Seine ehemalige Klassenkameradin war also die jetzige Kollegin von Asami. Sie war erst seit Frühjahr dieses Jahres an der Narasaki Highschool angestellt, wie er wusste. Falls sie inzwischen über Asami den wahren Hintergrund zu Hirosawas Unfall herausbekommen hatte, wäre dies eine Erklärung dafür, weshalb ihnen erst drei Jahre später diese Schmähbriefe geschickt wurden.

Was für eine Beziehung mochte Kida zu Hirosawa gehabt haben? Von Furukawa hatte er erfahren, dass Hirosawa sich zu Beginn des Studiums mit einer ehemaligen Klassenkameradin angefreundet hatte. Es war also denkbar, dass es sich dabei um Kida gehandelt hatte. Allerdings hielt er es für unwahrscheinlich, dass sie Zweite bei einer Misswahl geworden sein sollte, auch wenn sie auf dem Foto ganz nett aussah. Und wenn er sich die beiden als Paar vorstellte, kam er zu dem Schluss, dass sie doch nicht so recht zu Hirosawa passte.

Vielleicht hatte Kida ihn aber auch getäuscht und nur so unbeteiligt getan, weil sie ihm insgeheim Informationen zu Hirosawas Unfall zu entlocken versuchte.

Aber, ermahnte er sich, er musste sich jetzt auch nicht auf Biegen und Brechen eine Theorie zusammenreimen, in der Kida die Täterin war, so als würde man nicht passende Teile gewaltsam in ein Puzzle einfügen.

Taishi Furukawa jedenfalls hatte seine Frage, ob Mizuki Kida die Freundin von Hirosawa gewesen sei, geradewegs verneint und verblüfft reagiert, wie er auf diesen Namen gekommen sei. Furukawa wusste zwar, dass Asami Lehrer an einer Highschool war, aber er hatte über ihn nicht so viel in Erfahrung bringen können wie über Fukase. Deshalb war ihm auch nicht bekannt, dass Asami und Kida Kollegen an der Schule waren. Vor allem wusste er gar nichts über Kidas Leben nach dem Highschool-Abschluss.

Furukawa begründete es damit, dass es in einem Jahrgang sieben Klassen gewesen seien, Fukase wusste jedoch aus eigener Erfahrung, dass man sich auch bei weniger Parallelklassen schnell aus den Augen verlor.

Aber vielleicht haben Hirosawas Freundin und Kida ja Kontakt zueinander, hatte Furukawa überlegt. Auch wenn sie in der Oberschulzeit nicht unbedingt eng befreundet waren, gab es nicht viele unter ihnen, die zum Studieren in die Kantō-Region übersiedelten, und da könnte es schon sein, dass Gefährten aus der gleichen Heimatregion regelmäßige Treffen veranstalteten.

»Ich selbst bin zwar noch kein einziges Mal eingeladen worden, aber Hirosawa schon. Nur, vielleicht hat er aus Rücksicht auf mich nie daran teilgenommen«, hatte ihm Furukawa mit einem wehmütigen Lächeln erzählt.

»Kawabe aus Klasse 5.« Diesen Hinweis hatte Furukawa ihm noch gegeben, bevor er sich verabschiedete und ging.

Fukase war sich nicht sicher, ob er ihn noch einmal treffen wollte. Nachdenklich sah er ihm nach, bis er außer Sichtweite war.

Auf einen Schlag hatte er neue Informationen, die er seiner Sammlung an Sätzen über Hirosawa unbedingt hinzufügen wollte. Als er zu Hause sein Notizbuch und das Jahrbuch auf den Tisch legte, schlug er als Erstes die Seite mit der Klasse 5 auf. Er suchte nach dem Namen »Kawabe«.

Als er ihn entdeckte, war er wie vom Donner gerührt. Lange sah er das Bild an, ließ sich dann auf den Rücken fallen und starrte an die Decke.

Was hatte das jetzt zu bedeuten?

War er nicht hergekommen, um es herauszufinden? Fukase erhob sich vom Rohrstuhl und ließ seinen Blick über den Drucker gleiten. Erst jetzt bemerkte er, dass auf der Abdeckplatte ein Zettel klebte, auf dem mit pinkfarbener Textmarker-Schrift *Defekt* stand. Er war davon ausgegangen, dass die Druckerstörung lediglich ein Vorwand für sein Kommen hatte sein sollen, aber als er die Frontabdeckung öffnete, fand er einen Papierstau vor. Hatte Kida absichtlich zerknittertes Papier in den Drucker getan? Mit diesem Gedanken zog er das stecken gebliebene Blatt heraus.

Kida könnte ja auch eine Komplizin sein. Der anonyme Brief, in dem er als Mörder bezeichnet wurde, bestand nur aus einem Blatt, in Asamis Fall waren es mehrere Kopien, die an seinem Wagen klebten. Vielleicht waren sie mit diesem Drucker erstellt worden? So weit ging also sein Argwohn schon … Er schüttelte den Kopf. Heutzutage kann man doch auch mühelos zu Hause, wenn man einen Computer plus Drucker besitzt, Hunderte solcher Schmähbriefe anfertigen.

Hatte sie es allein gemacht?

Er hörte ein Klopfen an der Tür, die daraufhin langsam geöffnet wurde. Kida spähte umher, bevor sie eintrat.

»Entschuldigen Sie bitte! Die Schüler aus der Kalligrafie-Klasse haben mir gesagt, sie fänden einen Schlüssel nicht.«

Kidas Gesicht sah erhitzt aus, anscheinend war sie durch das gesamte Gebäude gerannt.

»Ach ja, der Drucker. Haben Sie ihn repariert? Als ich ihn heute Morgen benutzen wollte, hatte jemand einen Papierstau verursacht. Ihr Anruf, Herr Nishida, kam genau richtig.«

Er konnte sich nicht vorstellen, dass sie ihm bloß etwas vormachte.

»Hm, wollen Sie vielleicht einen Schluck kalten Gerstentee?«

Ohne seine Antwort abzuwarten, drehte sich Kida auf dem Absatz um.

Fukase konnte sie gerade noch mit einem »Nicht nötig!« zurückhalten.

»Na schön, wie Sie wollen …«

Von Kida aufgefordert, wieder Platz zu nehmen, befanden sie sich nun an dem länglichen Arbeitstisch einander gegenüber. Wie bei einem Verhör, dachte er.

»Diese angeklebten Zettel am Wagen, haben Sie etwas darüber herausgefunden?«

»Nein, noch nicht. Aber heute geht es nicht um Ihren Kollegen, Herrn Asami.«

Auf der Fahrt hierher hatte sich Fukase überlegt, wie er das Gespräch am besten beginnen könnte. Kida hat keine Ahnung, worum es geht. Wenn ich mich verplappere und die wahren Gründe für Hirosawas Unfall preisgebe, würde ich Asamis Stellung gefährden.

Aber…, beruhigte er sich selbst, Kida ist nicht die Erste, von der ich etwas über ihn erfahre. Es könnte genauso verlaufen wie bisher. Ich will doch sowieso bloß eine einzige Sache von ihr wissen.

»Können Sie mir sagen, was für ein Mensch Yoshiki Hirosawa war?«

Kida schaute ihn überrascht an.

»Hirosawa«, flüsterte sie, während sie verwundert den Kopf neigte. »Sie meinen den Hirosawa, der den tödlichen Unfall hatte?«

»Genau.«

»Ja, aber woher kennen Sie ihn denn, Herr Nishida?«

Wahrscheinlich bin ich nur hergekommen, um überflüssige Informationen von mir zu geben. Fukase bereute es, sich mit Kida getroffen zu haben.

Die Grundschüler waren ja noch sehr klein, dachte er bei sich.

Er erblickte eine ähnliche Szene wie neulich. Ein Baseballmatch, nur spielten diesmal Erwachsene. Er kam zu dem öffentlichen Sportplatz, wo die Bombers trainierten, zu deren Mannschaft Tanihara gehörte und bei denen auch Hirosawa einige Male mitgespielt hatte.

Tanihara war nicht da, aber das hatte er vorher schon

gewusst. Als er Tanihara anrief, um Trainingszeiten und -plätze zu erfragen, erwiderte dieser mit verhältnismäßig munterer Stimme, er könne ja nicht ewig bezahlten Urlaub nehmen und versuche sich gerade zusammenzureißen, um wieder zur Arbeit zu gehen. Tanihara beschwerte sich außerdem darüber, dass ihm zwar genehmigt wurde, sein Auto auf dem firmennahen Parkplatz abzustellen, aber die monatliche Ausgabe für die Miete würde ihn erheblich schmerzen. Trotz dieses Abzugs dürfte sein Nettogehalt viel höher sein als mein monatlicher Verdienst, dachte Fukase.

Auf die Frage, ob er etwas in Erfahrung gebracht habe, wiegelte Fukase ab, dass er in Kürze allen Bericht erstatten könne.

Ein Mann, der vom Körperbau zu schließen offensichtlich auf der Catcher-Position spielte, lief vom Spielfeld auf die Bank zu, auf der Fukase saß. Es war Hiroyuki Ikeya, ein Teamkollege von Tanihara. Fukase hatte Tanihara erzählt, dass er das Team aufsuchen wolle, und ihn gebeten, mitzukommen. Verwundert hatte Tanihara abgelehnt, er könne ihm doch selbst alle Fragen beantworten. So weit, um sich in die Nähe des Unfallortes zu begeben, war er dann wohl doch noch nicht wiederhergestellt, stellte Fukase fest.

»Sorry, dass du warten musstest. Tanihara hat mir Bescheid gesagt.«

Ikeya bedachte Fukase mit einem freundlichen Lächeln und setzte sich neben ihn.

»Du wolltest mich was fragen? Über Tanihara?«

»Das auch. Aber zuvor möchte ich gern etwas über Hirosawa erfahren. Ich erkundige mich derzeit bei allen möglichen Leuten über ihn, um herauszufinden, was für ein Mensch er war. Als ich von einem seiner alten Schulfreunde hörte, dass er als Jugendlicher auch Baseball gespielt hat, wollte ich gern wissen, wie er hier bei euch so war.«

»Aha. Ja, mit Sicherheit war er ein exzellenter Batter und Pitcher. Wenn er weiter Baseball gespielt hätte und nicht in das Volleyball-Team eingetreten wäre, hätte er es wohl bis in die großen Stadien geschafft. Er hätte sich auf dem College gleich dem Team anschließen sollen, dann wäre er bestimmt sofort als regulärer Spieler aufgenommen worden. Ein Jammer! Wieso hat er nicht weitergemacht? Er hatte wohl auch so eine Art Zusammenbruch wie Tanihara?«

Ikeya stellte eine Frage nach der anderen. Fukase hatte noch nie von einem Zusammenbruch Taniharas gehört, und Hirosawa hatte während des Studiums keinen Sport getrieben, weil er nicht dazu aufgefordert worden war, vermutete er. Nach dem, was er bisher über ihn gehört hatte, kam Fukase zu der Einsicht, dass Hirosawa sich nur mit dem beschäftigt hatte, was sich für ihn auf natürliche Weise ergab: seien es Ereignisse, die ihn unmittelbar betrafen, oder Menschen, die direkt auf ihn zugingen.

»Er mochte zwar Baseball, aber vielleicht fehlte einfach nur der Anstoß dazu. Es hat ihm doch Spaß gemacht, oder?«, fragte Fukase.

»Natürlich. Ich habe ihm gesagt, er solle jede Woche teilnehmen, aber er wollte nur kommen, wenn er als Ersatzspieler gebraucht würde. Wahrscheinlich hat er auf Tanihara Rücksicht genommen. Tanihara hat sich zwar nicht dazu geäußert, aber vielleicht frustrierte es ihn, wenn Hirosawa so herausragend spielte. Hirosawa war so ein Typ, der so etwas sofort spürte.«

Fukase hatte das Gefühl, er müsse Ikeya die Hand drücken und sich herzlich bei ihm bedanken. War es, weil er sich immer noch durch seine Freundschaft mit Hirosawa als dessen Vertreter wähnte? Er freute sich zwar, aber auf der anderen Seite fühlte er sich auch betrübt. Vielleicht war es ja nicht Tanihara, auf den Hirosawa Rücksicht genommen hatte, sondern er selbst, Fukase. Obwohl sich Furukawa damals von ihm losgesagt hatte und Freunde ihn zum Baseballspielen einluden, hatte er abermals einen introvertierten Langweiler am Hals, der ihn mit Beschlag belegte.

»Ach, was ich noch fragen wollte …« Ikeyas Miene wurde ernst. »Wegen Tanihara … Ich dachte zuerst, er wäre betrunken auf die Gleise gefallen, aber dann habe ich gehört, jemand habe ihn gestoßen. Vorsätzlich. Weiß man, wer der Täter ist?«

Fukase schüttelte nur stumm den Kopf.

»Er ist vermutlich immer noch ziemlich verstört und will erst mal eine Weile nicht in diese Gegend fahren, oder? Hätten wir ihn mit dem Auto nach Hause fahren lassen, wäre es nicht passiert.«

»Wie?«

Tanihara war an jenem Abend mit dem Auto zum Stadion gekommen. Aber als sie nach dem Spiel noch in ihrer Stammkneipe feiern waren, hatte er kein alkoholfreies Bier bestellt, sondern ganz normales getrunken. Alle waren davon ausgegangen, er würde sein Auto auf dem Parkplatz stehen lassen und mit der Bahn nach Hause fahren. Als sie jedoch die Kneipe verließen, wollte er unbedingt in Richtung Stadion laufen, wo sein Auto geparkt war.

»Er hat sich zwar mehr zurückgehalten als sonst, aber Suff ist Suff, und wenn etwas passieren würde, dann wäre die gesamte Runde dafür mitverantwortlich gewesen. Wir hatten nur eine vage Vermutung, weshalb er ausgerechnet an diesem Tag, wo es etwas zu feiern geben könnte, mit dem Auto gekommen war. Immerhin konnten wir ihn am Ende davon überzeugen, dass er sich besser nicht ans Steuer setzen sollte.«

Es fiel zwar kein Name, aber Ikeya hatte bestimmt an Hirosawas Unfall gedacht. Hätte er auch sonst Tanihara überreden können, wenn es diese Geschichte nicht gegeben hätte? Fukase ging sogar so weit zu denken, ob es sich vielleicht ganz anders entwickelt hätte, wenn einer wie Ikeya nach Madarao Kogen mitgefahren wäre. Jedenfalls schien Tanihara nichts aus der Vergangenheit gelernt zu haben. In Fukase brandete Wut auf, sein Herz pochte.

»Weshalb ist Tanihara denn überhaupt mit dem Auto gekommen?

»Er wollte wohl unser Maskottchen nach Hause bringen. Die meisten von uns wohnen hier in der Gegend, aber Tanihara und sie kommen immer mit der Bahn.«

Fukase erinnerte sich daran, dass Murai in Taniharas Wohnung von einer jungen Frau gesprochen hatte.

»Na ja, als sie ihn dann dazu überredete, willigte Tanihara ein, auch mit der Bahn nach Hause zu fahren.«

Ikeya und seine Mitspieler hatten es demnach wohl nicht geschafft, Tanihara zu überreden.

»Wenn er sie auf der Bahnfahrt begleite, könne sie ihm bei sich einen Kaffee zum Ausnüchtern machen, hat sie ihm versprochen. Na ja, da hat er natürlich zugestimmt, mit ihr zusammen zu fahren.«

Daraufhin waren beide zum Bahnhof gegangen, wo Tanihara auf die Gleise gestoßen wurde.

»Hast du denn danach seine Begleiterin nicht gefragt, was da genau passiert ist?«

»Keiner von uns hat ihre Adresse oder Handynummer.«

Er erzählte Fukase, dass die junge Frau seit dem Frühjahr von einer Ecke des Stadions aus ihr Training beobachtet hatte. Als Tanihara sie in seiner direkten Art ansprach, sagte sie, dass ihr Baseball gefalle und sie einfach nur gerne zuschaue. Daraufhin hatte man sie auf der Stelle zum Maskottchen des Teams erkoren, doch als man sich nach ihren Kontaktdaten erkundigte, erwiderte sie leicht verlegen, dass sie ihren Mobilfunkvertrag gerade gekündigt habe. Als Tanihara nicht locker ließ und entgegnete, dass keiner auf eine solche Ausrede reinfalle, stammelte sie verschämt, dass sie schon einmal gestalkt worden sei, worauf Tanihara sie nicht weiter bedrängte.

»Sie war immer total nett. Hat uns zweimal im Monat Sandwiches mitgebracht, aber seit dem Vorfall ist sie nicht mehr gekommen. Hoffentlich fühlt sie sich nicht schuldig, weil sie es schließlich gewesen ist, die ihn zum Bahnfahren überredet hat.«

Ikeya schien sich wahrhaftig um die junge Frau zu sorgen, aber Fukase hegte einen anderen Verdacht.

War sie es, die Tanihara gestoßen hatte?

»Hör mal, kann ich dir etwas zeigen?«

Fukase zog das Jahrbuch aus dem Beutel, der zu seinen Füßen lag.

Ikeya machte ein verwirrtes Gesicht, schien aber bereit, sich das Jahrbuch anzuschauen.

»He, wem gehört das?«

Ohne zu antworten, schlug Fukase die Seiten mit den Fotos der Klasse 5 auf.

»Erkennst du hier in der Gruppe euer Maskottchen wieder?«

Ikeya warf Fukase einen irritierten Blick zu, schaute dann aber neugierig in das Jahrbuch. Er fuhr mit dem Zeigefinger die nummerierte Reihenfolge der Abgebildeten entlang. Plötzlich hielt er inne.

»Da ist sie!«

Fukase bedeckte sein Gesicht mit beiden Händen, als würde er diese Worte wie in Zeitlupe auffangen wollen.

Fukase setzte sich auf seinen Stammplatz ganz hinten an der Theke.

Der Wirt war nicht da und auch keine anderen Gäste. Als er das Café Clover nach etwa einem Monat wieder betrat, fühlte es sich an, als läge sein letzter Besuch ein halbes oder auch ein ganzes Jahr zurück. Aber als er über den Stuhl und die Theke strich, stellte sich die alte Vertrautheit sofort wieder ein.

Heute Abend war die Café-Ecke für Fukase reserviert.

Als er die Wirtin angerufen hatte, ohne eine Erklärung über die Lippen zu bringen, weshalb er sich so lange nicht hatte blicken lassen, hatte sie mit einem erleichterten Seufzen reagiert:

»Ach, das freut mich aber! Ich dachte schon, Sie kommen gar nicht mehr zu uns. Es tut mir ja so leid.«

Er hatte keine Ahnung, wofür sie sich bei ihm entschuldigen musste. Angenommen, die Wirtin hätte erfahren, dass er nicht mehr mit Mihoko zusammen war, tat es ihr dann etwa leid, dass sie die beiden mit den Kinokarten zusammengebracht hatte? Das wäre doch eine völlig irrige Annahme.

Bis vor Kurzem hätte er reflexartig beteuert, das mache doch nichts, ohne überhaupt den Grund für ihre Entschuldigung zu kennen. Aber in den letzten paar Wochen hatte er begriffen, dass man auf diese Weise keine ehrliche Verständigung zuwege bringt.

»Ich weiß gar nicht, wofür Sie sich bei mir entschuldigen wollen, könnten Sie mir mal auf die Sprünge helfen?

»Nun ja … ich meine die Sache mit dem Stalker.«

Das Wort aus dem Mund der Wirtin zu hören, hätte er nicht erwartet.

»Mihoko wollte das Café ›aus der Geschichte heraushalten‹, wie sie sagte, und hat deshalb Ihnen gegenüber nichts davon erwähnt. Dieser Stalker, der es auf Mihoko-chan abgesehen hat und ihr in der Bäckerei auf die Pelle gerückt ist, war doch tatsächlich jemand, der hier bei uns des Öfteren einkehrte. Ich habe davon überhaupt nichts mitgekriegt, aber als dieser Kerl mich eines Tages fragte, wer der Gast auf dem hintersten Stuhl an der Theke sei, nannte ich ihm ahnungslos Ihren vollen Namen. Er sagte mir, Sie hätten ihm schon mal gesagt, wie Sie heißen, und es wäre ihm peinlich, Sie persönlich noch einmal danach zu fragen. Da habe ich mir natürlich Sorgen gemacht, als Sie nicht mehr zu uns kamen, dass er Sie unangenehm belästigt haben könnte.«

»Aber nein, mir ist nichts passiert.«

»Na, ein Glück!«

Der erleichterten Wirtin, deren Stimme eine Oktave höher rutschte, erklärte er, dass er eine Zeit lang nicht ins Café kommen konnte, weil er dienstlich unterwegs gewesen sei, und bat sie, ihm die komplette Café-Ecke für eine Stunde zu reservieren. Sie meinte, er könne den ganzen Abend über das Café für sich allein haben, worauf er sich vielmals bedankte und auflegte. Hinterher beschlich ihn ein unheimliches Gefühl.

Ein Stalker? Als Mihoko ihm den Schmähbrief zeigte, erwähnte sie doch, dass es solche aufdringlichen Typen gebe, die den weiblichen Angestellten Briefe und Geschenke an den Arbeitsplatz schickten. Da Mihoko jedoch selbst kein Opfer solcher Nachstellungen zu sein schien, hatte er es nicht weiter ernst genommen und schließlich einfach vergessen.

Sollte ich mich dermaßen geirrt haben? Fukase erinnerte sich, dass der anonyme Brief an die Adresse von Mihokos Arbeitsplatz, die Bäckerei Grimm, gerichtet war.

War die Bezeichnung *Mörder* vielleicht gar nicht als Anschuldigung gemeint, sondern lediglich als bösartige Verleumdung? Jemand, den keine Schuldgefühle quälten, würde so ein niederträchtiges Pamphlet kurzerhand zerknüllen und lachend in den Papierkorb werfen. Hatte es wirklich nichts weiter zu bedeuten? Trotzdem hatte Fukase sich aufgrund des schrecklichen Ereignisses in seiner Vergangenheit zu einer Handlung bekannt, die gewissermaßen einem Mord gleichkam.

In seinem Bemühen, Hirosawas Leben zurückzuverfolgen, war er nun auf dessen Freundin gestoßen. Sie würde sicher ablehnen, wenn er sie schriftlich einfach nur um ein Treffen bitten würde. Deshalb erwähnte er sämtliche Personen, die er in den letzten Tagen aufgesucht hatte. Das Ende seiner E-Mail lautete:

Ich möchte einfach nur wissen, was für ein Mensch Yoshiki Hirosawa war.

Er wollte sie nicht beschuldigen, die Schmähbriefe verfasst und Tanihara auf die Gleise gestoßen zu haben. Er war hergekommen in dem Wunsch, dass sie hier erscheinen würde und begriff, wie ehrlich er sich mit dem schrecklichen Ereignis auseinandersetzte.

Auch wenn der Raum heute nur für Fukase allein reserviert war, würde die Wirtin sie zu ihm durchgehen lassen.

Die Tür öffnete sich langsam, und Mihoko Ochi trat ein.

Einen Stuhl zwischen ihnen freilassend, setzte sich Mihoko auf die Kante ihres Hockers. Bevor sie Platz genommen hatten, waren sich ihre Blicke flüchtig begegnet, aber jetzt hielt sie den Kopf strikt gesenkt. Der leichte Duft von Butter, der sie umgab, wies darauf hin, dass sie immer noch in der Bäckerei Grimm arbeitete und sie nicht weiter weg gezogen war, was er erleichtert zur Kenntnis nahm.

»Möchtest du einen Kaffee?«, fragte Fukase.

Mihoko lehnte kopfschüttelnd ab.

»Ich möchte, dass du dir das anschaust«, bat er sie.

Der Umschlag war unbeschriftet. Mihoko sollte das Heft aufschlagen, ohne zu wissen, um was für eine Aufzeichnung es sich handelte. Vorsichtig schlug sie den kaffeebraunen Einband auf und fing langsam an zu blättern.

Die Seiten waren vollgeschrieben mit Sätzen, die mit *Yoshiki Hirosawa …* begannen.

Mihoko atmete tief durch, bevor sie Fukase anschaute. Er wusste nicht, was ihr in dem Moment durch den Kopf ging. Sie starrte ihn unverwandt an, ohne dass er ihrer Miene entnehmen konnte, ob sie gleich in Tränen ausbrechen oder zornig reagieren würde.

»An dem Abend, als ich dich zum letzten Mal gesehen habe, erzählte ich dir von einem Studienfreund namens Yoshiki Hirosawa. Obwohl ich damals in den Bergen nichts unternommen habe, um das Unglück abzuwenden, betrachte ich mich dennoch als seinen engsten Freund, der ihn verstand wie keiner sonst und für den sein Tod das Traurigste auf der Welt ist.«

Mihoko schlug die Augen nieder, und ihr Blick glitt wieder über das Notizbuch.

»In Wahrheit aber habe ich gar nichts begriffen. Ich kenne nur den Hirosawa aus der Zeit, die er mit mir verbracht hat. Oder nicht mal das, denn ich habe erkannt, dass ich mir überhaupt keine Gedanken darum gemacht habe, was er dabei gefühlt haben mochte. Bis zu jenem Moment, wo ich als Mörder bezeichnet wurde. Bis ich erfuhr, dass die anderen, die auf dem Ausflug auch dabei waren, ebenfalls beschuldigt wurden, war mir gar nicht klar gewesen, dass ich nichts über Hirosawa wusste.«

Mihoko saß wie versteinert. Aber er konnte erkennen, dass ihre Augen nun nicht mehr auf die Zeilen im Notizbuch gerichtet waren.

»Dennoch gab es für mich nur den Hirosawa, den ich als Freund bezeichnen konnte, und ich wollte mehr über ihn erfahren, auch wenn es dafür vielleicht längst zu spät war. Deshalb habe ich mich mit Menschen getroffen, die ihn gut gekannt haben mussten und mir von ihm erzählen konnten. All die Informationen, wenn auch noch so geringfügig, habe ich hier aufgeschrieben.«

Mihoko blätterte zur nächsten Seite um. Die Seiten

waren so vollgekritzelt, dass man fast nicht mehr die einzelnen Zeichen erkannte.

»Ich habe dir in der Mail geschrieben, wen ich alles getroffen habe.«

Mihoko sagte noch immer kein Wort, aber er bemerkte, dass ihr Blick, der über die Zeichen glitt, hin und wieder stoppte. Vielleicht entdeckte sie einen Hirosawa, den sie ebenfalls kannte, beziehungsweise einen anderen, der ihr neu war.

»Ich habe nun verstanden, dass die Beziehungen zwischen Menschen nicht eingleisig verlaufen, sondern auf komplexe Weise ineinander verflochten sind. Eine gemeinsame Bekannte von mir und Asami, zu der wir durch unsere jeweilige Arbeit Kontakt haben, entpuppte sich als eine ehemalige Klassenkameradin von Hirosawa auf der Oberschule. Man denkt, was für ein großer Zufall … Unsere Begegnung hier im Café hingegen war kein Zufall, nicht wahr?«

Es vergingen einige Sekunden, bis Mihoko schwach nickte.

»Ich weiß nicht, mit wem du angefangen hast. Aber auf jeden Fall hast du Kontakt zu uns vier Seminarteilnehmern aufgenommen. Weil du in gewisser Weise glaubst, dass wir Hirosawas Tod verursacht haben.«

»Nein!« Mihokos Stimme klang heiser. Nach einem Räuspern wiederholte sie noch einmal entschieden: »Nein! Ich habe euch vier erst auf der dritten Gedenkfeier gesehen, da die Beerdigung und die Gedenkfeier zum ersten Todestag noch zu schmerzhaft für mich waren. Außer Furukawa wusste niemand, dass ich mit Yoshi... Hirosawa-kun zusammen war, aber über einen E-Mailverteiler bin ich von einem früheren Bekannten, der nicht von dort weggezogen ist, über die Feierlichkeiten informiert worden. Okamoto-kun.«

Der Kapitän der Volleyball-Mannschaft, mit dem sich auch Fukase getroffen hatte.

»Nach der Trauerfeier sind wir alle gemeinsam etwas trinken gegangen, wie bei einem zwanglosen Klassentreffen. Da meine Eltern sich um die Zeit, als ich den Oberschulabschluss machte, haben scheiden lassen und mein Nachname sich dadurch geändert hat, habe ich solche Klassentreffen immer gemieden, weil ich mich dazu nicht äußern wollte. Aber weil Okamoto dann nach der Gedenkfeier ein Treffen zu Ehren für Hirosawa vorschlug, um Erinnerungen und Anekdoten über ihn auszutauschen, hatte ich dieses eine Mal zugesagt.«

Fukase erinnerte sich an das überaus selbstbewusste Auftreten von Okamoto und stellte sich vor, wie dieser alle zusammentrommelte.

»In der großen Runde befanden sich auch Spielkameraden aus seiner Kindergartenzeit, und seine Mitschüler bis zum Ende der Highschool-Zeit wussten viel zu berichten. Sogar derjenige, der früher die Schwächeren an der Schule schikaniert hat: Über die Jahre hat er eingesehen, was er früher für ein Mistkerl gewesen ist. Er hat dann reuevoll zugegeben, dass der wahrhaft Starke Hirosawa gewesen ist, der sich schützend vor das Opfer gestellt hatte. Darüber habe ich mich sehr gefreut.«

Fukase nickte zustimmend, und sie fuhr fort:

»Aber niemand von ihnen kannte Hirosawa aus der Uni-Zeit. Ich hätte mir gewünscht, dass auch Furukawa gekommen wäre. Dann hätte zumindest er etwas aus dieser Zeit beitragen können. Man sollte denken, ich hätte auch etwas sagen müssen. Das war mir durchaus klar. Aber ich hatte überhaupt keine Ahnung, was ich hätte erzählen können.«

Genau wie ich, dachte Fukase, unterdrückte aber mit aller Macht das Gefühl, sich darüber zu freuen.

»Obwohl Okamoto nicht dabei gewesen ist, behauptete er, dass Hirosawa eine gute Zeit verbracht haben musste. So in der Art wie seine ehemaligen Kommilitonen, die zur Beerdigung und zu den Gedenkfeiern kamen: Sie schienen ein lebenslustiges, aktives Leben zu führen, und er nahm deshalb an, dass es Hirosawa ebenso ergangen wäre.«

Das Gleiche hatte Fukase von Okamoto gehört. Aber er selbst war damals vermutlich gar nicht als dazugehörig wahrgenommen worden.

Dann habe sie erfahren, dass einer ihrer Klassenkameraden, der im Hotel Nagisa angestellt ist, zufällig mitbekam, dass einer von Hirosawas Kommilitonen in einer großen Handelsfirma arbeiten würde. Da habe sie sich vorgestellt, wenn Hirosawa noch leben würde, hätte er wohl eine ähnliche Karriere gemacht.

Plötzlich verdüsterte sich Mihokos Miene, ihre Stimme kam ins Stocken. »Kurz vor seinem vierten Studienjahr geriet unsere Beziehung in eine Krise. Den genauen

Grund habe ich zwar nie herausbekommen, aber Furukawa hatte Hirosawa plötzlich die Freundschaft aufgekündigt, worüber Hirosawa zutiefst geknickt war. Ich glaubte sogar, er wäre längst nicht so verdrossen, wenn wir uns trennen würden …«

»Ach was …«

»Du hast doch Furukawa getroffen. Was hat er dazu gesagt?«

»Er wollte Hirosawa von sich befreien … Weil er sich die ganze Zeit an ihn gehängt hatte.«

Er brachte es nicht über sich, Mihoko die ganze Geschichte zu erzählen, die er von Furukawa zu hören bekommen hatte. Das musste reichen. Sicher hatte sie es nun verstanden. Aber er hätte Furukawa gern erzählt, was er gerade erfahren hatte: dass Hirosawa über den Bruch ihrer Freundschaft sehr niedergeschlagen war. Vielleicht war es sogar so gewesen, dass Hirosawa auf Furukawa angewiesen war und nicht umgekehrt.

Mihoko stimmte ihm leise zu: »Das war wirklich großmütig von Furukawa-kun. Er hat weit mehr über Hirosawa begriffen als ich. Wohin ins Ausland wollte Hirosawa eigentlich reisen, wusstest du das?«

»Nein …«

Fukase hatte erst von Hirosawas Vater von den Auslandsplänen gehört. Furukawa hatte nichts davon erwähnt, und natürlich hatte Fukase erst recht nichts darüber gewusst.

»Mhm. Hirosawa war durchaus ein verbindlicher Mensch, der sich vorgenommen hat, mit der ersten

Freundin für immer zusammenbleiben zu wollen. Obwohl ich ihn diesbezüglich nicht gedrängt habe, war er derjenige, der mir beteuert hat, dass er mich niemals betrügen würde. Deshalb bin ich davon ausgegangen, dass wir heiraten würden. Aber dann, urplötzlich, kündigte er eines Tages an, er wolle ins Ausland gehen. Und was wird aus mir?, habe ich mir gedacht. Ich hatte das Gefühl, ich sei aus seiner Welt ausgeschlossen worden. Dann habe ich begriffen, dass er mich zwar an seiner Seite haben wollte, mich jedoch nie in sein Inneres gelassen hätte.« Mihoko seufzte.

Das Gefühl kenne ich, dachte Fukase. Er wollte es erst aussprechen, behielt es dann aber doch für sich. Es gibt einen gewichtigen Unterschied zwischen mir und ihr.

»Mein Hals ist ganz trocken … Ob das erlaubt ist?«

Verstohlen holte Mihoko eine Thermosflasche aus ihrer Tasche. Dann schraubte sie den Deckel als Becher ab und goss sich Tee ein, von dem sie zwei Schlucke trank.

»Willst du auch?«, fragte sie ihn, worauf er verlegen nickte. Sie reichte ihm ihren Becher, nachdem sie etwas Tee nachgefüllt hatte. Er konnte Mihokos Gefühle ihm gegenüber überhaupt nicht einschätzen. Hegte sie einen Groll gegen ihn? Immerhin scheint sie nach dem langen vertraulichen Gespräch zumindest ihr Herz so weit geöffnet zu haben, dass sie mir ihren Becher anbietet, dachte er. Aber seitdem sie hier waren, hatte er noch nicht mal den Anflug eines Lächelns bei ihr bemerkt.

»Danke!«

Nachdem er ausgetrunken hatte, stellte er den Becher auf den Tisch in die Mitte zwischen ihnen. Es war lauwarmer Kamillentee. Der Duft, der ihm in die Nase stieg, beruhigte ihn.

»Wusstest du, dass Hirosawa Kamillentee nicht ausstehen konnte?«

Fukase schüttelte den Kopf. Sie hatten nie gemeinsam Kräutertee getrunken.

»Er sagte, es würde wie Gras schmecken. Da gäbe es doch sicher einen besseren Vergleich, habe ich eingewendet, noch dazu, wo der Tee eine so entspannende Wirkung habe. Daraufhin erwiderte er, er könne nun mal nichts dafür, dass er ihm nicht schmecke, aber gegen den Geruch habe er nichts einzuwenden. Hätte ich doch bloß, wie beim Kamillentee, nachgehakt, was es mit dem Ausland auf sich hatte. Ob er mich im Stich lassen wolle? Ob ich auf ihn warten solle? Ob ich ihn begleiten solle? Wenn ich ihn ganz unumwunden gefragt hätte, hätte er bestimmt genauso unumwunden geantwortet.«

»Unumwunden zu fragen gelingt nur Menschen mit großem Selbstvertrauen. Ich hätte vor lauter Angst nicht fragen können.«

»Aber würdest du da nicht auch wütend werden, Kazu-kun?«

Auch wenn es gerade ein unpassender Moment war, freute er sich darüber, dass sie ihn wieder vertraulich Kazu-kun nannte.

»Es ist mir zwar peinlich, davon zu erzählen, aber der Grund für die Scheidung meiner Eltern war, dass mein

Vater nicht mehr arbeitete. Deshalb habe ich Hirosawas Absicht sofort dahingehend interpretiert, wenn er keine Anstellung sucht, sondern ins Ausland will, hat er auch keine Absicht zu heiraten. Dann nimmt er keine Rücksicht auf seine Partnerin, sondern denkt nur an sich. Deshalb habe ich ihm erklärt, ich würde mich von ihm trennen, falls er sich keine Arbeitsstelle sucht.«

Mit gesenktem Kopf malte sich Fukase aus, er selbst hätte diesen Traum vom Auslandsaufenthalt gehabt und wie er dann gezwungen wäre, eine Entscheidung zu treffen. Hirosawa hatte sich bestimmt bei Mihoko dafür entschuldigt.

»Verzeih mir, ich werde mich um eine gute Anstellung bemühen, sagte er mir.«

Wie erwartet!

»Danach haben wir uns weiterhin getroffen, aber ich hatte immer das Gefühl, dass er nicht mehr ganz vorbehaltlos mir gegenüber war. Es waren bloß harmlose Gespräche. Wenn wir zusammen gelacht haben, glaubte ich, dass er nur mir zuliebe lachte. Er war praktisch weiter von mir entfernt, als wenn er tatsächlich ins Ausland gegangen wäre.«

Furukawa hatte ihm bei ihrem Treffen erklärt, weshalb er sich in der Beziehung zu Mihoko nicht auf eine Stufe mit ihr hatte stellen können. Seitdem hatte Fukase geglaubt, dass dies auch für sein eigenes Verhältnis zu ihr gelten würde. Wir haben unterschiedliche Farben, unsere beiden Leben haben nicht viel gemeinsam, erkannte er. Im Gegensatz zu ihm hatte Furukawa es ziemlich schnell gemerkt, während er in seiner Naivität ein Vierteljahr lang ohne den geringsten Argwohn mit ihr zusammen war. Was hatte er sich eingebildet, wer er sei? Beinahe hätte er über sich selbst gelacht. Aber nun, hier im Café, hatte er das Gefühl, als würde Mihoko doch die gleiche Farbe haben wie er.

Meine Freundschaft zu Hirosawa erschien mir als selbstverständlich, aber erst durch seine Abwesenheit ist mir bewusst geworden, wie sehr ich ihn gebraucht habe und wie gern ich mit ihm zusammen sein wollte.

Mir fällt auf, dass ich überhaupt nicht eifersüchtig werde, obwohl sie, die ich liebe, die ganze Zeit über von einem anderen Mann spricht. Man könnte denken, es liege daran, dass er nicht mehr am Leben ist, aber das ist es nicht. Je mehr Mihoko von ihm erzählt, desto stärker nähern wir uns in unseren Gefühlen an.

Mihoko und ich empfinden also ähnlich. Hat sie deshalb auch aus dem gleichen Motiv heraus Hirosawas Kommilitonen treffen wollen wie ich die alten Schulfreunde?

»Ich dachte, dass du Vergeltung im Sinn hattest, als du zu uns vier Kommilitonen Kontakt aufgenommen hast. Das mag auch durchaus ein Beweggrund gewesen sein. Aber hauptsächlich wolltest du doch mehr über Hirosawa erfahren. Wie er mit anderen Freunden, die du nicht kanntest, seine Zeit verbracht hat. Wie haben ihn die anderen wahrgenommen? Du wolltest das einfach wissen. Möglichst bis zu seinem allerletzten Tag.«

Mihoko nickte stumm. Fukases Frage, wie sie mit den

anderen Seminarteilnehmern in Kontakt getreten sei, beantwortete sie in ruhigem Ton, nachdem sie nochmals einen kleinen Schluck Kamillentee getrunken hatte.

»Also … du meinst zu Asami?«

Hirosawa hatte manchmal von seinen Kommilitonen gesprochen.

Als ihm Mihoko eines Tages von einem Treffen mit Frauen aus der Heimat Ehime erzählte, tauchte Asamis Name erstmals auf. Zu den ehemaligen gemeinsamen Klassenkameradinnen gehörte Mizuki Kida, die mit ihrer Schwatzhaftigkeit immer die Lehrer geplagt hatte, nun aber voller Begeisterung selbst Lehrerin werden wollte. Mihoko fand es lustig, hatte aber gleichzeitig ein schlechtes Gewissen, weil sie das Thema Stellensuche ansprach. Hirosawa schien es jedoch nichts auszumachen, denn er erzählte von einem Kommilitonen namens Asami aus dem Seminar, der auch unbedingt Lehrer werden wolle. Es sei wegen der schwindenden Schülerzahl zwar schwierig, eine Stelle zu finden, aber der hätte beste Aussichten auf einen Job und würde garantiert alle Prüfungen bestehen.

Nach Hirosawas Tod hatte Mihoko in den Zeitungsartikeln, in denen die Neuanstellungen und Stellenwechsel beim Lehrpersonal aufgelistet waren, nach Asamis Namen gesucht. Sie erfuhr, dass Hirosawas ehemaliger Kommilitone sämtliche Staatsexamen auf Anhieb bestanden und nun eine Stelle in der Narasaki Highschool hatte. Erst zwei Jahre später hatte sie unter dem Vorwand, eine ehemalige Absolventin dieser Schule zu sein, dort angerufen, um herauszubekommen, ob Asami noch dort arbeitete. Sie ging dann das Wagnis ein und schrieb ihm in einem Brief, dass sie mehr über Hirosawa erfahren wolle, worauf er sofort antwortete, dass sie sich treffen könnten.

Als Asami sie dann fragte, in welcher Beziehung sie zu Hirosawa gestanden habe, traute sie sich nicht zuzugeben, dass sie seine feste Freundin gewesen sei, und gab sich stattdessen als Verwandte aus. Aus Ehime?, fragte er daraufhin, worauf sie vorgab, ihr Onkel und ihre Tante hätten sie darum gebeten. Asami sei daraufhin sehr ernst geworden, und er entschuldigte sich sofort bei ihr und betonte, wie unendlich leid es ihm tue, dass sie Hirosawa bei diesem Unwetter mit dem Auto losgeschickt hatten.

Und wenn er nicht getrunken hätte, wäre er selbst gefahren. Er beteuerte, dass er seit dem Unfall keinen Tropfen Alkohol mehr angerührt habe. Anstatt sich weiter bei ihm über Hirosawa zu erkundigen, beschwichtigte sie ihn, er solle es sich nicht so zu Herzen nehmen.

Beiläufig erkundigte sie sich, ob der Lehrerberuf nicht ziemlich anstrengend sei, und konnte ihn bei dieser Gelegenheit gleich zu dem Verbleib der anderen Seminarteilnehmer befragen.

»Das dürften seine Eltern bereits wissen«, fügte Asami hinzu.

»Gut, die Anstellungen … Aber ich meine ja nicht nur in beruflicher Hinsicht, sondern eher, was sie sonst so treiben. Ob sie gemeinsame Hobbys mit Yoshiki hatten. Zu welchen Unternehmungen sie sich getroffen haben.«

Auf diese Weise erfuhr Mihoko, wo Murai, Tanihara und Fukase angestellt waren und welchen Freizeitbeschäftigungen sie nachgingen, um die Kontaktaufnahme vorzubereiten.

Aber anstatt die drei anderen unter dem Vorwand, sich in Gedenken an Hirosawa als Gruppe zu treffen, zu kontaktieren, fädelte sie zufällige Begegnungen mit ihnen ein, um jedem einzelnen seiner Freunde beiläufig Geschichten aus der Studienzeit entlocken zu können. Im Gegensatz zu ihrer Verabredung mit Asami, die sich auf das eine Mal beschränkte, konnte sie nun bei wiederholten Treffen ganz beiläufig Dinge über Hirosawa erfahren, die nichts mit dem Unfall zu tun hatten. Außerdem hoffte sie dadurch besser zu verstehen, mit welchen Menschen Hirosawa befreundet war.

Dann hatte sich Mihoko als freiwillige Helferin für ein von Murais Vater veranstaltetes Konzert gemeldet, hatte dem Baseball-Team, dem Tanihara angehörte, beim Training zugeschaut und schließlich Fukases Stammcafé regelmäßig aufgesucht.

Jetzt begriff Fukase, weshalb Asami es anfangs für möglich gehalten hatte, Hirosawas Eltern oder irgendjemand aus dessen Umfeld könnte für die Angriffe verantwortlich sein, weil kurz zuvor Mihoko als angebliche Verwandte mit ihm in Kontakt getreten war. Asami hatte vermutlich Bedenken, den anderen davon zu erzählen, weil er befürchtete, ihr gegenüber zu viel verraten zu haben. Doch Fukase beschäftigte vielmehr die Frage …

»Bist du denn auch mit den anderen ausgegangen?«, fragte er leise.

»Aber nein!«, antwortete Mihoko empört. »Ich hatte überhaupt keine Lust, mit irgendjemandem auszugehen. Ich wusste nicht, wie ich das Gespräch auf Hirosawa bringen sollte, aber da ihr mir alle sehr offenherzig entgegenkamt, brauchte ich gar nicht groß nachzufragen. Bestimmt ist Hirosawa gern mit euch zusammen gewesen. Ich war froh, dass er seinen letzten Tag mit netten Leuten verbracht hat. Damit wollte ich die Sache abschließen und eigentlich in die Heimat zurückkehren, aber es gab da einen Menschen, mit dem ich weiterhin zusammen sein wollte, deshalb bin ich hiergeblieben.«

Mihoko erzählte, dass sie eine feste Stelle in der Bäckerei gehabt hatte, wo sie während ihres Studiums gejobbt hatte. Aber sie war es leid gewesen, ihr Leben allein zu verbringen, deshalb hatte sie überlegt, nach Hause zurückzugehen. Als sie bei der Gedenkfeier zum dritten Todestag feststellte, dass die ehemaligen Klassenkameraden sich inzwischen sehr verändert hatten, fand sie die Aussicht sogar erfreulich. Ende letzten Jahres wollte sie ihren Job kündigen, Hirosawas Spuren verfolgen, indem sie seine Studienfreunde traf, und dann im Frühjahr in die Heimat zurückkehren. Da ihre Wohnung von der Bäckerei angemietet war, suchte sie sich eine vorübergehende Bleibe mit einem befristeten Vertrag. Sie entschied sich für ein Apartment in Bahnhofsnähe, von wo aus das Clover, in dem Fukase täglich verkehrte, schnell zu erreichen war.

»Aber wieso in meiner Nähe?«

»Weil du ein besonderer Mensch bist.«

Er verstand nicht, was sie damit meinte. Zu dem Zeitpunkt, als sie eine neue Wohnung suchte, war es lediglich Asami gewesen, den sie bis dahin getroffen hatte.

»Kazu-kun, du warst für Hiro… ich meine, für Yoshiki ein besonderer Freund.«

Ihre Worte hallten in seinem Kopf wider. *Ein besonderer Freund.* Obwohl er das bis vor Kurzem noch ohne jeden Zweifel geglaubt hatte, drangen Mihokos Worte nun nicht bis in sein Innerstes vor. Er hatte eine Mauer um sich errichtet, um sich davor zu schützen, verletzt zu werden.

»Bloß kein Mitleid!«

Die Erklärung hat sie sich bestimmt eben erst ausgedacht. Vermutlich ist sie nur hierhergezogen, weil die Miete in dieser Gegend billig ist, redete er sich ein.

»Aber das hat Yoshiki wirklich gesagt.«

Mihoko schaute Fukase direkt in die Augen.

»Yoshiki hat mal gesagt, dass er sich innerlich leer fühle. Er wollte diese Leere füllen, wusste aber nicht, mit was. Baseball und Volleyball machten ihm zwar Spaß, aber sie erfüllten ihn nicht. Deshalb glaubte er, dass ihm der Sport nicht so wichtig wäre. Wenn er diese Leute um sich herum erlebte, die mit Leib und Seele dabei waren und völlig darin aufgingen, hätte er es sogar fast bedauert, selbst Sport zu treiben. Es gab zwar niemanden, den er verabscheute, aber er war auch keinem begegnet, den er besonders mochte. Aber dann sei doch jemand aufgetaucht, in dessen Gesellschaft er sich vollends wohlfühlen würde, so wie zuvor mit Furukawa – ein Kommilitone namens Fukase. So hat er es mir gegenüber gesagt.«

Fukases Blickfeld verschwamm. Etwas in seinem Inneren wollte heraus, während sich der Druck gegen seine Augen verstärkte. Er riss den Mund auf, und ein tiefes Schluchzen brach sich Bahn.

»Hirosawa!«

Er sank auf die Theke, während er hemmungslos weinte. Jene Tage, die er mit Hirosawa verbracht hatte, zogen wie im Zeitraffer vor seinem inneren Auge an ihm vorbei. Es waren glückliche Tage …

Als sein Schluchzen nachließ, spürte er eine warme Hand zwischen seinen Schultern. Mihoko hatte sich auf den freien Hocker neben ihm gesetzt und strich ihm sanft über den Rücken.

»Wieso tust du das? Ich gehöre doch zu denen, die dir den liebsten Menschen geraubt haben«, brachte Fukase mühsam hervor.

Mihoko erwiderte nichts darauf. Aber ihre Hand lag immer noch auf seinem Rücken.

»Der Brief, in dem ich als Mörder bezeichnet werde, war als Beleidigung gedacht, nicht als Anklage. Dennoch habe ich dir daraufhin von Hirosawas Unfall erzählt. Er wurde zum Trinken überredet, nachdem er zuerst abgelehnt hatte, und obwohl wir alle wussten, dass er gerade erst seinen Führerschein gemacht hatte, ließen wir ihn bei einem Unwetter die Serpentinenstraße hinunterfahren. Ich will mir nicht vorstellen, was du gefühlt haben musst, als ich dir das erzählte. Aber …« Fukase hob den Kopf. Mit den geballten Händen wischte er sich die Tränen weg, bevor er Mihoko direkt anschaute. »Ich kann verstehen, dass du mich gehasst hast. Deshalb hast du auch den anderen drei diese Schmähbriefe zugeschickt, nicht wahr?«

Mihoko nickte andeutungsweise. Sie zeigte keine Anzeichen von Reue.

»Ich konnte euch nicht vergeben.«

»So weit, dass du uns sogar umbringen wolltest?«

Nun schüttelte Mihoko vehement den Kopf.

»Ich konnte euch nicht vergeben, weil ihr so getan habt, als wäre nichts geschehen. Deshalb wollte ich, dass ihr euch daran erinnert.«

»Du meinst, so wie ich mich daran erinnere?«

Mihokos Augen verengten sich. »So etwas darf man nicht vergessen!«, sagte sie.

»Deshalb die Sache mit Tanihara …«

Fukase schloss die Augen. Sie hatte es Tanihara übel genommen, dass er so unbekümmert damit umging. Er konnte ihr keine Vorwürfe machen. Fukase verstand ihren Zorn. Als er von Ikeya erfahren hatte, dass Tanihara betrunken Auto fahren wollte, war auch in ihm die Wut hochgekocht. Dennoch durfte er Mihokos Tat nicht gutheißen.

»Was hat sich denn da abgespielt, mit Tanihara?«

»Er hat etwas Schlimmes gesagt. Als wir auf dem Bahnsteig auf den Zug warteten. Als uns die Bahn vor der Nase wegfuhr, meinte er, dass wir doch besser mit dem Auto hätten fahren sollen, worauf ich ihm vorwarf, ich hätte erfahren, dass ein Freund von ihm einen tödlichen Verkehrsunfall hatte, und ob ihm das gar nichts ausmache.«

Fukase sah vor sich, wie die beiden auf dem Bahnsteig standen. Tanihara war garantiert in ausgelassener Stimmung. Bestimmt hatte er nicht die leiseste Ahnung, was in ihr vorging.

»Er spielte die Sache herunter und entgegnete, er habe damals noch keinen Führerschein gehabt und sich deshalb vorgestellt, dass die Serpentinenstraße für einen Fahrer ziemlich schwierig sein müsse, aber mittlerweile glaube er, dass man, auch bei dieser Menge Alkohol, sehr wohl fahren kann. Der springende Punkt seien die Reflexe. Hirosawa sei doch ein sehr guter Baseballspieler gewesen. Er glaube, dass Hirosawa einfach bloß Pech gehabt hatte.«

Ich stelle mir vor, wie ich Tanihara von hinten einen heftigen Stoß in Richtung Bahngleise versetze. Nein, wenn ich das nicht wirklich tue, kann ich das Zittern meiner geballten Hand nicht stoppen. Mihoko mag genauso gezittert haben.

»Ich versuchte, nicht die Fassung zu verlieren. Ich sagte mir, dass Yoshiki doch gern mit Tanihara Baseball gespielt hat; dass er ihn sogar für seine offenherzige

Hilfsbereitschaft gemocht hat; dass Tanihara sich hier unbekümmerter gibt, als er eigentlich ist. Dann aber hat er sich sogar dafür entschuldigt, dass er mir Unannehmlichkeiten bereitet habe, und ich glaubte, er würde mir gleich um den Hals fallen …«

»Aber Tanihara scheint nicht davon auszugehen, dass du ihn gestoßen hast, Miho-chan.«

»Er war betrunken. Außerdem habe ich, obwohl ich ihn selbst gestoßen habe, gleich um Hilfe gerufen.«

»Zum Glück hat er den Sturz überlebt«, stieß Fukase leise hervor, worauf Mihoko die Lippen zusammenkniff.

»So war das nicht gemeint«, verbesserte sich Fukase und legte ihr eine Hand auf die Schulter.

»Ich wollte sagen, du bist zum Glück nicht zur Mörderin geworden, Miho-chan.«

Ihre verspannten Züge lösten sich ein wenig. Aber als ob sie wüsste, dass sie jeden Moment in Tränen ausbrechen würde, rang sie weiter um Beherrschung.

»Was soll ich nun machen?«

»Das Gleiche gilt für mich und die anderen aus dem Seminar. Was sollen wir machen, damit du uns verzeihst?«

»Inzwischen weiß ich, nachdem ich so etwas Schlimmes getan habe, dass ich kein Recht dazu habe. Ich habe Yoshiki sowieso nicht viel bedeutet.«

»Das stimmt doch nicht. Es ist dir nur nicht bewusst. Hirosawa, der jeden akzeptierte, der ihm zugeteilt wurde oder sich an ihn wandte, hat von sich aus deine Nähe gesucht, Miho-chan. Du bist die Einzige, nach der er sich gesehnt hat.«

Mihoko schlug die Hände vors Gesicht und schluchzte laut auf.

»Ich bin nur … ich bin nur …«

Fukase streichelte zaghaft ihren Rücken, als ihm plötzlich etwas einfiel. Furukawa hatte erwähnt, dass Hirosawa und Mihoko während der Highschool-Zeit keinen nennenswerten Kontakt hatten. Wie hatte Hirosawa sich dann in sie verliebt?

»Was hat Hirosawa zu dir gesagt, als ihr euch in Tokio wiederbegegnet seid?«

»Ich möchte gern mal wieder mit dir Dosenkaffee trinken.«

Mihoko schilderte ihm stockend eine Szene an der Oberschule.

Im zweiten Jahr der Highschool war sie wie üblich mit dem Fahrrad unterwegs und an diesem Tag zu spät losgefahren. Der Streit der Eltern, der sich erst um Mitternacht entfacht hatte, war ihr so nah gegangen, dass sie lange nicht hatte schlafen können. An der Ampel auf der Küstenstraße, knapp zweihundert Meter vor der Schule, traf sie auf einen Mitschüler. Hirosawa. Sie hatten zwar nie miteinander geredet, aber in dem Gefühl, einen weiteren Zuspätkommer gefunden zu haben, sprach sie ihn an. Ob er verschlafen habe?, fragte sie ihn, worauf er erwiderte, nein, aber die Straße sei wegen einer Baustelle an einer Stelle gesperrt. Er sei – vielleicht wegen des Umwegs oder weil er so schnell in die Pedale getreten hatte – völlig aus der Puste gewesen.

»Wollen wir nicht einen Dosenkaffee trinken? … Es muss auch nicht unbedingt Kaffee sein. Ich mag es nur nicht, mitten während des Unterrichts die Klasse zu betreten. Die zwanzig Minuten können wir ruhig auch noch schwänzen«, schlug sie ihm vor.

Er willigte ein. Es schien ihn weder zu freuen, noch war er abgeneigt. Etwa fünfzig Meter nach der Ampel gab es eine Bushaltestelle an der Schule, wo ein Getränkeautomat stand. Hirosawa warf Münzen ein und forderte Mihoko auf, sich zu bedienen. Als sie ablehnte, um selbst zu bezahlen, scherzte Hirosawa, er sei zwar nicht wohlhabend, aber Kleingeld habe er immer übrig, worauf Mihoko auf den Knopf drückte, um sich eine Dose mit warmem Kaffee zu nehmen. Hirosawa kaufte sich ebenfalls eine. Nebeneinander stehend tranken sie dann die gleiche Sorte.

»Mein erster warmer Dosenkaffee in dieser Saison.« – »Für mich auch.« Nicht mehr. Ihre Begegnung hatte keinen nachhaltigen Eindruck hinterlassen.

Als die Pausenglocke ertönte, warfen sie die leeren Dosen weg und schwangen sich aufs Rad. An der Schule stellten sie ihre Fahrräder ab und verabschiedeten sich mit einem kurzen Gruß voneinander.

»Mehr war da nicht.«

»Das reicht doch.«

Mihoko nickte knapp.

Im Stillen stellte er sich vor, dass er selbst an Hirosawas Stelle gewesen wäre oder sich zu den beiden gesellte. Er stellte sich selbst als Oberschüler vor, noch ganz verschlafen mit einer Kaffeedose in der Hand. Das Buch, das er am Tag zuvor gekauft hatte, hatte sich als unerwarteter Volltreffer entpuppt, und er hatte es die ganze Nacht hindurch gelesen …

»Ich denke, dass die anderen drei dagegen protestieren werden, aber ich habe vor, Hirosawas Eltern die ganze Wahrheit zu gestehen.«

»Ich frage mich, ob es ihnen nicht eher unnötigen Schmerz bereiten würde. Abgesehen davon, ob einem vergeben wird oder nicht, mag einem leichter ums Herz sein, wenn man eine Beichte ablegt, aber wie fühlt es sich für diejenigen an, die damit konfrontiert werden?«

Sie hatte recht. Aber das hieße auch, dass er wieder vor der Wahrheit flüchtete. Hirosawa an meiner Stelle würde …

Genau, was würde Hirosawa sich wohl wünschen?

Angenommen, er selbst wäre ums Leben gekommen, wie würde Hirosawa an seiner Stelle agieren?

Er streckte die Hand aus und zog das Notizbuch zu sich herüber, als würde er darin eine Antwort finden.

»Zuerst muss dieses Heft ganz vollgeschrieben werden. Denn es gibt noch viele andere, die mit Hirosawa zu tun hatten. Bei seinen Jobs, unser Professor im Seminar, seine Lehrer in der Schule – all diese Leute habe ich noch gar nicht getroffen. Vielleicht erfahre ich dann auch, wohin ins Ausland er gehen wollte. Ich glaube, der Hirosawa, dem ich auf diesem Weg begegne, wird mir eine Antwort geben.

»Darf ich auch mitschreiben?«

Mihoko legte ihre Hand auf das Notizbuch.
»Natürlich.«
Er legte seine Hand auf ihre und drückte sie fest.
»Wollen wir einen Kaffee bestellen?«

EPILOG

Als Fukase nach vorn in den Laden ging, um Kaffee zu bestellen, warf ihm die Wirtin einen besorgten Blick zu. Er lächelte ihr zu, worauf sie sichtlich erleichtert aufatmete und das Lächeln erwiderte.

»Ich möchte gern Kaffee«, sagte er.

»Jawohl!«

Die Wirtin salutierte mit einer scherzhaft gemeinten Verbeugung, und Fukase ging zur Café-Theke zurück, wo Mihoko etwas ins Notizbuch schrieb. Er setzte sich neben sie und schaute ihr neugierig über die Schulter:

Yoshiki Hirosawa verabscheute Kamillentee.

Yoshiki mochte rote Currypaste lieber als gelbe.

Mihoko schaute auf.

»Bloß belangloses Zeug. Mir kommen immer nur Speisen in den Sinn.«

»Macht doch nichts. Ich habe doch auch Honigtoast erwähnt. Ich kann mich nur nicht daran erinnern, was er nicht gegessen hat. Also falls dir etwas einfällt, schreib's auf!«

»Was er nicht gegessen hat? … Hm … Ah ja!«

Mihoko schrieb ins Heft:

Yoshiki Hirosawa vertrug keinen Buchweizen.

Sie legte den Stift beiseite.

»War das so?«

»Wusstest du das denn nicht? Er hatte eine Buchweizenallergie. Als er mit euch in Madarao Kogen war, hat er doch stattdessen Curry gegessen. Das hat er mir in einer SMS geschrieben.«

»Aber … ich dachte immer, er wollte unbedingt Curry essen. Dann hat er es mit Rücksicht auf mich so dargestellt.«

Wenn er gesagt hätte, er habe eine Buchweizenallergie, obwohl Fukase eigens das Soba-Restaurant ausfindig gemacht hatte, dann hätte sich Fukase womöglich gekränkt gefühlt, weil er eine unpassende Wahl getroffen hätte. Außerdem wären Tanihara und Asami dann aus Solidarität eher geneigt gewesen, mit ihm Curry essen zu gehen.

»Gib mir mal das Heft.«

Fukase griff zum Stift.

Yoshiki Hirosawa war kein oberflächlicher und leerer Mensch.

»Yoshiki Hirosawas großer Körper war angefüllt mit Sanftmut und Güte.«

Er schaute Mihoko an und wollte erneut nach ihrer Hand greifen, als in diesem Moment die Tür schwungvoll aufging. Die Wirtin trat mit ihrem Mann ein.

»Zur Feier des Tages sollte besser mein Mann den Kaffee brühen«, verkündete die Wirtin.

»Lange nicht gesehen«, schloss er sich den Worten

seiner Frau an und schenkte den beiden jungen Leuten ein breites Lächeln. Die beiden Wirtsleute begaben sich hinter die Theke.

Fukase klappte das Notizbuch zu und stützte einen Ellbogen auf. Als er den Wirt bei seinen Vorbereitungen beobachtete, fragte er sich, wie lange es her sein mochte, dass er ihm dabei zugesehen hatte. Aber, nein, eigentlich spielte es keine Rolle. Nur das Jetzt zählte; dass er überhaupt so ein Wiedersehen erleben durfte.

Der Wirt mahlte die frisch gerösteten brasilianischen Bohnen sorgfältig mit der Handkaffeemühle und füllte sie in die deutsche Espressomaschine. Die Wirtin beugte sich hinunter und holte klappernd etwas hervor. Als die Maschine geräuschvoll dampfte, hielt der Wirt zwei Tässchen unter die Düse, wo nun der kräftige Sud heraustropfte und einen aromatischen Duft verbreitete. Fukase sog diesen Duft genüsslich ein.

»Bitte.«

Der erste Schluck. Der Wirt stellte zwei Espresso vor Fukase und Mihoko auf die Theke. Zuerst genoss Fukase den Anblick der braunen Crema, dann hob er die Tasse dicht unter die Nase, um das intensive Aroma noch mehr aufsaugen zu können, bevor er den ersten Schluck nahm.

»Großartig! Nur hier bekommt man den einzig wahren Kaffee.«

Sein ganzer Körper schien dahinzuschmelzen. Auch Mihoko nahm genießerisch einen Schluck.

»Aha, bist du etwa fremdgegangen?«, sagte sie.

Die Wirtin lachte über ihre Bemerkung und stellte

einen Bastkorb, in dem sich ein paar Gläschen befanden, zwischen die beiden Tassen. Es war Honig.

»Die zweite Runde sollten Sie mit heißem Wasser verlängern und mit dem hier genießen.«

»Ist das erlaubt?«

Fukase warf einen fragenden Blick zum Wirt. Er war bereits ganz konzentriert damit beschäftigt, die zweiten Tassen vorzubereiten.

»Um ehrlich zu sein, ist mein Mann inzwischen selbst auf den Geschmack gekommen, obwohl das gegen seine Ansicht verstößt, Honig im Kaffee sei Ketzerei.«

»Es ist eben etwas Unergründliches, wenn solche Verbindungen eine Sache bereichern«, erklärte der Wirt, während er die Bohnen aus Indonesien mahlte.

»Sind das alles unterschiedliche Sorten?«, fragte Mihoko und hob eines der Gläschen aus dem Korb.

Es gab keine Etiketten, vermutlich weil der Honig aus einem großen Behälter abgefüllt war. Stattdessen klebte an jedem Glas ein kreisrunder, andersfarbiger Sticker.

»Ja, mein Mann hat sie online bestellt, sie stammen aus allen möglichen Regionen.«

»Toll! Jede Sorte hat eine andere Farbe.«

Mihoko holte nun alle Gläschen aus dem Korb und arrangierte sie nach dem Grad ihrer Tönung nebeneinander auf der Theke – von ganz dunkel bis blass hell.

»Ist der hellste Kirschblüte?«, fragte Fukase.

Die Wirtin kramte einen Zettel aus der Schürzentasche.

»Volltreffer! Gut geraten, Fukase-kun!«

Auch Mihoko warf ihm einen erstaunten Blick zu. Der Honig hatte die gleiche Farbe wie auf den Toasts, die er mit Furukawa gegessen hatte, aber da er das nicht erzählen konnte, ohne sein »Fremdgehen« zugeben zu müssen, kratzte er sich nur verlegen am Kopf.

»Bitte sehr.«

Der Wirt servierte ihnen die Tassen mit der zweiten Runde Kaffee. Ein erdiges Aroma stieg auf.

»Welchen wollen wir hineinrühren?«, fragte ihn Mihoko.

»Vielleicht kann uns der Wirt einen empfehlen?«

Auf Fukases Frage hin ließ der Wirt seinen Blick über die Gläschen auf der Theke gleiten.

»Den dunkelsten«, entschied er.

Es war ein tiefbrauner Honig, der aussah wie gelierter Kaffee.

»Das ist eine sehr seltene Farbe. Auch der Geschmack ist einzigartig.«

Die Wirtin reichte ihnen zwei Teelöffel. Zuerst holte sich Mihoko eine Portion heraus, die sie jedoch nicht in den Kaffee tat, sondern direkt in den Mund steckte.

»Tatsächlich! Wenn man nicht weiß, dass es Honig ist, könnte man es für eingedickte Karamellsoße halten. Kazu-kun, du solltest ihn auch pur kosten.«

Als Mihoko ihm das Glas gereicht hatte, leckte er wie empfohlen an dem Klecks Honig auf der Teelöffelspitze, aber er kannte den Geschmack bereits. Seitdem er die Farbe gesehen hatte, vermutete er bereits die Sorte, aber nun bestätigte ihm der Geschmack, dass es der gleiche

Honig war, den er damals an der Raststätte auf dem Weg nach Madarao Kogen gekauft hatte. Er erinnerte sich, wie er bei einer Kostprobe damals dachte, dass er gut zu Kaffee passen würde.

»Fukase-kun, wissen Sie auch, was das für ein Honig ist?«, fragte ihn die Wirtin.

Obwohl er sich an die Farbe und das Aroma erinnerte, konnte er sich nicht auf den Namen der Pflanze besinnen. Das Gläschen damals hatte nämlich auch keine Beschriftung.

»Was könnte das sein? Er schmeckt irgendwie harzig, also könnte es eine Baumblüte sein … vielleicht Apfel?«

»Falsch. Die richtige Lösung ist: Buchweizenhonig«, rief die Wirtin erfreut.

Buchweizen.

»Das ist wirklich selten. Dass es das überhaupt gibt …«

Mihokos Stimme drang nur noch wie aus weiter Ferne zu ihm durch.

Buchweizen. Buchweizen. Buchweizen.

Seine Gedanken rasten, und plötzlich überkam ihn die Erinnerung an eine Szene in jener Nacht.

»Ich fahr dann mal los.«

Hirosawa, als er sich auf den Weg machte, um Murai abzuholen.

Fukase ging in die Küche, um den Kaffee zuzubereiten. Er füllte die Menge, die bereits durch den Stofffilter in die Kanne getropft war, in den Thermobecher um, und weil Hirosawa ein Süßschnabel war, löffelte er eine reichliche Portion von dem tagsüber gekauften Honig hinein, bevor er den Deckel verschloss.

»Hier, nimm!«

Er hatte Hirosawa, als dieser sich in der Diele die Turnschuhe zuband, den Becher gereicht.

»Du hast mir einen Kaffee gemacht?«

»Mehr kann ich leider nicht für dich tun.«

Mit seiner großen Hand nahm Hirosawa den Thermobecher entgegen, öffnete den Deckel, sog verzückt das Aroma ein und ließ ihn wieder zuschnappen.

»Die Belohnung für den Fahrer. Ich danke dir.«

Mit diesen Worten erhob er sich und öffnete die schwere Holzbalkentür. Der tosende Wind blies kalte Luft ins Haus.

»Pass auf dich auf!«

Mit dem Thermobecher in der Hand winkte ihm Hirosawa lächelnd zurück.

Seine letzten Worte hallten Fukase noch im Ohr.

»Bis bald!«

Ich war es also …

der ihn getötet hat.

Anmerkungen der Übersetzerin

15 *Am Anfang der Goldenen Woche:* Die Goldene Woche – 29. April bis 5. Mai – ist eine Reihe zusammenhängender Feiertage, die neben dem Obon-Fest und Neujahr als ein wichtiger Bestandteil des japanischen Ferienkalenders gilt. Viele Unternehmen schließen während dieser beliebten Urlaubszeit.

17 *Ahnenfest* (Obon): Das Ahnenfest buddhistischen Ursprungs zu Ehren der Vorfahren findet in den meisten Teilen des Landes Mitte August statt. Die drei Feiertage dienen als Anlass, in die Heimat zur Familie zurückzukehren.

31 *Fukase-kun:* Im japanischen Höflichkeitskodex weist die Ansprache mit Vornamen – meistens mit einem kennzeichnenden Suffix – entweder auf eine sehr enge Beziehung hin oder gilt als unhöflich. Normalerweise redet man sich mit dem Familiennamen und gegebenenfalls Suffix an.

Die im Roman auftauchenden Suffixe sind:

– *san:* wird hauptsächlich zwischen Erwachsenen verwendet.

– *chan:* eine Verniedlichungsform, die daraus resultiert, dass kleine Kinder *-san* noch nicht aussprechen können. Verwendung findet sie bei kleinen Kindern, guten Freunden oder zwischen Paaren.
– *kun:* ist sehr geläufig unter männlichen Jugendlichen. *-kun* kann nie alleine stehen und wird mit dem Vornamen oder Nachnamen genutzt. Zum Beispiel sprechen Lehrer Schüler oft mit *-kun* hinter dem Nachnamen an. In der Arbeitswelt werden junge Angestellte mit *-kun* angeredet, und auch im japanischen Unterhaus spricht der Parlamentspräsident alle Abgeordneten mit diesem Suffix an.

33 *Kotatsu:* Ein beheizter Tisch in traditionellen japanischen Tatamizimmern, der im Winter als Wärmequelle dient. Zwischen ein niedriges Gestell mit einer Elektroheizung und die Tischplatte wird eine wattierte Decke platziert, die die Wärme speichert.

34 *Rakugo:* (wörtl. »stürzende Worte«) ist eine traditionelle Vortragsform eines Erzählers, dessen komische Monologe auf eine raffinierte Pointe hinauslaufen.

36 *die sogenannte zwanglose Erziehung* (Yutori): Die moderne japanische Schulpädagogik ist seit den Siebzigerjahren geprägt von der Spannung zwischen einer Yutori-Erziehung, die geistigen Freiraum für Kinder anstrebt, und einer Erziehung, die das Erreichen hoher Schulleistungen in den Vor-

dergrund stellt. Die sogenannte »Yutori-Generation« wird als weniger gebildet erachtet, gilt als psychisch anfälliger und weist im Allgemeinen keinen Wettbewerbsgeist auf.

237 *Ich habe zuerst geglaubt, Hirosawa und ich hätten die gleiche Farbe:* Bereits in der frühesten Periode der japanischen Geschichte dienten Farben dazu, den sozialen Status einer Person oder ihre Rolle innerhalb der Regierung darzustellen. Zu dieser Zeit war rangniedrigen Personen das Tragen mancher Farben – wie Purpur oder Blau – gemäß der hierarchischen Ordnung nicht erlaubt. Andere Farben waren ihnen gestattet, besonders die Farbe Schwarz durfte jedermann ungeachtet seines Standes tragen. Solche standardisierten Farben wurden nach Pflanzen, Vögeln oder Tieren benannt, denen sie zu eigen sind.

Trotz des Eindringens äußerer Einflüsse und des Aufkommens wirtschaftlicher Interessen blieb die Bedeutung der Farben in der Gesellschaft fest in der bildenden Kunst verwurzelt, wodurch sich traditionelle Sitten entwickelten, mit denen bestimmte Auslegungsweisen wiederbelebt und nationale Werte bewahrt werden sollen.

Es gibt viele Farben, die vom japanischen Volk als günstig oder glücklich angesehen werden. Bestimmte Farben sind bei Hochzeiten und anderen Ritualen sehr wichtig. Es gibt auch viele zeitlose Regeln, die mit Kimonofarben verbunden sind.

Insbesondere die Farbe Rot hat in Japan einen zentralen Stellenwert: die rote Sonne in der Nationalflagge, Schreintore, Brücken, Tempel, Pagoden u.v.m.